沼沢地

佐々木康之

編集工房ノア

西川長夫、祐子と
佐々木澄子に
感謝の思いをこめて

目次

装画　青木野枝
作品「玉鬘1」
装幀　森本良成

凡例

作品のほとんどは『日本小説を読む会会報』と同人誌『ＶＩＫＩＮＧ』に載せたものである。掲載年と月は１９６７・２などと略記する。

I

沼沢地

運転手が手を振ると、二十トン積の大型トラックは、轟音をたてて走りさった。ぼくは小さなスーツケースを片手に、町の入口のすっかり葉の枯れ落ちた並木道にとり残された。冷い北風が、外套の裾をすくい上げる。しょうことなしに、襟をたてると、すぐ近くにあるというホテルの方向に歩き出したが、何となく気の進まない気持だった。何という町だ。思いがけない町の様相が、ぼくを圧倒した。暗い緑色に塗られた家並は、兵舎の列のように重苦しい。同じ規格におさまった木造三階建の細長い建物が、配列、といった感じで、等間隔に並んでいる。頑丈そうな板壁。家並の間には荒れた茶色の草地があるばかりだ。ブランコと物干台が、寒そうにつっ立っている。ぼくは、四つ辻に立って、くるりとまわってみた。あちらの道も、こちらの道も、縦横に、同じ列が、はてしなく続いているように見える。わずかな道のりを進んだつもりが、いつか、四角い建物の群に、すっかりとりかこまれていた。地下室があるのか、一階の窓はくぼんだように低く、それが家々を、ますますうっとうしいものに感じさせる。灰色の雲がたれこめ、季節風が、家並の間を通りぬけて行く。人かげはなかった。町全体がぼくを拒んでいるように思えた。こんなところで、いったい、どんな生活が営まれているのか。スーツケースを持つ手がしびれるように冷たい。

そうか、これは社宅の町なのだ。そう言えば、これから河口に寄った所に、大きな化学工場があると、運転手が言っていた。どこの世界でも、社宅は似たようなものだ。

それにしても、こんな所に来ようとは、思いもかけなかった。今日は、ここまでたどりつくのにまったく苦労したものだ。さんざ待たされたバスは、途中までしか行かなかった。腹がへったから、どこか安くていい食堂を教えてくれと運転手に言ったら、空のバスで街はずれの食堂に連れて行かれた。食前酒をおごってくれて、いざ食事になったら、別々のテーブルで食おう、と言った。ぼくとあいつしか、食事するものはなかったのに。一体あれはどういうつもりだ。どこの国の人間か分らぬてあいと、一緒に食事をするのはごめんだ、という意味だろうか。片ことをしゃべる人間と一緒では、せっかくの飯もうまくない、ということだろうか。食事にかける価値の比重が違うということだろうか。そのくせ、食事がすむと、また、ぼくのテーブルに来て、ヒッチハイクのできる所まで連れて行ってやろう、と言った。あれは、やはり親切な男というべきなのだろう。

ぼくは吹きっさらしの十字路で、半時間も立っていた。やっとやってきた車は、渡しから二十キロも手前の町までしか行かなかった。それでもありがたかったのだが、礼を言いながら、あわてて飛び降りた途端に、マフラーを置き忘れてしまった。このしつこい季節風が吹くというのに、まったくへまをしたものだ。

それからの二十キロも大変だった。こんな季節に、沼沢地に渡しを渡って入って行くような車など、ありそうにもなかった。だが、ぼくは、この旅行にとび出したときから、何故か、やみくもに、この沼地に来たかったのだ。ずいぶん前にみた映画で、白い野性の馬が、広大な沼沢地を走っている場面が忘れられないせいだろうか。それとも、昔から、荒涼とした河口近くの葦原にひかれているせいかも知れない。むしゃくしゃすると、よく自転車をひっぱり出して、河口に行ったものだったが……。

いずれにせよ、ぼくは、どうしても今日中に河を渡るつもりだった。持ち重りのするスーツケースをぶらさげ、風にあふられる外套に足を取られそうになりながら、後を振り向き振り向きして、三キロは歩いたことだろう。

そのときやっとあのトラックが来たのだ。片手を上げたくらいで止ってくれるなどとは、信じられないほど、大きなトラックだった。しかし、大樹にすがる蟬といった恰好で、窓までよじ登って頼むと、簡単に助手席に乗せてくれた。これまで、どうしてトラックを止めることに気づかなかったのかと思われるほど、彼は親切だった。恋人たちの後に乗ったり、むっつりしている男の横に坐って気まずい思いをしたり、変な論議をふっかけられて困ったりするより——実際おとといのあいつは嫌な奴だった。上等な車に乗って、人種偏見はなくならない。日本にだってあるだろう? だから、アフリカ人はアフリカ人、アジア人はアジア人、それぞれ各々の国に住んでいればいいのだ、外交的な接触だけですましておけばいい、などとしつこくからんできた。こちらは疲れていたから、うんざりして、議論をしかえす気にもならなかった。そう思いますか、なるほど(勝手にしゃべらせておけ)、と、きいているうちに、だんだん腹が立ってきて、いっそ下りてやろうと思ったくらいだが、疲れと功利心で、そのまま乗っていた。あんな思いをするより、このトラックの乗り心地の方がどんなにいいことか。しかし、親切にも困る。フェリーボートで、ぼくは、茶色に波立つ河を見たかった。ここにいなさいよ。下りちゃ損だ。渡し賃は会社持ちで、乗っている限りは只なんだから。下りたら金をとられますよ。そして煙草をすすめたりしてくれるから、ぼくは、親切を無にしかねて、灰色の空と、枯れた土手しか見えないトラックの中で、じっとしていた。

だが、それにしても、ホテルはどこにあるのだろう、と思うと、じつはそこがホテルの前なのであった。何とも、それは思いがけないホテルだった。社宅と同じ暗緑色の板壁、集会場らしい四角い建物の端に、くぐり戸のような入口があり、そこをもぐると、ホテルの受付になっている。薄暗いほら穴の中で、大きな声を出して呼んだが、人は出てこない。仕方なく、横にあるドアを開けた。そこは教室だった。しまった、とぼくはドアを背に、一瞬、立ちすくんだ。しかし、じつはそれはカフェだったのだ。天井の高い広い部屋に、机が教室のようにならんで、坐っている老人たちが、こちらをじっと見ている。教壇のように一段高くなった所に、カウンターがあった。

こんにちは、ホテルの人を探しているんだけれど、と、ぼくは一番近くにいる男に声をかけた。彼はあごで、カウンターの横に坐って書き物をしている若い女を示した。立つと大柄で胸の突き出た女だった。注文通りの部屋があった。夕食をとるなら七時から九時までですが。ぼくは、とると答えた。料理屋をこの町で探す気にはなれなかった。それでは御案内します、荷物はこれだけですか、と女はさっきの扉をくぐった。ここが食堂です、といいながら、大きな階段をのぼる。お風呂は。いりません。階段の上の大きな踊り場の横のドアをあけると、まっすぐに廊下が走っている。天井がいやに高く、左側に部屋が五つ六つ並んでおり、その扉がみんな開けはなしてある。片側は中庭に面したガラス窓になっている。校舎のようだ。四角くとりまいた二階の一つの翼がホテルであると分る。廊下の中ほどに大きな重油ストーブが燃えている。突きあたりには両側に部屋があり、その中庭の方に女は案内した。馬鹿でかいベッドが二つあった。ああ、なかなか結構です、とぼくは言った。お休みのときは、ドアを開けておいて下さい。廊下のストーブが暖房なのです。明日は何時に御出発ですか。分らない。起してくれないでよろしい。それでは、と女は鍵を置いて出て行った。前世紀の遺物のような部屋であった。

ずずぐろい緞子のベッド・カバー。大きな木のベッド。暗いシャンデリア。大げさな笠をかぶった枕元のスタンド。立派な木彫りのたんす。洗面用の陶製水さし。高い天井。重たそうなカーテン。これでベッドの上に天蓋でもついていたら言うことはないな、とぼくは思う。廊下に並んでいる部屋も、同じように古びて暗く重々しかった。工場に来る偉い人たちの足場なのだろうか。

ぼくはカバーをかけたままベッドにねころがり、案内書の地図を検討した。はるか北の高山に源を発する河は、海に近づいて二本に分れ、広大な沼沢地をデルタとして形成する。ぼくは研究もせずに、行きあたりばったりの見当で、東の大きな港町から、一番の近道を通って、東側の河を渡ったところなのだ。だが、今、はじめて詳細な地図を調べてみると、この地方独得の景観を呈する有名な地名は、西側の河に沿ってあるらしく、しかもその間には、大きな潟が介在している。潟の端の砂洲伝いに四十キロの道を行けば、最短距離で向う側に出られるが、雨期には通るな、と、注意書きがある。どうやら、一度、河の分岐点近くにある有名な町に出て、そこを起点にバスを使うべきだったらしい。だが、時間も金も限界にきている。明日はどうしても北へ抜けねばならなかった。今は午後の三時だ。ぼくは検討をあきらめて、カフェに下りて行き、飲み物を注文した。

若い男の子たちが、サッカー・ゲームをかこんで、わいわい言っている。みんな皮のジャンパーを着て、軽薄に見える。年寄りが新聞を読んだり、雑談したりしている。カウンターの女の子を、若い衆がとりかこんでいる。壁には沢山のはり紙。

「クリスマス大舞踏会。十二月二十四日夜当会場において。楽団演奏！ 入場券は早い目にカウンターでお求め下さい。」

「昨日の＊＊＊地区サッカー試合の結果」

「地区大会に優勝せるわがチームの英姿（写真貼付）」

ここでも生活があるんだ。こんな沼地の、一日に二本しかバスの来ない、季節風の吹きすさむ所に。どんな気持で、こんな所に住んでいるんだろう。ぼくとは無縁だ、絶望的に無縁だ。結局、ありふれた生活をしているに違いないけれど、ぼくには彼らが、どんな気持で住んでいるのか分らない。手がとどかない。つまりは、ぼくは言葉が不得手で、ぼくの言いたいことの半分も言えず、相手の言うことの半分くらいしか分らないせいだろう。青森の端、北海道の端に行ったって、こんな気持になりはしまい。いや、ぼくが、こんな気持になるのは、この国においてだけだ。他のまったく言葉の通じない国では、ぼくはもっとおおらかな気持でいた。差異に驚いても、それはぼくの心を傷つけはしなかった。いくらでも見つかる類似が、ぼくを暖い気持にし、にこにこと人々にほほえみかけることができた。しかし、なまじ言葉のできるこの国では、ちょっとした不一致、ちょっとした理解不能が、ぼくには拒絶と感じられる。そして、こちらもすぐ、亀のように首をすっこめるのだ。それはかたくなな拒絶と見えて、相手を困らせる。相手の情なそうな当惑の表情をみて、ますますこちらは傷つく、といった仕組になっている。

ぼくはカウンターに近寄って、女に声をかけた。水鳥が飛んでいて、馬や牛がいて、沼のあるような所を見たいんだけれど、ここからどの位でそんなとこに行けますか。我ながら、自分の質問の間抜けさ加減に、ぼくはうんざりする。しかし、こんな間抜けさを重ねて、もう一年以上になるのだ。慣れなくてはならない。そうね、三十分位かしら、と彼女は取巻きの男たちに問いかける。いや、二十キロも行けば見えるさ、と、男の一人が答える。歩いて行くんだけれど、と、ぼくは口の中でもぞもぞと言う。え？　車じゃないの？　と女が言う。それじゃ、今日中には無理ですよ、と誰かが言い、みんなが笑う。別の誰かが冗談をとばし、どっと笑いがはずむ。だが、ぼくはその冗談をとらえそびれた。ぼくは、ともかくそこで笑うことにした。どうもありがとう、どちらにしても、ちょっとその辺を散歩してきます。夕食は七時でしたね、と言い捨てて、カフェをとび出す。

時計をみると三時半だった。五時に日没として一時間半だ。ぼくの足で八キロは行けるだろう。地図をみると、八キロ先には、何とか水鳥のいそうな所があった。道ははっきりしている。暗くなっても七時までには帰れそうだ。ぼくは行こうと決心した。

町をはずれると、たちまち一面の葦原になった。その中を自動車道がまっすぐに走っている。昨夜からの雪雲が、切れ目なく空を覆っていた。斜め前方から吹きつける風に、顔をむけると、すぐに涙腺が切れて、風景がかすんでしまう。ぼくは斜めにかたむき、外套の襟を片手で押さえながら、足早に歩き続けた。マフラーを落としたのが、何んとしても、くやまれた。馬が見たいのだ、とぼくは考えた。ぼくは馬が好きだ。馬を見たら気が晴れるのだ、と考えた。それから葦原も好きだ、と思った。それは荒れた気持にぴったりして、だから心がなごむのだ、と思った。管理事務所のような建物があり、ガソリンスタンドとバスの停留所の標識があった。人はいなかった。そこを過ぎて、北にのびる道路をはなれ、西に向った。今度は斜め後方から風が吹きつけ、それに押されて歩いた。道の両側は、深い溝になっていた。帰りはこの溝に気をつけよう、と考えた。帰りは向い風だ。憂鬱だな。道端で、風を背に小用を足した。しっかり足をふんばらねば、溝に落ちそうであった。小用は霧となって、葦原の上に飛び去った。葦原のうねりが心地よかった。

と、そのとき、エンジンの響きがきこえた。ぼくはあわてて身づくろいをすると、道の中ほどに出た。たしかに自動車がくる。近づくのを待って、手をあげると、小さな車が止った。すぐ近くの家に帰るところなんですが、と窓を開けると若い男が言った。それでもいいから乗せて下さい、この道の途中でしょう？　とぼくは頼んだ。ええ、と男は仕方なさそうに助手席を片づけた。車が動き出すと、暖かさが身にしみた。水鳥がいて、馬や牛がいて、沼のあるような所を見に行きたいのです。七時までに町に帰るのですが、とぼくは言った。あなたは中国人ですか、ベトナム人ですか。日本人です。ああ、と言って彼は黙ってしまった。しばらく行くと、車庫のように無愛想な農家の建物がみえた。あれがぼくの家ですが、まぁ、そこいらまで行ってみましょう、と男が言った。親切に甘えるようで申訳ないけれど、そうして下されば有難い、とぼくは言った。T字路に出て、車は北へ折れた。この分岐点を忘れないようにしなくちゃ、とぼくは思った。

葦の背丈が低くなって、左手に農家のような建物があった。車はそこで止った。え、ここですか、とぼくは思わず尋ねた。どこに沼があるんですか。その家の裏手をどんどん行けばありますよ、と男は答える。ぼくもちょっと急ぐので。ぼくは煙草を買っておかなかったことをくやんだ。礼に渡すものがない。ポケットをさぐると、札があった。ぼくは思いきって、それをひき出した。お礼に渡すものがないので、これを受けとってほしい。全然、用のないところまで来てもらったのだから。タクシーなら、もっとかかるだろうし。男は二、三度、ことわったが、最後には、受けとった。ちょっと気まずい思いだったが、この国では、ぼくが感じるほどのこともあるまい、と思うことにした。

道の右手には「禁猟区につき、立入り禁止」という札が立っていた。葦原が続いている。鳥の姿は見えないが、立札のある以上、飛ぶこともあるのだろう。左手は家の垣根になっていた。入口には、「私有地」と札が出ていた。戸をいじってみると、開けることができた。家には、誰もいないようであった。裏にまわってみる。納屋の戸が開いており、馬具などが置いてある。馬小屋もあるが、馬の姿は見えない。裏庭の土の上に、無数の蹄の跡があった。庭の端は土手で仕切られていて、その上に木が植っている。ぼくは、土手を乗り越えた。その百米ほど先には、さらに高い土手があり、下の草地は、うっかりふむと、靴がもぐり込みそうに、じくじくしている。そこにも無数の蹄の跡があった。乾いていそうな所を選んで歩を進め、次の土手に登ってみた。同じ光景のくり返しであった。馬糞と蹄。土手の上の木立。ぼくはあきらめて戻ることにした。馬はいるらしい、それにしても、鉄の打ってある馬だから、野性ではないんだな。

靴を泥だらけにしただけで、道にもどった。雲が少しきれ夕陽がさした。五時前だった。あと十五分だけ先に進もう、とぼくは歩き出した。風は少し収まったが、それでも冷たかった。道幅が広まり、風景も広がった。夕陽が全体を赤く色どった。葦原の先に、何か、黒い動物が十頭ばかり見えた。みんなうなだれて、草を噛んでいるらしい。牛だろうか、馬だろうか、馬だったらいいのに。ぼくは風上に向い、目をこらして見つめるのだが、見つめると、すぐ涙腺が切れて、光景が涙でぼんやりかすんでしまうのである。ぼくはハンカチをとり出して、涙をふきふき、じっと目をこらすが、所詮、遠くて分りはしない。全部が黒いので、牛らしいのだが、ほくは、あれは馬だと思えばいいのだ、と、首をたれて草をはんでいるらしい黒い点々を見つめながら、考えた。五持を過ぎ、まだ明るいとはいえ、日はすでに、落ちてしまったらしい。ぼくはひき返すことにして、向きをかえた。

撃て！　そのとき、ぼくは叫びをきいた。はっとして、それが、日本語であることに気づくと、ああ、幻聴だ、と思った。ぼくは打ちのめされ、両手を外套のポケットに入れたまま、うなだれて、歩くこともできず、立ちすくんだ。

そうだ、一年以上たつのだ。この声をきくのは。出発前の二、三カ月、夢をみる度に、この声が出てきたのだった。ぼくはゲリラ隊にいて、銃をかまえて伏せている。「撃て！」その声をきいても、ひき金にかけた人差指を動かせない。指がこわばって動かない。撃てない、撃てない、と思って目がさめる。この国にきて、ぼくはその夢をすっかり忘れてしまっていた。幻聴ははじめての経験だった。

そうだ、この国に来て、何一つ撃てなかったのだ、とぼくはつらい気持で思った。この旅を終えると、帰国の準備をしなければならなかった。一年以上を、ぼくはこの国で無為にすごした。生活にとけこむきっかけすらつかめず、何ひとつとらええないで。それが、今、この沼沢地の中で、肩を押えつけるような痛みで、実感された。とうとう、この国とは、無縁ですごした、と思った。

風景は、ふたたび灰色に覆われ、寒さがつのった。ぼくはのろのろと歩きはじめた。自動車が二、三台続いて来た。ぼくはそれを見送った。しばらくすると、また車がやって来た。やはり車に乗った方がよかろう、と、ぼくは手をあげた。男はそしらぬ顔をして、走り去った、おれはあいつを憎む、とぼくは考えた。すると、また車がやって来た。何と沢山な車が来るのだろう、と、ぼくはまた手をあげた。がたがたの小さな荷物車が止り、皮ジャンパーの老人が、どこに行くのか、と尋ねた。ぼくは町の名を告げた。助手席にはもう一人、老人が乗っていた。場所がないけど、犬と一緒でいいかね、と皮ジャンパーの老人がいった。もちろん、と答えると、老人は車の後にまわって、小さな窓のはまった観音開きの鉄の扉をあけて、荷物を片寄せた。礼を言って乗りこむと、大きなポインターがぼくの匂いをかいだ。助手席の老人が、二本の猟銃をかかえて、挨拶した。ぼくは中腰で運転席の背をつかまえながら挨拶を返した。せまいだろう、と笑いながら、運転席に戻った老人は言い、発車させた。老人たちは、猟の話の続きをはじめた。どうやら、一羽もとれなかったらしい。助手席の老人は、疲れているらしく、いいかげんな相づちを打つばかりであった。分岐点をそのまま南に下り、行きとは違う道を通った。やがて、一軒の農家が現われ、助手席の老人は、ぼくたちと握手をかわして、下りていった。さぁ、広くなるぞ、と皮ジャンパーの老人は、車の後にまわり、扉をあけ、おいで、と犬を呼んだ。犬は助手席に後向きに乗って、椅子の背にあごをのせ、ねむたそうな目で、ぼくを見た。ぼくは助手席の側のやや広い空間に、躰をうつした。老人は銃を犬と自分の間にもたせかけ、車を動かした。

どのホテルにいるのかね、と老人がたずねる。さあ、名前は忘れたけれど、緑色の大きな木造のホテルだ、とぼくは答える。それじゃ＊＊＊ホテルだ、あれは一番いいホテルだ。今日は一羽も獲物がなかった。それでも、あのあたりは、いい猟場なんだ。わしは、冬は、暇になると、いつも猟に行く。老人はとめどなくしゃべり、ぼくはあいづちを打ったり、質問したりしているが、先ほどから銃口が気になって仕方がない。それは、ちょうど、ぼくをねらった恰好に置かれていた。老人に気どられないように、そっと躰を右や左に移動させてみるが、せまい空間の中で、銃をつきつけられた形のぼくは、どうやっても、銃口をそらすことができなかった。車ががたがた揺れるたびに、ひやりとした。ぼくはその間に、いろいろ質問した。この町は社宅なのか、大きな工場があるのか、その工場は何を製造するのか、等々。しかし、答えはどうでもよかった。撃て、か、と、ぼくは心の中で苦笑する。これで、暴発で死んだら、起承転結が行きとどいている。

車は町の広場についた。このホテルだろう？　いや、違います。それじゃ、わしはここから帰るから下りてくれ。そこで、ぼくは礼を言って下りた。そのあたりは、ありふれた殺風景な、田舎町のたたずまいだった。ぼくは煙草屋に入って、絵葉書と煙草を買い、道をたずねた。ホテルは二軒しかないから、すぐ分った。社宅の家並からは、ところどころ灯がもれ、昼間よりも暖く感じられる。

帰りつくと、部屋にもどらず、カフェに入った。六時過ぎであった。教壇のように高いカウンターに登って、昼間の女にバスの時間をきいた。朝七時と午後五時の二本だと女は答えた。二本しかないことは、話にきいていたが、時間をきいてうんざりした。ウイスキーをとり、コップをもって、ストーブのそばに坐った。七時まで絵葉書を書くことにしよう。

細長い食堂は、ホテルのどこよりも落ちついて気持がよかった。小さいからだろう、それに人数がつり合っている、とぼくは思った。十人ばかりの男たちが、四、五脚のテーブルに分れて坐っていた。単身赴任者てとこか。テレビは大統領選挙の特別番組を流していた。革新党の党首が、司会者の質問に答えて、現大統領の独裁性を批判している。ぼくはビールを飲んだ。ずいぶん前から、名前も顔も知っているこの政治家の言っていることは、ぼくの生活とも、遠い連鎖で、つながっていることだ。しかし、今、この荒涼とした沼沢地に置き忘れられたような田舎町の食堂で、この国の住民としては珍しく、冗談もとばさず、きまじめな顔をして、聞き耳をたてている男たちと、同じテレビを、はなれた食卓にひとり坐って見るとき、この政治家の、内容さえ予想できるほど、いわばなじみになっている意見は、ふいに、ぼくにとって、どうしようもなく無縁なものと思われてくる。ぼくのききとらえる内容は、じつは形骸にすぎず、真の意味は、ぼくの手からさらさらと、こぼれて行くように思われる。味けない殻だけが残る。ここにいる男たちが、ぼくの知りえないところで営んでいる生活。それが革新政治家の弁舌を、ぼくから奪い去って行く。

九時に食堂を出た。食堂とは対照的に暗く冷い廊下があった。カフェに寄るつもりだったが、朝の早さを考えて、そのまま階段をのぼった。踊り場の薄暗い電灯をたよりに廊下の扉をあけた。中ほどにある重油ストーブが、暗い廊下に赤い光をゆらゆらと反映させていた。他に泊り客は、いないようだった。ぼくは少しこわくなった。スイッチを探したが見つからなかった。仕方なく、ストーブの明りを頼りに進んだ。右手の中庭に面したガラス窓は、夜に入って更につのった風で、騒しく鳴った。それでも足音は、いやに高くひびいた。左手に並んだ部屋の扉は、あいかわらず開け放たれ、暗闇の虚空をみせている。扉をひとつ通りすぎるたびに、胸がどきどきした。背中に覆いかぶさってくるような空間も、気になった。やっとたどりついた思いで、部屋のスイッチを押した。たよりげな黄色い光が高い天井をぽっと明らめ、赤黒いベッドカバーを照らし、濃緑色の重たげなカーテンを浮かび上らせた。それでも、ぼくはほっとした。扉をよほど閉めようかと思ったが、寒さに耐えきれなくなるのは必定であろうし、閉めれば、外の廊下がもっと気になるに違いない、と考え直した。

寝るが勝とパジャマに着換え、ベッドにもぐり込み、スタンドを消した。と、急に、しっこい便意に襲われ出した。壁の一部で、ストーブの明りが、うす赤く、ゆらいでいる。風は中庭で舞い、この部屋の窓を打って、屋根に吹き抜けて行く。廊下の扉の群が気になった。このままでは、寝つけそうにない。ぼくは、やっと勇気を出して、起き上り、廊下に出た。五つほどの戸が黒く開いている。便所は、ぼくの部屋の隣、つまり廊下の端にあった。扉をあけ、明りをともして驚いた。天井の高い、六畳ほどもあろうと思われる細長い空間に、便器が一つ坐っている。腰を下して、ゆっくり周囲をながめた。壁も、天井も、真っ白である。まるで手術室のようだ。それにしても、どうして、こんなに天井を高くする必要があるのだろう。どういう気持で、こんな馬鹿でかい便所を作ったのだろうか。ぼくは、労役から帰りついた徒刑囚のような気持で、用を足した。

ベッドに帰り、スタンドを消したが、目がさえて、ねつけなかった。風の音と、廊下に並ぶ部屋の戸口が、ますます気にかかった。そうだ、あのドアを全部しめてしまおう。ぼくは廊下に出て、手前の部屋から、扉を閉めにかかった。ギーっと大きい音がして、ぼくはぞっとした。しかし二番目の部屋では、鎧戸のすき間から、街灯がちらちらと見え、その光にかすかに照らされた部屋は、何の変哲もない、あたりまえのものだった。ぼくはすっかり安心して、すべての扉を閉め終った。ふり返ると、廊下は、まだいささかの不安は残るものの、何とか身を托するに足る、船のような雰囲気をただよわせていた。

部屋に戻ると、床に入らず、窓際に立って、中庭を眺めた。空は暗雲におおわれ、風はあいかわらず強かった。中庭をへだてた一階の窓に、暖かそうな黄色い光がともっていた。楽しげな笑い声がきこえそうであった。時計をみると、十一時をさしていた。あの大柄な女もいるのだろう、と、ぼくは思った。風の舞う、真っ暗な中庭を介したへだたりが、痛く感じられた。あそこでは、と、ぼくは考えた。あそこでは、この国の、あたりまえの時が流れている。

しかし、二時になっても、三時になっても、とうとう一晩中、その灯はともっていた。うとうとと眠って六時半に、気がついた。しかし、疲れが全身に感じられ、ようやく眠気がさし、起き上る気がしなかった。もう少し寝よう。また、バスを逃しても、トラックをつかまえることができるだろう。

（『日本小説を読む会会報』百号記念特集号１９６９・６）

フォントネ ― 不断の香

二十年振りでフランスに行くについては、ロマネスクの教会と、シトー派 Cîteaux の僧院のいくつかは、ぜひ見てきたいと思っていた。

前の留学のときは金がなく、フランス国内をこまかく旅する余裕のなかったことも事実であったと言い条、何といっても、無知のための見落しの方がはるかに多かった。帰国後、あれを見ておけばよかった、こんなものがあることも知らなかった、と悔やむことが多多あった中でも、シトー派の僧院の存在を知らなかった口惜しさは大きかった。何かの調べ物をしているとき、偶然、歴史事典の図版で目に入ったシトー派の建築は、戒律がきわめて厳しい修道会のものにふさわしく、余計な装飾をそぎ取った幾何学的な線の迫力で、わたしの眼を打った。冬でも火をほとんど使わないくらい厳しい戒律、という解説で、あるいは、と、調べてみると、北海道のトラピストは、やはりシトー派の流れを汲む修道会なのであった。トラピストには、わたしに勝手な思い入れがある。

高校三年の秋口だったと思う。トラピスト修道僧の彫った木靴を物産展で即売しているという記事を見て、無闇に欲しくなった。掲載紙に住所を問合せ、修道院宛に手紙を出してみると返事をくれた。木靴は日常の作業用に作っているのを、たまたま物産展で売ったのであって、商売にしているのではないが、そんなに欲しいのなら例外的に作ってあげてもよい、足型を紙にとって、実費〇〇円と共に送れ、とある。二月ばかりして届いた木靴は、ニスも塗っていない白木のままのもので、甲の部分に革のベルトが打ちつけられていた。世の中の寝静まるのを待って、自宅から二十分ばかりの万代池《ばんだいいけ》まで散歩してみると、一箇所少し窮屈なところはあるものの、履き心地はなかなかよく、籠った足音が懐しい気分を誘った。以来、夜な夜な木靴で散歩に出かけ、一緒に着用すべくビロード地のマントも自らデザインして、こっそり姉に作らせようとしたが、これはにべもなく断られた。心に空想のマントを纏い、トラピスト製の木靴を履いて、冬の寒い夜半など、月下の池畔を散策するのは、侮り難い慰めとなって、二年の浪人期間も、あまり苦しむことなく、すごすことができた。大学の二年目からは京都の北白川に下宿したが、京都の町は何となく木靴が不似合で、やむなく大阪の自宅に置いている間に、日頃から木靴を目の敵にしていた母が、いつの間にかこっそり捨ててしまった。シトー派建築にわたしの抱いた憧憬は、だから、あの木靴の木肌の記憶とまんざら無関係とは言えまい。僧院の写真に衝撃を受けてほどなく、仙台の学会でたまたま留学生仲間だったY君と出会ったとき、シトー派の僧院を見に行ったことがあるか、と尋ねてみた。

——ああ、システルシアンの僧院！

面擦れのあとのように額の抜け上った、普段はいかめしく結ばれている士族づらを、大きく綻ばせて、Y君は言った。薄い茶色の目が、夢みるようにすぼんだ。その後、間もなく自殺したこの友人が、そのとき挙げた僧院の名前は、どことどこだったのだろうか。彼自身が修道僧のような人だったので、この最後の対話は忘れ難く、わたしの思い入れを更に深くした。

フランスに着くと、だから、わたしはすぐ、シトー派建築の写真集を購入した。しかし、その写真集は平板でまったく迫力に欠け、意気込みとは逆に、気勢を殺がれる結果になった。熱心に見てまわる気を失したのは、ひとつには、ヴェズレ、オータン、サン゠ネクテール、イソワール、コンクといった、ブルゴーニュやオーヴェルニュ地方の、ロマネスクの教会めぐりに、夢中になったせいもある。ロマネスク教会の、人間の間尺に合った見事な空間に身を置くと、ゴチック大聖堂の大きさが、何だか馬鹿げたものに思われ出し、他に心が向かなくなるようだった。

同僚の西川長夫夫妻が旬日を過ごしにパリにやって来たのは、そんな具合に一年の月日の過ぎた昨夏の終りのことだ。あわただしい日程のあいま、せっかく車があるのだから、どこでも好きなところに連れて行くと言うと、祐子夫人がビュフォンのことを調べているところなので、その領地のモンバール Montbard に行きたいと言った。モンバールはブルゴーニュの白葡萄酒で有名なシャブリの近くにある。他に近くに面白そうなところはないか、ミシュランのガイドブックを眺めていると、フォントネ Fontenay の修道院跡に星印が二つついている。フォントネという地名にどきりとした。シトー派の僧院でなかったか。本文を見ると、やはり十二世紀のシステルシアン cisterciens の元修道院、とあった。ついに……！　モンバールのあとは何としてもここを見なくてはならぬ、と心に決めた。

　朝パリを発って、午後モンバールに着き、資料を手に入れるつもりで観光案内所に行くと、週日なのに閉っていた。仕方なく、ビュフォンが古い城を壊して作った庭園に直接行ってみる。すると、彼が『博物誌』を書いた書斎や塔も、閉館日を調べて避けて来たにもかかわらず、これがまた閉っていた。昔の城壁に囲まれた小高い丘が、テラス状の庭園になっている公園は、小雨の中でしっとり落着いて風情があったけれど、こちらは何とか書斎が見たかった。尋ね歩いてわかったことは、その日は祭りで役所はみな閉っていること、翌日はビュフォンの書斎は休館日だが、ビュフォン友の会事務局担当だかを兼ねた、助役の何とか女史に頼めば、見られるかも知れない、といったことだった。期待をつないで、余った一時間、隣り村ビュフォンにある鉄工所跡を見に行った。ここは博物学者自らが経営していた、かなりの規模の製鉄所なのである。高炉のあとや復元された水力利用の圧延機、というより巨大な木製の杵の先が鉄槌になったものなどが、じつに興味深かった。案内人がレヴァーを入れると、小さな水門が開いて勢いよく水が落ち出し、水車がまわり、巨大な鉄槌がすさまじい音をたてて打ち落される。往時の隆盛を偲ばせる、迫力満点のデモンストレーションだった。

翌朝は助役女史の親切な手配で、休館日にもかかわらず、書斎を開けて貰えることになり、喜んで塔に駆けつけたが、番人は他所に出かけておらず、頼まれた高校生くらいの親戚の少年が塔を開けてくれたが、書斎の鍵は番人が保管していて見つからないらしく、陳列された文房具などを見ただけで、空しく切り上げざるを得なかった。

フォントネは、モンバールの町を出はずれたところの山あいにある。町はずれの住宅地から間道に入って五分も車を走らせると、行き止まりが昔の僧院である。山懐に抱かれた明るい林間の広がりが美しい。小雨の降りしきる中を窓口まで行ってみると、つい先刻出発した後なので、次の案内まで一時間待たねばならないとわかる。朝の失望のあと、昼食前に無理矢理連れて来た友人たちを、一時間も待たせるのは気が咎めたが、弱気になることを自分に警めて待った。

ようやく案内が始まり、ガイドの小母さんが前庭で説明をはじめた。この僧院は聖ベルナールの次女と呼ばれる。すなわちクレルヴォーの院長聖ベルナールが、トロワ＝フォンテーヌに次いで二番目一一一八年に創めた僧院である。聖ベルナールの建てた僧院の多くは、山際の水の豊富な湿気た土地を選んでいる、などなど。では教会から始めましょう、と彼女は左端の兵舎か倉庫のように無愛想な建物を示した。

十人ばかりの観光客と、何気なく入口をくぐって受けた感動を、どう表現すればいいのだろう。思いがけず広い空間、柱を支えとして天井にかかる七列か八列の先の尖った横断アーチの線の美しさ、明るい薄茶の石の列が地味な漆喰の天井を鮮やかに横断している。床には舗石はなく、打ちかためられた三和土で、しっとり湿っている。

フォントネ修道院教会内部身廊

そして祭壇の方を見ると、何ということだろう、この御堂の中には、薄い霧が立ちこめて、奥の方が霞んでいるではないか。甍破れては霧不断の香をたき、と大原御幸の一節を思い浮かべ、胸しめつけられるような心地がした。
フォントネの魅力を語るには、三和土の上にじかに麦藁を敷いて寝た共同寝室の、栗の木の梁の見事さ、回廊や写字室などの天井や柱列の力強い美しさについても述べなければならないし、ここにはビュフォンのものよりはるかに古い、製鉄所のあったことも書く必要があろう。しかし、わたしはフォントネを思うたびに、あの入口を入ったときの、息ができなくなったほどの驚きを思い出し、あらためて胸のしめつけられるような感動を味わうのである。

（『立命館学園広報』１８９号１９８７・９）

ジャスリーの仔牛

車を降りると、高原の冷気が、箒で掃くような感じで、降りかかってきた。標高は、1000mを少し越したくらいだろうか。晴れてはいるけれど、ときどきさっと広い山腹をガスが駆け抜け、冷たい霧の滴が吹き付ける。草原のいたるところ、細流が網目のように走っている。アルピニストが馬鹿にしていう「牛向きの山（モンターニャヴァシュ）」そのままに、斜面のいたるところ、牛が草を食んでいる。ところどころに、石造りの藁葺き小屋が見える。その一つを目指して、ロジェが登りだした。

この辺りは、若いころに渓流釣りに来ていて馴染みになったんだ、と車の中で言っていた。ああ、『陽はまた昇る』だったか、『移動祝祭日』でそういう場面があったな、と思った。

イヴォンヌと澄子たちが追いつくのを、小屋の前で待った。

——こういう小屋のことを、この辺りでは、ジャスリーっていうんだ。

小屋の入口で声をかけると、四十代くらいの女性が出てきた。

——日本からの友人にジャスリーを見せてやりたいのですが、見せてもらえないでしょうか。

どうぞ、と言われて、入口をくぐった途端、わっ、と、ものすごい臭気が、塊のように襲いかかった。木の階段の横を、水流が勢いよく流れ落ちている。地下室があり、一階の右側が人の居住空間とわかる。左側に入ると、昔の日本の典型的な山小屋のように、真ん中に通路が通っていて、その左右が、板敷の空間になっている、と思ったが、真ん中は通路でなく水路である。底を、ここでも勢いよく、水が流れていた。両側の板敷は、中央に向かって傾斜をつけてある。右側の隅っこに、白い仔牛が一頭、うずくまっていた。

——この子は、風邪を引いて調子がよくないので、小屋に入れているのです。

と女主人が言った。その瞬間、とつぜん仔牛が立ち上がって、放尿を始めた。こちらに向けたお尻から、ジャージャーと尿がほとばしり出た。仔牛といっても、人間とは迫力が違う。長々と続いた尿は、そのまま中央の水路に、流れ落ちていった。なるほど、水洗便所か、うまくできているなあ。しかし、ゆるくはあるけれど、この傾斜で、牛たちは、心安らかに、寝入ることができるのだろうか。ずるずると、ずり落ちそうにならないのだろうか。

——フォレの山の、こういうジャスリーで作る、円筒形のチーズが、フルムと言って、昨夜、君たちが食後に食べたやつだよ。この地下の部屋で作っているんだ。

　そうか、ジャスリーは、マリー・ハムズンの『小さい牛追い』と同じ、アルパージュなのだな。夏の間、高い山の牧草地《アルプ》(alpe)に牛を放牧して、秋のはじめに下の村に連れて降りる。岩波少年文庫であの本を読んでいたときは、強烈なこの臭気のことには思い及ばなかった。そして水浸しのような小屋暮らしにも。この小さな岩小屋には、電動の搾乳装置なんかないから、乳は手で搾っているのだろう。チーズ作りに水がいっぱい必要なのもよくわかる。まったく、ここの暮らしはあの本で思い描いたような牧歌的なものでは無さそうだ。一家のきびしい労働は朝から晩まで続くのだろう。

　前足を折ってまた座りこんだ仔牛を残して外に出た。

ロジェは、山を降りたマルシイ・ル・シャテルという、生まれ故郷の小さな村の家に、休暇中は、イヴォンヌと住んでいる。遊びに寄るたびに、いろいろなところに案内してくれるが、ジャスリーには、その後、二度ばかりしか、連れて行ってもらっていない。二度目のジャスリーに、牛はいなかった。十年ばかりの空白を置いて訪れた最後の機会には、もう山の草原に、牛の姿は見あたらず、同じジャスリーには、バカンスを過ごす孫の一家が住んでいた。フルムは、平地の牛舎の電動搾乳機で搾ったミルクで、工場生産されているのだろう。それは、いかにも仕方のない時代の流れに思える。しかし、あの仔牛のうずくまるジャスリーを、今一度見たかった。

（『ＶＩＫＩＮＧ』７５８号２０１４・２）

（亡きロジェ・シャザルとその妻イヴォンヌ・アンドレに、愛と感謝を込めて２０２３・９）

II

夕凪橋夜景

今夜もぼくたちのほかは、ほとんど乗客はいない。もう何度目になるのだろう、この支線に乗るのは。夜ばかりだから、いつまでたっても景色がわからない。工場だけが続くみたいでつまらなそうだ。葦の立ち枯れた側溝と煉瓦の建物。いつも乗る本線では使われなくなった、時代遅れの流線型木造電車が、二輛連結でコトコト走る。でも連結されているだけで、二輛のあいだに本線の電車みたいな通路はない。父は眠りこんでいる。暗い車内灯の投げかける頼りない火影が、おぼろな景色のいちばん手前を、でこぼこにさすって行く。折れ曲りくねる光の平面の先は、えたいの知れない闇。ときどきその光が、空を切るように手がかりを失って、遠く闇の彼方に消え失せ、またあたふたと戻ってくる。ぼくと運転手と車掌だけが、起きて動いているみたい。こうわびしいと、駅の名前をおぼえる気もしない。はじめの日だけは、運転台の横に立ちに行ったけれど、前照灯の解き明す世界があまりに心細く、それ以来は、いつも父の横に坐ったままでいることにしている。あと駅は三つか四つ。運転手が前を向いたまま、手さぐりで後の柱から、はやばやと名札をはずす。父は眠っている。会社から帰って、夕食もそこそこにすぐ出かけるものだから。

この日は嫌だ。父と二人きりでいるのは嫌でなくても。ともかく往きは心が重い。汐見橋。シホ、さびしい音。暗いわびしい終点。連絡船の乗り場みたいな淋しい閑散とした駅。市電に急ぐ。いやいやをするように、鼻づらをゆすって電車が停る。すし詰めの乗客。衣服に当って暖かそうにしている光。何だかほっとしてしまう。ばねのきかない路面電車の振動に身をまかせて少しのぼりつめると、大正橋になる。暗闇で定かに見えないけれど、鉄のアーチの向うに船のマストの林立していることを、ぼくは知っている。着ぶくれした人びとのあいだで暖かい。でも、だんだん車掌が車内を往き来できるほど空いてくる。

境川で築港の方に直角にまがると、また寂寥が電車をつつむ。まっすぐに行く電車なら、すぐ伯父の家なのに。市岡、ここにも親戚があるのだけれど、降りられない。客はまばらになる。外の家並も暗くまばらになって、商店なんかはなくなってしまい、いつのまにか、電車は土手のような高みを心細く走っている。次はゆうなぎばし、ゆうなぎばし。……心臓がどきんとする。父が立ち上る。ああ、とうとう。でも仕方がない、自分のためなんだから。電車が去って行く。小高い橋を登りつめ、向う側に消えて行く。海にはまり込んで消えてしまうみたい。あれが夕凪橋。何というしい名前、何というしいひびき。ぼくは好きだ。この橋の名が。潮の匂いがただよってくる。淋しい……。湿っぽくて暗い……。

屋台の赤い灯が見える。帰りに食べさせてね。ああ。父はうなずく。石段をおりて、狭い道を行く。仕舞屋風の家の開きにくい引戸。こんばんは。土間の横の硝子障子を開けて待合室に入ると、線香の匂いがただよってくる。どうぞ、おはいり。火鉢で手を暖めるひまもなく、隣室から声がかかる。こんばんは。お願い申します。こんばんは。ああ、おこしやす。どうですか。そこへお坐り。へえ、まだ、やっぱりしくじりますんですわ。ぼくは父が商売人みたいな大阪弁を使うのが大きらいだ。ときたま会社の人や他所の人と会っている父といるとき、へえ、とか、そうだっか、などと父がいうのをきくと、父が自分をわざと卑しめているようで情けなくなるのだ。そうだすか、もうぼちぼちきいてきてもええのやけどな。ぼん、そんなら、そこに寝なさい。ぼくはこのおっさん、いや先生も、なんだか下品で嫌なのだ。それなのに、ぼくはズボンを下さなければならない。おへそから下を丸出しにして。へえ、一晩に二回もねえ。まだまだですかなあ。火鉢で暖めた先生の指が下腹のむずがゆい黒点を押えて行く。恥しい。何の因果でぼくはこんな嫌な目に会わなくてはならないんだろう。ああ、ここはちょっと赤うなって、膿みかけてますなあ。ちょっと、ぼんには熱すぎたんかもしれんな。今日は小さめの灸にしときまひょかな。ぺろりと指をなめて、そのきたないつばをぼくのお腹につけて、巧みにもみのばされたもぐさのひもをちぎって押しつけ、押しつけたと思うと、もう小指にはさんだ線香で火をつけてしまう。小さくするといったって直径の五ミリもありそうなもぐさの山が燃えすすみ、皮膚に達する瞬間に、先生の二本の指がぎゅっと火の山の両わきをはさみつけるように押す。あついっ！　いくら押えられたって、熱くなくなるものか。ああ、でも、もう次の山が燃えつきかけ、あい、ちちっ！　がまんしなさいや、これでねしょんべんせんですむようになるんやさかい、ね。熱いばかりでぜんぜん効き目のなかったやいと。頭の先までしびれるほど熱かったが。それからいくばくもなく、ついにぼくの下腹部の六つのかさぶたはすべて膿みただれ、先生は治療の断念を宣言することになったのだ。「蛸の吸出し」という化膿どめの妙薬を推薦して。それは蛤の貝がらに入った、いかにもその名にふさわしい軟膏だった。

　ようがまんしたな。針灸院を出ると父は頭をなでてくれる。屋台に行こ。よし。橋のたもとののれんをくぐる。いらっしゃい、まいど。威勢のいい声がかかり湯気が顔を打つ。足元を冷い風が通りぬける。二つずつ二人前。へ、おおきに。ほかほかのこんにゃくに、味噌のかかった田楽。それしか売っていないけれど、あたたかくておいしい。湯気のあいだから父に笑いかける。父の眼鏡が湯気で曇っている。食べ終って外に出、支払いをすます父を待っていると、いつのまにか月が出てまぶしいくらいに照っている。寒々として橋の上、水の上、低い家並の銀色の屋根の上に。遠くから電車の灯がゆれて近づく。

（『ＶＩＫＩＮＧ』３５２号１９８０・４）

墓場に桜の咲くころ

　昭和二十九（一九五四）年春、わたしは予想していたとおり大学入試に失敗した。仲間は勉強嫌いばかりで、ストレートで通ったものはなかったから、いっそ気楽なのであった。予備校に行く気もせず、あと一年あることを思えば、すぐ入試勉強にかかる気もしない。わたしはぶらぶらと万代池から帝塚山のあたりを散歩していた。四月十日のことである。「もしもし、ちょっと」と、突然わたしは呼びとめられた。ふりむくと、むくんだ顔をした老婆がいる。きたない着物がはだけていた。「お墓はどう行けばええのかのう」。墓場は二つある。陸橋のそばにある赤レンガの塀の方か、と尋ねた。そうだが眼が悪いから案内してくれぬか、というので、わたしはひきうけた。

手をひいてあげようと、手を出すと、思いがけない強さでギュッと握りしめる。ひゃっこい手がペタリとくっついて、わたしはゾッとした。桜のトンネルが花びらをわたしたちにふりかける。空はつきぬけるように晴れていた。

かなりの道のりを草履をひきずり這うような速度で歩きながら、婆さんは墓場に行く理由をくどくどと説明した。一人で墓参りに行ったが傘を忘れて来てしまった。どうも井戸のそばに忘れたらしい。娘に叱られるから、どうしても一人でとりに帰りたいのだ。やっとたどりついたら婆さんが奇妙なことを云いだした。もうここまで来たら分かるから、帰ってほしい。そうはいっても眼が見えないのにどうして探せる。ぼくが探してきてやるから待ってなさいというのだが、婆さんはまったく頑固なのである。毎月墓参りしているから、ここまでくれば中のことはわたしで十分わかる。傘の忘れ場所もわかっている。帰りはまた別の人に頼むから、もう帰ってくれ、ほんまにありがとさんでした。おおきに。わたしはいい加減げんなりしていたから、それ以上さからう気をなくし、それならと坂を下りかけた。

ものの一分も下りただろうか。中年の男と女が息せききって上がってきた。「お婆さんをみかけまへんでしたか?」「いま墓場まで案内してきたとこですけど」「へ!

そらえらいこっちゃ。あんたはんも一緒に来とくなはれ」シマッタ、オレは何とトンマなんだろうと、わたしは彼らを追いかけて、墓地の中に走り込んだ。と、すぐ、正面の井戸の前の草履が眼についた。三人でのぞき込む。三メートルぐらい下の水面に、うつぶせの着物の背中が空気をはらんでふくらんで見えた。誰かがとび込まねば助からないだろう。誰？　とび込めそうな人間は考えるまでもなくわたし自身だったが、井戸のせまさが気になった。とび込む。老婆の手がからみつく。三メートル。つるつるの壁。いまとびこまなかったら一生このためらいはからみつくぞ。わたしは「逃げよう」と思った。「竿！」男とわたしは走り出した。墓地の前に鉄筋のアパートがあった。「竿を放って下さい。人がとびこんだ！」。叫んでおいて、わたしは公衆電話に走った。一一〇。事情。場所の説明。医者の手配の依頼。駆けもどると、四、五人がかけつけて、婆さんが井戸端にあげられていた。白い石畳を着物から流れる水が黒く汚している。二本の竿の間にひもを張ってひっかけたのだ。医者が来て、カンフルを打ち、瞳孔と肛門を調べ、首をふった。パトカーが来た。近所の人がゴザをかけた。

　女は老婆の娘であり、男は通りがかりのクズ屋だった。女は泣きながら、老婆は、半年ほど前にも、自殺未遂をしたことがあり、墓で死ぬ、と口癖のように云っていたと説明した。「ちょっとだからと、買い物に出たすきに……」。わたしは巡査に事情をきかれ、刑事が来るまで待たされ、救急車が来て屍体を運び去り、刑事に説明し、新聞記者までが同じことをしゃべらせた。わたしは大学受験に失敗した浪人であると、三度くり返した。わたしとクズ屋と女は、墓石に並んで腰を下ろして、長い時間をすごした。まぶしいほど白かった石畳が墓石の影ですっかりおおわれつくした頃に、やっとわたしたちは放免されたのである。

それからわたしは、きつく握りしめた老婆の手の感触が忘れられず、寝ざめが悪いので、初七日に小遣で菊の大輪を買い、悔やみに行った。しかし仏前で手を合わせても、いっこう老婆を悔やむ心も湧いて来ず、まったく無縁な白々しい気分で、早々に逃げ帰った。何か、憤ろしいわだかまりがあるが、それはどうやら自分に向かってのものらしかった。いざとなると、どんな卑怯なことでもしかねないかも知れない、いざとなれば対処できる、と思っていたのが、じつは何の根拠もない幻想にすぎないのではないか、という気がし、はじめて自分が疑わしく信じられない気持になりはじめた。

その後、わたしの家が引越すまで、道でそのクズ屋に会うと、わたしたちは挨拶をかわし、世間話の二つ三つもするようになった。「あのときは、あんさんもえらい災難でしたなァ」というのが彼の口癖であった。

その年は、年まわりが悪かったのか、夏の真夜中に万代池でまた老婆の投身自殺に行きあわせた。若い女と思い込んだ友人が竿をもってじゃぶじゃぶ池の中に入り込んで行って助け出したが、わたしはまたしても一一〇番に電話しに走ったのである。

（『日本小説を読む会会報』50号記念特集号1965・1）

惘惘《もうもう》帝塚山散策

一、古墳と砲台

二〇一〇年六月十七日午前、約束の十一時より早く着いたので、まずひとりで帝塚山の現状視察に出かけた。案の定、山には門扉がもうけられて、以前のようには自由に入り込めなくなっている。昔の文章を引用する。

（……）日が西に傾いた頃、帝塚山に散歩に出かけた。（……）静かであってほしい、と思って登った。しかし、女学生が三、四人、レコードをかけて、踊っていたし、他にも、多くの人がいた。どこか、よい場所はないものか。山を、ぐるりと、廻った。ふと、荒れた高射砲陣地が、目にとまった。小さい子供が砲台に登って遊んでいた。戦争中はよくここに来て、それを見るにつけ、すばらしい、と思ったものだった。迷彩網を張り、周囲に高射機関銃がひかえていて、兵隊が多くいた。Ｂ２９が落ちたら、今のは帝塚山のが当たったのでないかと、気をおどらせた。（……）「タンゴやわ」後の方では、女学生が、まだ、ダンスをしていた。

又、砲台の方を見たら、俊夫おじさんのことが思い出された。おじさんも高射砲隊だった。公主嶺へ会いにも行った。（……）ニューギニアのどこで亡くなったのかもわからない、おじさんだけれど、最後まで、毛のいっぱいついた防寒服を着ていた様な気がした。

あたりは暗くなったが、砲台だけは、冷たく、転がっていた。（……）

（『Ｆ』３号、一九五〇年三月）

帝塚山は小さいながら（高さ十メートル弱、長さ百メートル弱）典型的な前方後円の古墳である。わたしが砲台を眺めたのは、その前方部南西端の高みからだ。高射砲陣地のあった辺りが、新制住吉中学校になったばかりの頃だった。かつて古墳は大小二つあったそうで、大帝塚山をどうやら陸軍が接収して壊し陣地にしたらしい。残された小さな方は、散歩や気晴らしに、近くの人が休日や夕暮れ時には三三五五歩き回っていたから、下の方こそ鬱蒼と樹木が覆っていたけれど、上部は荒れ気味の草地、というか禿山状になっていた。

山の横に廻る。そこはかつては荒れ果てた屋敷跡だったが、高校時代、いまは故人になった同級生Mの父君が広大な土地を買ってコンクリートの大邸宅を建てた。わたしたちは小さな池の上に建てられた和風の離れを梁山泊のようにしていた。しかし、その邸はもはや見あたらず、月極の駐車場などと化していた。

二、木靴とボート

時間になって、同人仲間の田寺敦彦、中尾務、佐々木の三人が、南海電鉄高野線帝塚山駅に勢揃いしたので、まずかつてＶＩＫＩＮＧ創設期の例会に使われたことのある帝塚山会館の探索に出かけた。

それには改札口横の踏切から東へ、帝塚山学院の前を通って、上町線の帝塚山三丁目の電停に向かう道を行く。当然わたしたちもそうしたが、じつは、わたしはその一つ左側（北側）の道を通ってみたかった。そこには片思いしていた高校一年上級の女生徒の家があり、毎晩のようにその前にしばし佇んで、二階の窓際の机に向って勉強している姿を、植込み越しに見つめるために、通いつめた通りなのである。彼女は、佐々木邦の小説などの挿絵を画いていた、河目悌二の絵に出てくる女の子のような顔立ちで、細く柔らかそうな髪が優しく頬を覆い、薄い眉をしていた。彼女の家のあたりは三、四百坪の宅地のつらなる屋敷町で、隣だったか一つ置いてだったかは、有名な日本画の中村貞以画伯の邸だった。しかし今やそのあたりの邸は、ほとんど昔の面影をとどめず、マンションに建替えられたりしている。わたしが、函館郊外は当別にある「灯台の聖母トラピスト大修道院」の修道士の作ってくれた木靴をはいて、夜な夜な歩いた屋敷町はすっかり様変わりしていた。（ｐ．３２参照）

東京や横浜などと違って、大阪には坂らしいものは、ほぼ、上町台地が大阪湾に向かって落ち込むところに沿ってしかない。上町台地は、大阪城から南端の住吉大社まで、南北約十一キロにわたって連なっていて、住吉神社の辺りで平地になる。台地の西麓に沿って、天王寺から台地を下りた辺りの、恵美須町を起点として、堺の浜寺まで、路面電車の阪堺線が走り、台地の上にも、阪堺線から二、三キロばかり離れたところを、ほぼこれと並行して、やはり同じ南海電鉄（今は別会社の阪堺電気軌道というらしい）の路面電車上町線が、天王寺を起点に南下し、松虫、東天下茶屋、北畠、姫松と美しい名前の電停をたどったあと、万代池近くの帝塚山三丁目、四丁目と来て、次の神ノ木の電停から西に曲がり住吉神社境内の北沿いを下って阪堺線と交差し終点住吉公園に至る。この上町線は、昔の熊野街道と、ほぼ同じところを辿っているようだ。

帝塚山一帯は、今は少し変わっているようだが、かつては住吉、阿倍野両区とも、高野線と上町線が挟む地帯を帝塚山中何丁目、と呼び、上町線より東を帝塚山東、高野線から西側の台地の端までを帝塚山西と称していた。いちばん帝塚山の屋敷町らしかったのは、帝塚山女学院から北に、阿倍野神社や住吉高校にかけての帝塚山中とそ

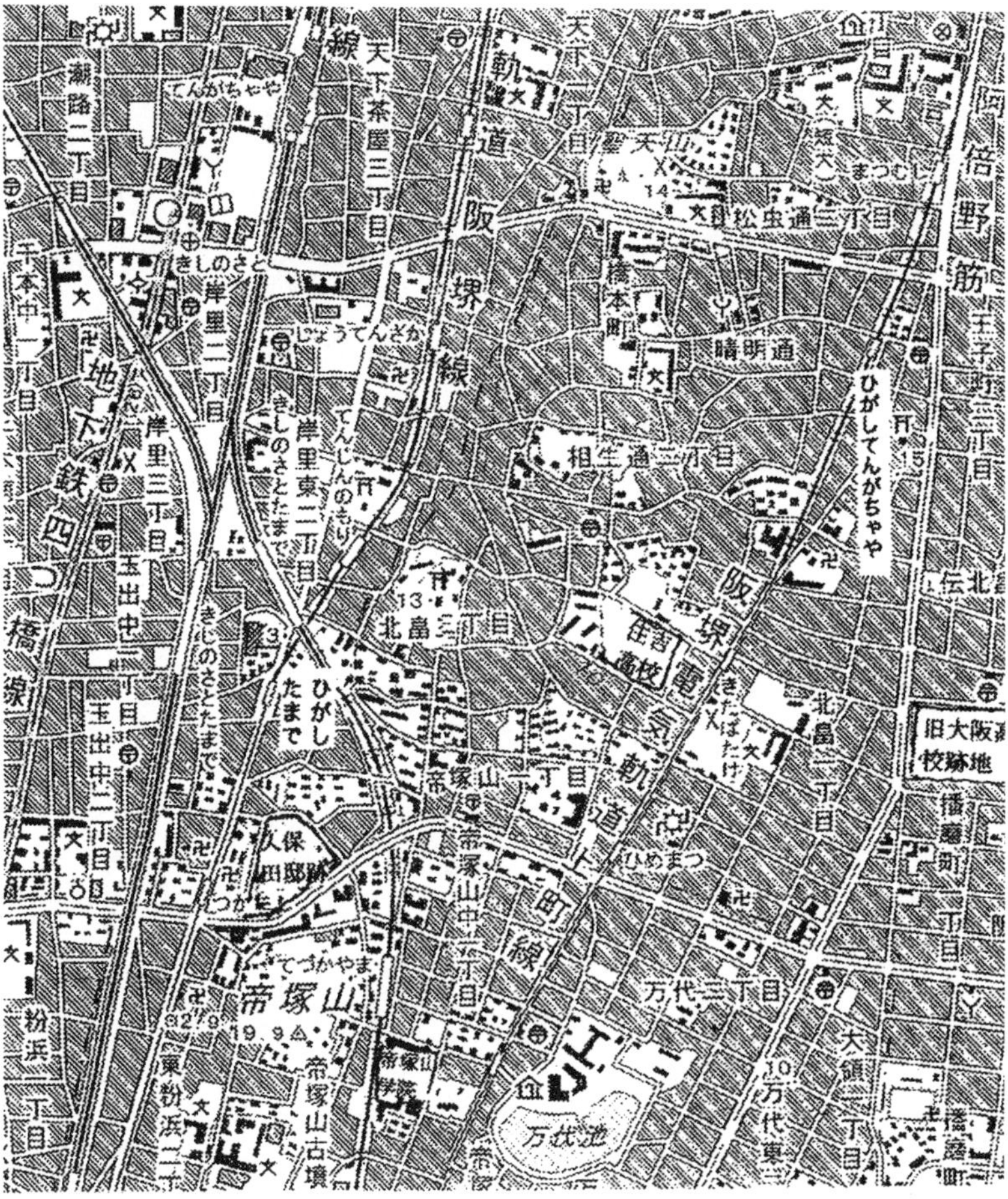

国土地理院25000分の１地形図　大阪西南部、大阪東南部（平成20年発行）により作成

れに続く北畠の一帯だったと思う。その面影は、もはやあまり残っていない印象をうけた。

上町線の通る道路を越えて、万代池《ばんだいいけ》の方に向い、帝塚山会館跡を探すが、老人ホームになっている敷地の隅にあったらしく思えるけれど、もはや消え失せている。施設の人に尋ねても分からず、通りかかった老女に尋ねても、しかとはわからなかった。

わたしは一番下の姉や妹が帝塚山女学院の生徒だったので、昔から庄野家の人たちの名前は聞き知っていた。学院創立者で、姉たちの院長先生たる、庄野貞一、彼を継いだ息子の庄野英二、その弟の庄野潤三、など。もっとも、末弟の至氏の名前は最近まで知らなかった。とりわけ庄野英二氏は、わたしの親友が関わった裁判の、ある意味で当事者でもあったので、よく聞き知っていたし、裁判の証人になってもらった折の風貌も、覚えているが、その遺宅が老人ホームのすぐ近くにあるのを、はじめて見知った。ベルを鳴らして尋ねれば、いちばん確実な返事が、英二さんのご遺族からもらえたであろうが、庄野潤三とVIKINGや富士正晴さんとの関係を考えると、ベルを押す気になれない。

田寺さんの旧居あたりも、すっかり変わっているらしい。そこを見に行き、旧大阪女子大跡の正門前で写真を撮った。わたしの姉二人がこの女子大の前身、大阪府立女子専門学校、略して大阪府女専と、新制女子大の出身だし、わたし自身、大学院の最後の一年間この大学へフランス語非常勤講師として通ったこともあったのに、なんだか見知らぬ門の前に突っ立った気持にしかなれない。

万代池の中の島に渡る。高校から浪人時代、暖かい季節にはほとんど毎夕、この池に来てボートに乗った。当時は貸しボート屋があったのだ。わたしは女学院の北側の道を通り、片思いの人がまだ机に向かっていないことを確認して、ボートに乗りに行った。なけなしの小遣いから、よくそんなにボート代が払えたものだと、今になって思うが、よほど安かったに違いない。中の島の先の池畔に高校の同級生の家があり、彼女がよく、二階の縁側で籐椅子に座って、池のボートに乗るわたしを見ていた。

わたしは鬱屈晴らしに、それに運動不足の解消に、スカールかフィックスのレースもどきに、スタートダッシュを繰り返したり、橋の下をくぐり抜けたり、ときにはオールを離して仰向けに寝転がったりしていた。池畔の彼女の親友である、これも同級の人が、上町線の神ノ木から少し歩いたところにある、明治か、ひょっとすると江戸時代からとも見える、由緒ありげな古い建物の酒屋さんのお嬢さんで、美人の誉れ高く、例の帝塚山横の友人Mは、片思いのあげく、修学旅行先の別府で、睡眠薬を飲んで、自殺未遂騒ぎまで起こしたのだった。

三、墓場に桜の咲くころ

万代池から、また三人で高野線の帝塚山駅に戻り、踏切を通り越して、次の道を、高野線沿いに右折して北に向かう。久保田の坂を下って、西成区の玉出に向かう道である。二百メートルばかり行くと、右に曲がれば、駅の次の踏切に出る道がある。その左角は、昔はたしか石田さんというお邸で、夾竹桃の生垣に囲まれた平屋建の、イギリスの郊外ででも見つかりそうな、瀟洒な洋館だった。その生け垣の角の窪みには、蛇口をひねると水の出る、タイルで飾った立派な水飲み場が設えられていて、麦藁帽子をかぶった馬力の馬が、久保田の急坂を上ってきた後、ここで水をごくごくとおいしそうに飲んだ。この石田家のことは、たしか、庄野英二『帝塚山風物誌』(垂水書房、一九六五)に、詳しく書いてあったと覚えているが、今その本が見つからない。馬の麦藁帽子、といっても今の人にはわかりにくいかも知れないが、耳を通す穴を二つ開けて、暑い盛りには、ほんとに馬がかぶっていた。

石田邸の角を右に曲がって、踏切を越えた左角には、井上周という人の大邸宅があった。イギリス風のすばらしい洋館だったが、たしか昭和十七年ごろのある夜中に火災が起きて全焼した。後年ポーの『アッシャー家の崩壊』や、シャーロット・ブロンテの『ジェーン・エア』を読んだとき、夜中に駆けつけた井上周邸の火災を思い出した。

旧石田邸の角までもどって道を北に続けると、今は南港通という名になっているようだが、広い道路を横切ることになる。ここはかつてわたしの住んでいた頃は、下の阪堺線の塚西停留所から上町線の姫松停留所まで、何に使うのか知らなかったが、何かの予定地ということで、幅五十メートルから百メートルばかりの松林と笹原が続いていた。塚西の方に一段下ると空き地の幅は広がり、畑と溜池などが連なって、絶好の昆虫採集や野遊びの場所だった。かつて大和川がまだ大坂の市中に流れ込んでいて、堺と大阪の境界になっている、今の流路に付け替えられる以前の、十八世紀の初頭までは、このあたりから住之江、諏訪ノ森、浜寺、羽衣、助松あたりまで、素晴らしい松原が続いていたらしい。上町台地でのその最後の名残りだった、姫松までの松林がなつかしい。わたしはしばしば、塚西からはるか遠くの藤永田造船所を見渡せる、松の根方に腰を下ろして、夕暮れの近づくのを見るのが好きだった。戦時中の昭和十七年か十八年、一九四二年か四三年ごろ、笹原は開墾されて、近隣住民の家庭菜園になった。

この南港通を右にたどると上町線の姫松に出る。しかし昔はそんな道路は無く、今も新しい道路の左側に残る細い道だけが高野線の方に向かい、掘割り状に下を走る線路にぶつかって左に折れ、四、五十メートルばかりは、線路側の片側がポプラ並木になる。並木の端から線路の上に鉄製の陸橋が架かっていて、そこから姫松まで、細々と一本道が、松林の横に続いていた。陸橋を渡ってすぐ右は、赤煉瓦の塀で囲まれた墓地で、心細い上にも心細く、夜など一人で姫松まで歩くにはずいぶん勇気が要った。

（p．49「墓場に桜の咲くころ」参照）

墓場を過ぎて姫松まで行く途中に、高校同期生Nさんの家があった。彼女はテニス部の名選手だったが、大学に入ってから、わたしの山岳部の仲間Aと恋仲になり、わたしなども一緒に、白馬の麓の細野に、スキーに行ったりした。その冬は雪不足で、細野では滑れず、毎日八方尾根を第三ケルンまで往復して過した。当時は下に二本ばかり短いリフトがあるだけで、後は歩いて上った。そんな仲だったが、二人の関係はうまく行かず、わたしの友人は振られてしまった。落ち込んでいるのを見かねて、修復を図りに彼女の家を訪ねたが、甲斐はなかった。彼女はその後、親の反対を押し切って内緒で別の男性と結婚し、着の身着のまま、学術探検隊の夫と共にネパールに出発した。友人Aとの間がうまく行かなかったおかげで、彼女のその後の人生は、思いもかけない豊かな展開をとげることになったが、今はその話は止めておく。

四、久保田の坂

元の久保田の坂の道に戻って、昔は松林と笹原の空き地帯だった道路を越えると、左手が三千坪以上ありそうな、帝塚山一帯では他に見られない規模の、広大な久保田権四郎邸があった。権四郎さんは久保田鉄工所（今のクボタ）の創設者である。ごく最近、大学時代の友人大出俊幸がわたしの文章を読んで、権四郎さんは因島の出身なんだよ、と教えてくれた。彼も同じ島の出なのである。久保田邸の塀に沿って畑の中に細い道が塚西まで続いていた。百五十メートルばかり続く、クリーム色に上塗りして黄色い棟瓦《むねがわら》の乗ったコンクリート塀のつきるあたりに、小さな池があり、池の先からはだらだらと塚西まで下ってゆく。池から少し左の小さな崖を上ると、畑に取り囲まれたもっと大きな池があり、どちらもオタマジャクシやトンボを取りに出向くところだった。わたしは一度、小さな方の池に胸まではまってずぶ濡れになったことがある。

塀は池でつきるけれど、その横には木の門があり、そこからは久保田家の菜園と稲田が、上町台地のつきるところまで続いていた。この旧久保田邸の敷地全体が、今は晴明丘南小学校と帝塚山セントポリアというマンションになっている。田圃や畑は久保田家の爺やさんが一人で耕作していたが、休日にはときどき、権四郎さんが地下足袋に尻はしょげ、手拭いで頬被り、といった恰好で、楽しそうに畑仕事を手伝っていた。

昭和二十年七月、疎開先の高松を焼け出されて逃げ帰ってから、空襲警報が鳴ると、わたしたちは久保田邸洋館部地下の大きなボイラー室を、防空壕がわりに利用させてもらっていた。

もとの道に戻って、久保田邸の塀沿いに進み、久保田邸の向かい側の二つ目の辻を右に入ったところにかつてわが家があった。初めての辻は隣の隣組（第十四組）で、その左角からわが家の辻の家並みまでを占める邸は、澤村さんという二階建ての立派な洋館だった。戦後はじめて、帝塚山青年文化会なる集団が企画したダンスパーティーは、澤村邸の一階サロンを借りて行われた。帝塚山中の若者が集った感じで、フレンチドアを開け放した先の芝生の上でも、無数の若いカップルが踊っていた。芝をとりまく塀際の木立には、そこら中の餓鬼どもが鈴なりになり、わたしも石塀の上に立って立木につかまり、目を皿のようにして眺め入った。

わが家の辻は、左側が豊島久七さんのお屋敷で、久保田邸の三分の一ばかりの広さだとはいえ、堂々たる大邸宅だった。辻の右側に並ぶ六軒の家並みは、三軒目のわが家を含め、すべて豊島さんの家作であった。当時の住居表示で、わが家の住所は、大阪市阿倍野区帝塚山西一丁目五二番地だった。

豊島家の家作の家並みと澤村邸との間を仕切る塀の澤村さん側には、いちばん久保田邸に近い端の角にビワの木、あとは青桐などが植わっていて、わが家の裏の辺りには、大きなイチジクの木が三、四本植わっていた。ビワもイチジクも、戦争中でさえ、時期が来るとたわわに実をつけた。隣家の兄弟とわたしたちに、裏の隣組の悪童どもも合流して、塀によじ上っては実をもぎ取って、不足していた糖分を補うことができた。澤村さんは、裏の餓鬼どもが盗みをはたらいていることくらいは、わかっていたと思うのに、一度も咎められたことはなかった。今となっては、かたじけない思い出だ。

晴明丘南小学校の校門は、通りすぎてきた南港通の大通りに面してつけているらしく、おかげで、元の大きな勝手口や、ムリンズ少将が軍の公用車で出入りした坂のすぐ上にあった堂々とした正門も、すっかりなくなり、塀ばかりになってはいるものの、黄色い棟瓦を乗せ、クリーム色に上塗りしたコンクリートの石塀も、下に三段ばかりの石垣を積んで巡らしてある植込みも、ほぼそのままに残されていて、懐かしい。

わが家の辻の隣組は第十五組で、豊島、久保田両家も同じ組だった。わが家の奥の隣家は石川さんだったが、石川さんは戦後しばらくして、いちばん手前の辻角の家に引越した。表札を見ると、角の家は今も石川となっていた。田寺さんと中尾さんがいなければ、ベルを押していただろうが、当主は三人姉弟の末の男の子で、わたしとは年が離れすぎて、親しくなかったし、ましてその奥さんなど知るよしもないから、こだわらずに袋小路を奥に進んだ。わが家の跡に建て替えられた家も含め、昔の面影を偲ばせるものはまったくなくなっている。左側にあった広大な豊島家は消え失せ、細分されて沢山の家が並んでいるから、懐かしさも覚えず、久保田の急坂を下りることにする。久保田邸正門の、シエナのカンポ広場ではないけれど、貝殻のようにやさしく膨らんでいた御影石の石畳の入り口、それが消え失せているのを見るのもつらかった。坂の右側の、旧豊島邸側はすっかり変わっていたけれど、右側の方は、かつての久保田邸の塀がそのままに残されていた。端の方では、十メートル近くはあるのではないか、と思われるくらいの高さに、石垣と石塀が巡らされている。* 上にはちゃんと元のままに、黄色い棟瓦がのせてある。ただ、坂の舗装のピンコロ石は、剥がされてしまっていた。

＊ネットで国土地理院の2万5千分の一の陸地測量図「大阪西南部」を検索すると、旧久保田の坂（権四郎さんの没後に、久保田邸を買った坂本紡績社長の名前を取って、一時は「坂本の坂」と呼ばれていた。今は何の坂と呼ばれているのだろう？　坂本さんはたしか韓国籍の実業家だった）を見ると、細い赤の第一次等高補助線が、5メートルの段差を示して、旧豊島邸と久保田邸の境界線沿いで、上町台地が落ち込んでおり、久保田の坂が切

り通しになっているのがわかる。帝塚山は標高19・9メートルになっているので、ここまで少しはだらだら下りにはなっているかも知れないが、ほぼ平行に道をたどってきたので、ここに7、8メートルの段差があるとしてもおかしくなかろう。

――ピンコロ石がありませんね。

田寺さんがそういったのは坂を下りきったところ、坂道が、右手の南海線旧玉出駅方面と、左手の玉出小学校方面へと、二股に分れる地点だった。ふと下を見て、

――ほら、あそこ。

とわたしは指さした。まったくそれまで予期していなかったが、うれしいことに、そして憐れなわたしにも田寺さんに対して面目を立たせてやろうと言わんばかりに、坂を下りきったところから、ほんの二、三十メートルばかり、ピンコロ石の舗石が剥がされずに残されていることに、はじめてそのとき気づいたのであった。（ピンコロ石の舗装については本書p．217以降参照）

五、こつま娘

そこからわたしたちは、南海本線の玉出駅が消滅したことを、この目で見極めたのだろうか。それともわたしが自分で、グーグルの地図などで消滅を確認して、がっかりしてしまっていたので、パスして遠回りせず、阪堺線に出たところで右折して、線路沿いに東玉出の停留所に直接案内したのだろうか。

難波や心斎橋、梅田に出かけるとき、当時は、「ちょっと大阪に」と、知合いと出くわした折などには挨拶していたが、いつも玉出駅から南海線を利用していたのに、昭和三十三年、一九五八年の五月、わたしが大学三年になり教養課程を終え学部に進んだ年に、それまで大国町までしか通じていなかった、地下鉄四ツ橋線が伸びてきて、国道二十六号線沿いに地下鉄玉出駅ができてからは、すっかり南海線の利用客が減り、いつの間にか玉出駅までが消滅してしまっていた。

阪堺線の東玉出の電停は、かつては勝間《こつま》といっていた。この辺りを昔は、勝間村といったらしく、こつま南京、こつま木綿の産地として有名だったとか。生根神社の前から旧国道十六号線、今の国道二十六号線を渡り南海本線玉出駅を通ってこの勝間の電停までの通りは、玉出本通、という商店街である。

勝間の電停から本通りに入った二、三軒目の仕舞屋のお嬢さんは、たいへんな美人だった。わたしが生涯に出会った二番目の美人である。一番の美人は大学生の頃、京阪電車の特急で、京橋から三条に向かう車中で、向かいの席に座っていた三十歳くらいの和装の女性で、びっくりするほど美しかった。お能の会とかお茶席に向かうらしい婦人連れには、ときどき、今までどこに隠れていたのだろう、という気のする、美人を見かけることがあるけれど、その程度をも、はるかに越えた感じだった。しかし、こういう出会いは、その場限りでどうしようもないし、それに顧みて、望みうる相手でないのは歴然としている。一駅前で降り立つ人を見送って、ため息をつくばかりであった。できることなら、しかし、どこまでもついて行きたかった。

勝間の少女は、その点、帝塚山女学院の行き帰りに、年に四、五回は行き違うことができた。その度に胸が、まわりの人に聞きとがめられはしないかと心配になるほど、どきどきした。

わたしは中学は、高野線の我孫子前駅近くにある、浪速中学という私立校に通った。三年間、軟式庭球部に入って、週末や休暇期間中もコートに通い詰めて、テニス三昧で過ごした。わたしは、玉出本通を端まで行き、国道を渡ったあたりの大きな旧家に住む、水野太郎右衛門、という小学以来の友人とペアを組んでいて、二人とも下手くそだった。もう一組は、北蒸治・北尾隆というペアで、こちらは二人ともうまかった。北尾隆の家に行ったことはないが、萩之茶屋近くの小料理屋の息子だった。フグの肝はたいへんうまいものだが、毒に当たるとしびれてくる。そんなときは、地面に穴を掘って、首だけが出るくらいに埋めるといいんだ、とお祖父さんに教わったままを話してくれたりした。母親のことは耳にしたが、父親の話はしたことがなかった。ひょっとすると、父無し子だったのかも知れない。彼は今宮高校に進み、あれほど仲がよかったのに、以後連絡が途絶えた。

わたしと水野は住吉高校にすすみ、中学の頃から憧れていた硬式テニス部に入ったが、北尾は軟式テニスを続けていること、インターハイだったかインカレだったか分からないが、ずいぶん強い選手になって活躍していることも聞き知っていた。しかし、高校の途中だったと思うけれど、そして誰からどんな機会に耳にしたのかもまったく覚えていないけれど、北尾が親の金をくすねてか、勝間のあの美少女と北陸の温泉宿かどこかに駆け落ちして、放蕩三昧の居続け暮らしをしたあげく、彼女は妊娠して中絶手術を受け、それが女学院の知るところとなって放校になった、という話を聞いた。わたしは天を仰ぐ気持になった。あはれ　去年《こぞ》の雪いまいづこ！

　半世紀を経て、中学卒業以来はじめて同窓会を開くことになった。同期の卒業生のうち、何とか住所のわかった三分の一ほどに案内状を出し、二〇〇六年の冬、三十人ばかりを集めることができて、北や北尾にもようやく再会できた。発起人に名を連ねてもらったので、後日慰労会をして再度旧交を温めた。北尾は多弁になっていた。中小の貿易会社だったかに勤めて、東南アジアで仕事をしていたことなどを、面白おかしく話した。しかしここ数年、奥さんともども、何回となく癌で手術を繰り返し、切られ与三郎のようなのだ、と言った。間もなく奥さんが亡くなったと知った。――慰労会の折、勝間の美人との話をしたら、たしか「うん、あの子は不幸な育ちだった」、と言ったのでなかったかと覚えているが、この記憶はうろ覚えであやしい。

　二〇〇八年八月十日に、前年から、ＶＩＫＩＮＧに掲載した作品を集めて、立て続けに『養父伝』、『谷やんの海』、『トンボ海底をゆく』、と三冊の単行本を、編集工房ノアから上梓した、有光利平の出版記念会を行った。作者の余命が少ないことを知って、わたしたちの企画したものだ。その機会に、有光さんから出席してほしいと思う友人の連絡先を聞き出し、通知したら、数名が出席してくれた。ただ会の当日は、彼らと言葉を交わす機会がなかった。肝腎の作者自身が体調を崩して会に出られなくなったので、司会を務めるわたしがあたふたして、余裕がなかった所為である。本人の代わりに、まだ二十歳代の若々しい寿美子夫人が挨拶してくれた。

有光利平が筆名で、本名は、大野啓吉、だということを、はじめて知ったのは、出版記念会を終えて何週間かが経って亡くなった彼の、お通夜と葬儀の折だった。その機会に、記念会に来てくれていた、故人の高校同窓の友人たちと再会できた。それでわたしは、有光利平が、自分と同年の今宮高校出身であることを知った。翌日、北尾隆に電話したら、「うん、知っとるよ。大野は柔道部やったんや」と言った。「彼が小説を書いてたの知ってた？」と訊くと、知らないというので、「それじゃ出版社から送ってもらうから、ぜひ読んでみてくれ。面白いよ」とわたしは言った。「うん、そうする」。彼は中学のときのわたしたちの同人誌『F』の仲間でもあったのだ。わたしはさっそくノアの涸沢純平さんにメールを出して発送を依頼したが、北尾は読んでくれただろうか。ほどなく彼も亡くなった。

有光利平は北海道利尻の家で、「オリエンタルエクスプレスで一緒に旅行しましょう。パリでも知ってる奴が一杯おるから」などといっていた。わたしはその誘いには腰が引けた。一緒に旅行はちょっとね、と思ったのだ。しかし、大阪南のアルサロなどを、彼と飲み歩くということには、誘惑を覚えていた。だが、誘われたことはなかったし、書いたものを読む限りでは、屋上が熱帯雨林のようにうかがえる、日本橋の彼の自宅も訪ねたこともなかった。北尾も有光利平も元気でいたら、きっと一緒に出かける機会があっただろうと、残念な気持がした。そんな時には、勝間の少女の話も、もう少し聞き出せたのでないか、と悔やまれる。せめてあの人が、なんとか不幸せでない人生を送ってくれているよう祈るばかり。

六、土蔵の家

東玉出から岸里のガードに向う。グーグル地図などで、ガードのすぐ手前の西側に見える、スポーツセンターや保育園になっているところは、玉出国民学校の分校だったところで、ここでわたしは二年生の一年間を過ごした。その逆の東側を、ガード沿いに狭い道を入ったところに、空襲で焼けるまで、大叔父の家があった。わたしの母方の祖母の弟で、実家の跡取りだった。母方の家族の多くは、会社を経営するこの大叔父に影響されて、高松から大阪に出てきた気配がある。何かにつけ、親戚の集まる家であった。大叔父はごくおとなしい人だったけれど、連合いの大叔母は、なかなかの遣り手で、分校の少し手前から、南海線旧玉出駅に斜めに出る道を少し行った左手に、昭和初めごろか十年頃に、玉出パンションという、モダンなペンションを建てて経営していた。トーキー初期の映画スターたちも利用していて、上原謙、佐野周二、佐分利信、などが勢揃いして入り口の前で写っている写真が、わが家にも残っている。このパンションの正門は、玉出本通りを、美少女の家から三十メートルばかり西に行ったところから、細い通路を入って行くようにできていた。戦災には焼け残ったけれど、戦中か戦後に手放して、どこかの会社の寮にでもなったのだろうが、よく覚えていない。いまはもうマンションにでもなっているだろうから、確かめに行く気になれなかった。

岸里のガードをくぐって、昔は宮ノ下という阪堺線の電停のあったあたりから、ほぼ真っ直ぐ東に、つまり右の方向に曲がって、阿倍野神社の参道をたどる。石段を登らず、左脇の自転車道を上りきると、岸里分校時代に、週に一度くらい、朝の清掃に来ていた境内に出た。南朝の重臣北畠親房・顕家父子をまつるこの別格官幣社は、戦争中は誠にありがたいお宮さんで、子供心ながら、かたじけなく掃除をさせていただく、という感じであって、境内に入ると、身が引き締まる思いだったけれど、別格官幣社でなくなった戦後は、来る度になんだか落ちぶれたような思いになる。

帝塚山の方面から来て、南側から神社に入るすぐ手前を、右に入ったところに、版画家の前田藤四郎画伯の家があった。前田さんは、神戸高商出身という異色の経歴の画家で、春陽会の関西の重鎮だったが、姫松のすぐ東に家のあった、わたしの友人Kのお父さんが、神戸高商同期の親友で、K家の応接間には、紅型の琉球美人を描いた前田画伯の版画が掛かっていた。Kは中学高校を通じてだいたい同級だったし、彼の家を足止まりのようにしていたから、長い年月、このすばらしい絵を、わたしたちは目にしていたことになる。その前田さんが、阿倍野神社のすぐ前の邸の焼け残った土蔵を改造して住まいにしたのは、わたしたちが高校一年か二年のときだった。前田さん夫妻に子供はなかったので、Ｋ家の子供たちはいつも遊びに来ていた。テニスの名手に失恋したＡの家も、すぐ前だったから、ついでにわれわれも、前田さんのところに出入りするようになった。前田さんは大酒飲みで、展覧会があると、毎日のように仲間と飲みに出かけ、朝帰りとなる。飲み代を安くあげるには、まず酒屋で立飲みしてから繰込むことだ、などと教えてくれたりした。明石あたりの米屋の一人娘だった大柄な春子夫人は、なかなかの文学好きで、林芙美子のファンだった。この前田家のテレビで、わたしはＮＨＫが招聘したイタリアオペラ団公演の、素晴らしい豪華メンバー、デルモナコ、デバルディ、シミオナート、ゴッビなどによる『アイーダ』『トスカ』『オテロ』などの中継をいくつも見た。画伯はオペラは敬遠だったから、小母さんと二人で見た。わが家にはまだテレビの無かった時代である。浪人中はよく留守番を頼まれて、夜まで一人で本を読んで過ごした。夕食にはステーキの生肉が用意されていたから、割のいい留守番だった。画伯が亡くなる前後から、小母さんは急性緑内障で両眼を失明し、一人淋しく暮らしていた。あれはいつのことだったのだろう？わたしが何度目かのフランス長期滞在を終えて一年ぶりかで帰国し、宇治で開業しているＫの弟の小児科医院に行ったとき、「佐々木さん、知ってますか？　前田の小母さんが失火して、家が全焼してしまって、小母さん、焼死したんや」と教えてくれた。姪御さんが定期的に通っていたとはいえ、やはりにわか全盲で一人住まいは無理だったか、とつらい思いになった。

七、アオミドロとクローバーと

阿倍野神社から坂を下って、北畠の住吉高校に出る道は、上町台地にはおそらく珍しい、逆向きの坂で、その雰囲気が気に入りだったのに、小さい頃から幾度となくたどってきた場所で、あろうことか、道を間違えてしまって、目指していた正門とはまったく反対側の、はじめて見る裏門に出てしまった。何が何だかわからないまま、うろうろして、ようやく正門に出たときは、ほっとした。

校門を背景に田寺さんの写真を撮ったはずだが、住高にまつわる彼の身の上話と思い入れは、まだ中尾・佐々木の知るところでなかった（『ＶＩＫＩＮＧ』７３４号、田寺敦彦「上町台地漫歩３—住吉高校」）。

住高の正門から上町線の北畠電停を越え、少し左にずれた所から始まる道を真っ直ぐに進むと、わたしたちが小さい頃は、十三号線と言っていた、大きな道路にぶつかる。その道の向こう側に、旧制の大阪高校があった。

戦後すぐの小学生の頃、寮祭をみるために、はじめて大高に来た。寮の各室に、工夫を凝らしたふざけた展示がしてあって、おもしろかった。二年くらい続けて見に来た記憶がある。

教育制度が変わり、旧制高校がなくなって何年か経ち、大高の跡地に公団の団地ができた（一九六二年のことらしい）。学校がなくなることに、無惨な印象を受けた。

その団地内に、マントをまとい高下駄を履いた大高生のブロンズ像「青春の像」があると、天野政治さんがいつか書いていた（『VIKING』695号「青嵐」）ので、それを探しに行く。しかし不運にも、この団地はリニューアル工事の真っ最中で、裏手にある緑地帯にしか入れなかった。現場監督のような人に尋ねても分からず、裏通りを通りかかった年配の女性に訊いてみると、「確かにありましたけど、工事でどこか遠くに移されたみたいですよ」という返事だった。諦めて、近くのうどん屋で昼食をとることにした。暑い日で汗かきのわたしはずぶ濡れ状態、がぶがぶ冷たいお茶を飲んでいるのを、中尾さんが目を丸くして見つめていた。わたしは何十年来の持病のせいで、尋常の汗かきではないのである。その日は、主義に殉じてというか、初志貫徹というか、雨傘を日傘代わりにさしていたが（本書170ページ「父の日傘」参照）、とてもそんなことでは防げない暑さで、まことに、ご苦労様、というべき三人であった。

しかし思い返すと、大高と暑さは、わたしにとっては、切っても切り離せない関係にあった。

わたしは中学一年と二年の夏休み、学校が堺の大浜で開いた水泳教室のおかげで、やっと泳げるようになった。さらしの長い布を肩に掛けて締める、六尺褌の締め方も覚えた。戦後間もない一九四八、九年は、まだ日本の産業は復興しておらず、環境は汚染されていなくて、早朝に浜辺に着くと、大浜の海でさえ澄みきっていて、一メートルくらいの深さの砂底に、カレイのへばりついているのが、はっきりと見えたりした。

泳ぎを覚えると当然泳ぎたくなるが、当時、わが家の近くでプールのあるのは、住高と大高しかなかった。一般に開放されているのは大高だけ、しかもタダで泳がせてくれるというありがたさで、毎日のように近所の仲間と、四十分ばかりの道をものともせず、通い詰めることになった。

大高のプールは飛込み台があって、深いところでは、五メートル以上はある立派なものだったが、その水をかえるのはたいへんな物入りになるので、当然、夏休み中、一度もかえられることなく、たたえられているのは、まるで山の中の古池のように、アオミドロで深い緑に染まった水であった。泳ぎ回る餓鬼どもも、垂れ流しだったから、栄養価も満点で、藻にはこれ以上の理想的環境はなかったわけである。

VIKING同人の北川荘平さんは、大高の水泳部だったそうで、一度その話をしたことがある。飛込み台のある立派なプールだったという点は、まったく、と同意したが、古池のような水だったという点には、不審そうな顔をして、同意しなかった。どうも北川さんは、夏休みまでのきれいなプールで泳いで、休みになると、橋本の家に帰って、紀ノ川などで泳いでいたのではなかろうか。夏休みのプールを知らなかったとしか思えない。しかし、わたしたち、少なくともわたしは、プールの水とはそういうものだと思っていたから、蛙が一緒に泳いでいたとしても、驚かなかったろうし、平気で目も開けて、飛込み台の下のプールの底まで、もぐる競争をしていたりした。

一九五一年、扇町プールで、はじめて目にする古橋廣之進が、思いもよらずアメリカのコンノに負けた日、わたしはプールの水は、コップで飲む水のように、透明に澄んでいるものであることを、初めて知った。

大高では、運動場も、野球をするのに、幾度も使わせてもらった。大高のグランドで忘れられないのは、クローバーに覆われていたことだ。その上にごろりと横たわると、なんともいえない、いい花の匂いにつつまれて、幸せだった。大学で同じクラスだった湘南に住む友人岡崎満義が、定年後、小学校のコンクリートのグランドを、砂地と芝に変えよう、という運動をしているので、クローバーも植える方がいいのでないか、と言ったことがあるが、ちょっと気になったのは、ミツバチのことだった。案の定、天野さんに、クローバーのグランドの話をしたら、「うん、あれはとてもいいものだった」と同意してくれたが、「でもね、裸足で野球なんかしてたら、ミツバチに刺されて、パンパンに腫れあがって、えらいこってしたぜ」と言っていた。小学校のグランドには、残念ながら不向きだとわかる。

八、梶井基次郎と伊東静雄

昼食をすませて、大高跡地前の道路（この道は、この近くで育って、大高生でもあった同人の清水幸義さんの言うとおり、十三間道路と、たしかにわたしたちも言っていた。しかし、十三号線とも言っていた気がする）を、梶井基次郎終焉の地を探しに、天王寺の方に向かう。王子町二丁目のあたりである。

だが、わたしは、梶井が最期を過ごしたのは、ずっと台地の端の方の、聖天坂のあたりだと、何の理由もなく思っていた。『ある崖上の感情』ではないけれど、急坂の上に住んでいるものと決め込んでいたらしい。梶井基次郎の亡くなった王子町の家の辺りは、往時はさぞ賑わっていただろうと思われる商店街の一角らしかったが、ここでもちゃんと場所を確認するには至らなかった。

上町線の北畠や東天下茶屋、松虫あたりから阪堺線の方向に台地を下る通りは、相生通、晴明通・聖天坂、松虫通、丸山通など皆かなりの坂道である。東京、横浜、神戸、そしてサンフランシスコ、リスボンなど、坂のある町が、わたしは好きだ。

記憶では、清水幸義さんの文章に出てくる、上町線の東天下茶屋電停横のビリヤード店などを確認して、わたしたちはおそらく、晴明通から聖天坂を下って、一度、阪堺線の聖天坂の電停に出たように思う。この聖天坂の辺りも急坂で、ここからの眺めは気持がいい。聖天さんの名で知られる正圓寺のある聖天山は、じつは十四メートルの古墳らしい。聖天さんのテラス状の石垣の上から見下ろす眺めが好きだった、と覚えているが、今回は、それを確かめに、聖天さんまで寄り道して石段を登る気にはなれなかった。

そこから南海線の天下茶屋駅に出て、田寺さんの文章にあるように、松虫通のだいぶ上にある、伊東静雄の詩碑を見に戻った。

わたしが高校三年のとき、創元社から『伊東静雄詩集』が出、さっそく購入したが、それはたぶん、編者が桑原武夫であったからだ。そのときはじめて共同編者の富士正晴という人の名前を覚えた。桑原さんのあとがきで、著者がこの本の出来上がりを見ることなく亡くなったことも知った。伊東静雄が旧制の住吉中学の国語教師であったこと、学制がかわったときに、阿倍野高校に移ったことも、その本ではじめて知ったのだろう。

石碑に刻まれた『春のいそぎ』にある詩、「百千の」は、わたしの記憶にないものだった。この松虫通の歩道の片隅に建てられた理由は、何なのだろうか。石碑の裏面にでも書かれていたのだろうか。

これで、暑い暑い初夏の一日の、ご苦労様上町台地散策を終え、天下茶屋から難波に出、たぶん元の南海ホークスのホームグラウンド・大阪球場の近くで、喫茶店のような食堂に入って、ようやく生ビールにありついた。やれやれと、わたしと田寺さんは中ジョッキで乾杯したが、中尾さんは例によって、禁酒を固く守っている。気の毒で申し訳ない気分であった。そもそも今回、なんの罪もない中尾さんがこの散策につき合ってくれたのは、帝塚山あたりに思い入れの深そうなわたしや田寺さんに、古いなじみの地帯を散策させ、新たな創作意欲を湧き上がらせてやろうという親心であったらしい。らしい、というのも、これは中尾さんと田寺さんの雑談から生まれた企画らしく、わたしはあとで知らされ、誘われたのである。

田寺敦彦「上町台地漫歩」に比べ、なんとも脳天気な報告で情けないが、締め切りを過ぎて、やっと中尾さんに宿題を提出でき、ほっとしている。

（『ＶＩＫＩＮＧ』７４４号２０１２・１２）

屋根裏の酒宴

軽飛行機も顔負けの凄まじい轟音を立てて、ジョエルの車が、空間を斜めに切り裂くように登りつめ、再び下降して行く道は、ボーリング場、プール、華やかな店舗、などが両側を、今やほとんど埋め尽しているとはいえ、間違いなく、子供のころ蜻蛉を追い、お玉杓子を捕った池や笹原の上を通っている。それを言おうとした時には、車はすでに目的のアパートの前に止っていた。靴は下駄箱に。——若い建築家の指示に従い、後について急な木造階段を三階まで登ると、そこには、まるでパリのラテン区にでもありそうな、屋根裏部屋が並んでいる。ジョエルがいた時より、レコードもずっとふえたよ、と建築家はジャズをかけるが、ついでに脱ぎ捨ててあったシャツやパンツも片付けなければならない。ジョエル、久しぶり、と髪を長く垂したジーンズの女の子が入って来た。いつ帰ったの、とジョエルが訊いていると、向う隣の大学浪人も顔を出す。そこで三階中の住人と、元住人のフランスの若者ジョエル、それにジョエルの友人で、これは付足しだが、元この辺りの住民だったぼくとは、ひどい暑さの夕方、S子と大学浪人の準備した、鯵の開きとトマトを肴に、ビールを飲むことになった。——S子はね、世界旅行してきた、とジョエルがぼくに説明しかけると、それがね、わたし、羽田の税関でつかまったのよ、マリファナのパイプを持っていて、と黒いランニング・シャツから出た肩にふりかかる髪を、時どき、いかにも暑そうに、両手の人差指で振り払いながら、S子が言った。ヨーロッパから汽車やバスを乗継ぎ、アフガニスタン、インド、ネパールと一人旅して来たのだが、飛行機で帰り着いた羽田で、三日も拘留された。あんなパイプがいけないなんて、全然知らなかった。結局、兄が請け出しに来てくれたんだけど、と彼女の語り継ぐところによれば、S子はその三日間、専らスパイになるよう説得された。あんたのような子じゃないと駄目なんだ、と税関吏だか麻薬取締官だかが言った。その意味は、何しろS子が若く、長い髪、ジーンズがぴったりであるようなことは当然として、彼女には、人生を焦点の定まらぬ目で見ることを楽しんでいるような、大胆不敵なところがある、ということだろうか。その人たちも、鬚をのばしたり、ヒッピーみたいな飾りをつけて、変装したりするらしいんだけれど、絶対にばれてしまうんだって。S子の話に、ぼくらは思わず吹き出したけれど、あれは憤慨すべきところであったかも知れない。ぼくはあろうことか、青年婦女子にスパイ活動を強要する憎むべき官憲を、自分のごとき中年太りの下腹を持つ姿において想像してしまったのであった。取締れないことと、その世界に入れないことと、どちらが彼等にとって辛いのだろうか。拒絶されてあることへの憎しみが、彼等の取締りに対する熱意にはね返って行くことも、あるのでなかろうか。そしてぼくはいま、屋根裏部屋の斜めの天井に首をすくめながら、ビールを飲んでいるけれど、ぼくがこの辺りを始終散歩していたころはおろか、つい先刻まで、こんな空間と生活を想像したことはなかった。ぼくはこのアパートの前の通りにある、桐が煙草ほども大きな柔かい葉をつける街路樹が好きで、その頃は蚕に変身することを夢みていた。斜に切れるジャズの響きの中で、S子の唇と黒いランニングの胸のふくらみを見つめながら、ぼくは、妊婦のようにまん丸い感触の下腹を、絶望的にさすっている。

（『日本小説を読む会会報』139号1972・9）

III

夏休みまで

一九八七年二月はじめの一週間、わたしはサヴォア県もイタリア国境に近い、ヴァル・スニというところに、スキー・ド・フォンをしに行った。一年半のフランス滞在の終り近くに、例の細身の平地滑行用のスキー、クロスカントリー・スキーを、一度試しに習ってみようと思いついたのである。

昔からの夢を五十過ぎになってかなえたのは、満更でない気分ではあったけれど、四日目にもなるとさすがにくたびれてきて、よくころぶようになった。宿舎に帰りついて熱いショコラをすすると、ぐったり疲れているのがわかる。シャワーを浴びてから、食事までのあいだ、ベッドで一休みしようと思っていたのを考え直して、談話室に行った。

しばらくは同室の仲間がチェスをしているのを見ていたが、面白くないので、隣りのレコード室をのぞいてみる。

フランス人でもこんな顔をして音楽を聴くのかと思うほど、いつも難しい顔をしてベートーヴェンばかり聴いているアルペン・スキー組の青年が、その日はいなかった。

五十枚ばかりあるぼろぼろのレコードをくってみると、こんなスキー学校の宿舎のコレクションに、ビートルズやハード・ロックに混って、驚いたことに、デュティユー、ジョリヴェ、プーランク、メシアン、といった現代音楽のレコードが入っている。半分欠けたものまで混っているような、ひどい痛みようのものの中から、幾枚かを気まぐれに脇に取出してみる。中の一枚をとって、ヴォリュームを抑えてプレヤーにかける。セザール・フランク。二短調交響曲の冒頭部が鳴り出すと、わたしはあまりの思いがけなさに、声も出ないような気持になった。何ということか。あの頃から、ぼくは、この曲を一度も聴き直したことがなかったらしい。そんなことがありうるのだろうか。フランクでも、ヴァイオリン・ソナタや弦楽四重奏曲は聴き続けているのに、どうしてこれに限って聴かなかったのだろう、三十年も。どうして、と思うとほとんど同時に、心が疼いた。

そうか、これを今ぼくに聴かせているのはオカポンなのだ。そうに違いない……。

わたしは不意打ちをくらって打ちのめされ、近くの肘掛椅子に沈み込んだ。オカポンだ、オカポンだ、と思いながら、戦時中や戦後、ラジオ放送に聴き入った頃のように、ガーガー鳴る雑音の間から、しみ出るように聞えてくる、二短調交響曲に耳を傾けた。

＊

昭和三十一（一九五六）年四月、二年浪人のあげく、ようやく入れた京大文学部の教養課程一年目の授業は、宇治分校で行われていて、黄檗山萬福寺付近の、大村益次郎の作った旧陸軍火薬庫跡地の校舎まで、大阪から通うことになった。京阪宇治線の黄檗駅から五分ほど歩いて校門を入ると、コンクリートを敷いた一間半ほどの幅の道が、一直線にのびている。両側は木の植わった土手で、その土手の中も、実はさらに碁盤目に土手で仕切られ、煉瓦造りの火薬庫とおぼしい建物が、一つ一つ小まめに土塁の中に収められていることが、後になってわかった。

まっすぐに道を進むと、土手のつきるところで空間が広がり、進駐軍のかまぼこ兵舎並みの粗末な教室の建物が、クローバーの生い茂った広っぱなどを挟んで、ばらりと散らばっている。索漠とした田園調、とでもいった奇妙な空間だった。その年の新入生中、全学で女子学生が何人いたのかは憶えていないけれども、文学部は定員百二十人のうち、ちょうど一割の十二人が女子で、フランス語が第一語学の文学部三組、略してL3には、六人も女子学生がいて、こんなクラスに入れたことは、よほどの幸運というべきなのであった。

語学の授業が始まり、ある日、誰かが言い出して空き時間を利用し、みんなで自己紹介をすることになった。三年浪人が二人、二浪が自分を含めて三人、一浪が五、六人いること、それはそのとき一度にわかったことではなかろう。それでも、現役で通った者の顔があどけなく、言うことも大むね素直なのに対して、浪人組が、年のひねた分だけ、心根も屈折している様子なのが印象深かった。

三浪にもなると、高校時代から反社会的な活動くらいはしてきたのではないか、と思える面構えである。しかし、一番不健康そうで、ニヒルな感じを与えたのは、岡本利男という男だった。

かなり高い上背を猫背にかがめ、無精髭を生やした薄い胸板の上体を教卓にもたせかけるようにして、にやにや笑いながら、大阪の北野高校を出て二浪して入った、と言った。わたしは忘れてしまっていたが、通信社にいる仲間によれば、「一日三回オナニーをしています」とそのとき彼は言ったのだそうだ。原語でフランスの現代詩を読みたい、と言いはしなかっただろうか。

わたしは大阪の住吉高校を出て二浪で入った、と言った。「いまぼくは発情期で、自分で自分をもてあましています」、というようなことを言ったのだと思う。君の挨拶は面白かった、とそれからどのくらいしてか岡本が言い、「ぼくは大徳寺の近くに下宿してるねん。LPレコードも聞けるから、君、遊びに来ないか」、と誘った。

岡本はお祖父さんの家に部屋住いしているのだった。人集めが好きで、すでに同じ方向から電車通学している何人かが遊びに行っているようだった。彼らはみな浪人組である。週末などの放課後、わたしたちは一緒に黄檗から中書島をまわって四条まで京阪電車で出ると、河原町通りから市電に乗り換え、はるばる紫野まで、ほとんど毎週のように通うことになった。京都市内に住んでいたり下宿したりしている連中は、もっと頻繁に出入りしている様子であった。

京都の市街の、当時はいちばん北といってよかった大徳寺前か船岡山公園前で市電を降り、広い寺の境内を、途中から横に折れて、松並木の間の石畳の道を突き切ったあたりに、彼のお祖父さんの家があった。質素ではあっても決して狭くない家の、奥まった一間が、彼の部屋になっていた。老人夫婦二人きりの住まいに、孫息子がころがり込んだわけで、お祖父さんは寝たきりのようであった。

「ぼくは詩を書いてるねん。フランスの現代詩を訳したい思ってるんや。君は詩を書くの？」

わたしは詩が苦手で、小説を書きたいのだと答えた。彼は、詩稿やアフォリズムを書きつけた沢山のノートをめくってみせながら、話したように思う。

「君、クラシック好きか？　ぼくはフランス音楽が好きなんや。セザール・フランクが一番好きやねん」

わたしは、ビゼーやマスネ、それにラヴェルのボレロくらいしか、フランスの音楽は知らなかった。当時わたしの自宅にもまだＬＰプレーヤーなどはなく、レコードが聴きたくなると、浪人中から梅田新道近くの音楽喫茶に行くことにしていた。お定まりのようにバッハやモーツァルトが好きで、コーヒー一杯とトースト一切れで、五、六時間ねばることにしていたが、そこでも他の客のリクエストでフランス音楽をきいた記憶はない。

「イイぜ。これちょっと聞いてみないか」

そう言いながら、オカポンは（L３に彼の高校の後輩が三人もいて、彼らが、オカポンさん、オカポンさん、というので、高校時代からの綽名が持越されることになった。彼自身その綽名が気に入っていたようで、またよく似合いもした）、うやうやしくLPを取出し、湿らせたガーゼで、ニジ色の光沢を放つ盤面を丁寧に拭くと、床の間に置いてあるプレーヤーにかけた。そのときはじめてわたしは、フランクのヴァイオリン・ソナタと、二短調交響曲を聴いた。

岡本は当時LPレコードを三、四枚ほども持っていただろうか。ベートーヴェンのロマンスなどもあったように思うのに、紫野のその家で聴いた鮮やかな記憶としては、フランクしかない。万年床が敷いてあって、泊めてもらうときは、その横に蒲団を足して寝る。その枕元でフランクが鳴った。


授業が終っての帰り道、暑いくらいの五月の日射しの中を、校門の曲り角まで来たとき、にやにやしながら、わたしに訊く。

「この匂い、何か知ってるケ？」

植物の匂いらしい妙な香りが漂っているが、わからない。

「栗の花の匂いなんや。ザーメンの臭いに似てるやろ？」

この連想が、一般によく言われるものらしいことは、おいおい知ったが、オカポンの口から、からかうようにはじめて聞かされたときは、顔が赤らむほどどぎまぎさせられた。わたしは自分の自慰行為に後めたさを感じていたから、露悪的になれる余裕はなかった。

オカポンには、どこか生理的な不潔感が、ほのかに臭ってくるようなところがあった。セザール・フランクのきこえる蒲団の枕元には、自慰の後始末をしたチリ紙がまるめて捨てられていたりしたわけではなかったが、オカポンの躰がふっと風を起すとき、何となく精液の臭いを嗅ぐ心地がした。フランクの透明な音楽が、その空想の臭いの中から聞えてくるのだった。

あのかすかな不潔感、あれは何だったのだろう。わざとひとの眉を顰めさせる露悪趣味、年齢相応のはったり癖、それもさることながら、こちらの疚しい秘密を暴露されることへの怖れ、過剰な防衛反応が抱かせた印象だったのかも知れない。

寝物語に聞かされた話。相手がどんな女性であったのかは忘れた。高校時代か浪人のとき、その人の家に行って、風邪で休んでいる彼女の床に押入る、といった話。そういう話は、わたしを恣いままな空想に耽らせる一方で、自分がその相手を凌辱しているような、居心地の悪い気分にさせられるのだった。オカポンは、そういうこちらの反応を、下からのぞくような感じで窺い楽しむ風があった。

そして、あの彼のまわりにたえず漂っていた病室的雰囲気。それは時代のせいか雑駁と清潔が妙に混りあった陸軍病院の病室をわたしに思わせた。大学に入りそびれたのは、軽度の呼吸器疾患のせいだったと聞いたような気もするが、そんなことからの連想だったのかも知れない。

ともかく、わたしたちの頭は性欲ではちきれそうだった。考えること、話すことは、すぐ女の子のことになってしまう。ところで、全学一の女性密度を誇るわたしたちのクラスが、人もうらやむ雰囲気であったかと言えば、とんでもなかった。わたしたちの教室風景は、いってみれば柵をはさんで並ぶ女学校と中学校の校庭を見ているような塩梅であった。わたしたちは向うで楽しげに語らっている女子学生をうらやましげに柵越しに窺っている気分でいた。気軽に話しかけ、雰囲気をほぐすには、何しろわたしたちは意識過剰でありすぎた。

岡本が言い出してできたクラス名簿。「不純な動機で」と同じ高校後輩の加地伸行は言っている。そうに違いない。いささか身上調査めいた欄もあり、目的は六人の女の子の住所などを知ることにあったのだから。

出来た名簿を見て、あきれた。所属クラブという欄があって、紫野の下宿に出入りしていたものまでがすべて「サロン・ド・ムジーク」所属ということになっている。オカポンの陰謀であることは歴然としている。当惑したのは、彼がフランス語の授業をしばしばサボっていたのを、広告している仕儀になっていることだった。

「あかんやないか。音楽は英語とおんなじ、ミュジックやで。Uはユと読むんや。フランス語でけへんこと丸わかりやんか。ムジークなんてロシア農奴やないで」

「そうか、しもた。うーん、カスミちゃん　笑うかな?」

カスミちゃん、というのは、わたしたちの悩みの種、山本霞嬢のことなのである。三月の雪もよいの寒い入学試験の日、同じ教室に入る列の中に、顔がかくれるくらい大きな白いマスクをして、紺地のコートで莢のように身をくるんだ女の子が目についた。入学してみると、彼女は同じクラスになっている。名簿が出来てみると、彼女の家は、岡本の下宿のすぐ近くにあることがわかった。そのことは慶賀すべき事柄ではあったけれど、これがとんでもない女の子であることに気づくには、さして時間はかからなかった。

何しろ英語が抜群にできた。この年、英語は、川田という先生から、A・ハックスレーの文章を、服部という先生から、サッカレーの『スノッブの書』を習っていた。ハックスレーはともかく、諷刺文学の粋とされるサッカレーのものは、文学史的には大切なものかもそれは知らぬが、わたしたちには猫に小判、豚に真珠、何が諷刺やらユーモアやら、やたらと難しいばかりで、ひたすら厄介なところが当らぬことを祈るばかりだった。

だが祈りはむなしく、この先生は誰かが行きづまると、クラス中を順番に問いただしてまわる。わかりません、駄目です、わかりません、わたしたちの屈辱の屍体をるいるいと積み重ねさせたあげく、最後に先生はこういうのだ。

「では山本さん、いかがですか」

すると霞嬢が、耳を澄まさなければ聞きとれないほど、か細い声で答える。

「あの、よくわかりませんけれど、あんまりお部屋が広いので、上下に仕切って、貸間にしてひとに貸す、ということではないでしょうか」

するると、服部先生は、大きくうなずいて言うのだ。

「そうです、その通りです！　結構でした」

往復の電車で乗り合わせた同級の女の子に、「山本さんはよくできますね」と話してみる。

「そうなのよ、それに、あの人は、朝の通学電車の中で調べてくるだけなのよ」

それでまた、悄然となる仕組みだった。その後、彼女が文学部の大碩学、山本教授のお嬢さんだということも、わかってきた。

しかし、わたしたちも名簿の失敗などでこりることなく、鞍馬へのピクニック、すき焼コンパなどと手を打ち続けた。だが、どうあがいてみても、このクラスはみんなで楽しくというような雰囲気にはならない。六匹の羚羊を、うらやましげに遠巻きにする、ハイエナの群、という図柄が、あいかわらずぴったりする。

その一方で、紫野の家は、梁山泊的な様相を深めて行った。週に一、二度会うだけではまだるっこしくなり、とうとう、稲垣武と横田恒が、下宿を引払ってオカポンのところに移って来た。毎日毎晩話し込んでいたくなったのかも知れないが、これはずいぶん冒険に思えた。

これには、アンリ・ミショーの詩集か何かを、横田と岡本で、共訳しようという計画もからんでいた。金は誰にもなかったから、酒もそんなには飲んだはずはなかったのに、岡本といると、何だか、みんなが、阿片吸引者の集団のような気分になって行くのだった。

彼は人を引き合わすのもうまかった。長所をひきたてて会わせる。こうしてわたしたちは、「一見鈍重そうに見えるが、ドストエフスキーを、仲間の誰よりも本格的に読み込んでいる」という北野高校出の京都府立大学生、宇佐美寛と親しくなった。

知り合ったばかりのその宇佐美と二人で、お祖母さんの誕生日祝の記念品を買う役を引き受けさせられ、一日市中を駆けずりまわる。石膏の女の子の人形を買ったのだ、と宇佐美が憶えていた。誕生日の会もお祝の品も、お祖母さんは喜んでくれたが、あの何箇月か、お祖母さんも、麻薬吸引者の一人のような気分だったのではなかろうか。

夏休みが近づいていた。初夏の宵闇が心地よかった。その晩はたぶん満月だったのだ。わたしたちは船岡山に登って、持参した酒を酌み交した。気分は満点だった。

「霞ちゃんを誘いに行こう!」。そう叫んだのは稲垣だったのだろうか。みんなが

「えーっ！」という顔をしつつ、結局「行こう、行こう」ということになったのは、誰もまさか本当に行きはしまい、と思ってのことだったのだろう。八時は過ぎていたはずだが、あるいは九時もまわっていたのかも知れない。わたしはまったく軽率だったが、それは生れながらの拭い難い性で、詮ないことである。

思いもかけなかったのは、わたしが山本家の呼鈴のボタンを押した途端、はっと気づいてみると、わたしのまわりに誰一人いなくなっていたことだ。しまった、と思ったが、もうどうしようもなかった。我ながら自分の非常識を悔みつつ、逃げ出しもしなかったのは、ままよ、と開き直ったからでもあっただろうが、どこかで何とか切り抜けられると思っていたのではあるまいか。

玄関に暗い電燈が灯り、どなたですか、と年配の着物姿の婦人が尋ねた。わたしは、お嬢さんと大学で同級の佐々木というものですが、山本霞さんは御在宅でしょうか、というようなことを言ったのだろう。しばらくして霞さんがうつむいて出て来て、障子の陰に半ば身を隠すようにして坐った。

こんばんわ、Ｌ３の同級の佐々木ですが……と、わたしは言った。すると、障子の陰に身をひそめた人は、視線をあいかわらず上げないまま、絶え入るような小さな声で耳を疑うようなことを言った。

「存じません」

わたしはすっかりあわてた。

「いえ、あの、宇治分校のＬ３で同級の佐々木康之ですが」

陰の人は、でもまた、

「存じません」

と繰り返す。頭を金槌で叩かれたような気持になった。しかし、黙り込むわけには行かない。泣きたいような気力をふりしぼって、言葉を発する。

「あの、Ｌ３であなたと同級の佐々木ですけれど、今夜はいいお月夜なので、Ｌ３の仲間の岡本君や稲垣君たち数人で船岡山に登ってお月見をして、とってもいい気分なので、山本さんもいらしたら嬉しいと思って、ぼくが代表してお誘いに来たのです」

しかし、霞さんは小さな小さな声で繰り返すばかりだった。

「存じません」

わたしは、まったくもって、万事休してしまった。

「そうですか、それでは残念ですが、仕方ありません。どうも夜分に失礼しました」

目の前が真っ暗になった気分で、玄関のガラス戸を閉め、わたしは夜道をたどりはじめた。ばらばらに逃げ散っていた連中が、あたりの暗い物陰からぽつりぽつりと出てきて、わたしと並んで歩いた。

この事件は、文字通りわたしを打ちのめした。自分の愚かな軽率さが悔まれるばかりで、誰も恨むわけには行かなかった。翌日大阪に帰る電車の中で、みじめな気持でわたしは考えた。オカポンには疑うことのできない詩才がある。しかし彼のような才能もない自分が、彼のペースにまき込まれ、あくの強い強烈な個性にひきずりまわされるままに、いまの調子でやっていては身の破滅だ。幸いもうすぐ夏休みになる。この夏休みを完全にフランス語の勉強に割いてみることにしよう。オカポンとつき合っていては駄目になるぞ。「逃げよう！」

その夏、だからわたしは、ジッドの『狭き門』を暗記したりなどして過した。わたしの浪人中は遠慮していた高校の山岳部の仲間が、北海道への貧乏旅行を計画して誘いに来たが、断った。彼は目を丸くして驚き、理由を尋ねた。それまで、そういう誘いを、わたしが断ったためしがなかったからである。したい計画があるのだ、とわたしは答えた。納得しない相手に、わたしは口が裂けても、自分の決意も、そんな決心をするに至った理由も言えない気持で、かたくなに断りつづけた。

夏の終りごろ、岡本のお祖父さんが亡くなったとき、わたしは紫野にお悔みに出かけた。どうか、お気落しなく、などと言ったので、君はよくああいう挨拶ができるな、と二人きりになったとき、岡本はからかった。

それがわたしが紫野の家を訪れた最後の機会であった。その後は一度も、その家に行ったことも、岡本と二人きりで話すこともなかった。そういうふうに決心した理由を、わたしは岡本に言うことができなかった。

横田もやがて紫野の家を出て、下宿を変えた。

その後の岡本の動静は、主に宇佐美寛や横田の話を通して知った。宇佐美は、手術をした岡本の恋人が安静に休めるよう、自分の下宿の部屋を明け渡して、夜遅く北白川別当町のわたしや横田の下宿を尋ねて来たりするのだった。

宇佐美の下宿も、われわれの下宿からそんなに遠くはなく、何となく『悪霊』のシャートフを連想させるような、宇佐美の駆けずりまわる下駄の響きが、冴え冴えと反響する星月夜の空のすぐ向うで、男臭いシーツにくるまってオカポンの恋人が、宇佐美の買って来たミルクを飲んでいたりするという図柄は、あいかわらずわたしの頭をくらくらさせると同時に、何だかうら悲しい気持にもさせるのだった。

卒業して何年か経って、岡本から来た結婚式の招待状には、丁寧な文面で添え書きがあって、君が出席してくれるとうれしいとあった。相手はまた別の人であるようだった。

しかし、丁度その頃、わたしは失恋したばかりで、とても出席できる気分でなかった。それで、わたしは返事も出さないでしまった。その後届いた結婚通知書には、結婚式に来てもらえなくて残念だった、と書いてあった。それにもわたしは返事も出せなかった。

だから、わたしはあのときと合わせて、二度も岡本の気持を踏みにじったことになる。説明さえすれば、岡本は何だそんなことかとその都度思って、笑って忘れてしまったことだろう。しかし、わたしは自分に余裕がなかったために、一切の説明の手間をはぶいて黙り込み、岡本に二度もひどいことをした。

これは、たしか西川長夫にきいたことである。西川はわれわれより二年前に入学していたが結核で遅れ、専門課程で仏文科に進んでから、岡本やわたしなどと同級になった。その西川が、何かの機会に、東京でだったか、岡本が時事通信社の特派員としてパリにいたときだったかに、岡本に出会った。

「オカポンは君のこと、よほど悪く思っているらしいよ。ずいぶん悪口を言ってたよ」

そうだろう、それは当然だ、とわたしは思った。そして、いつか一度、オカポンにはきちんと謝らなければならない、と考えた。

十月一日から二十年振りにフランスに行くことに決まった一九八五年の六月ごろ、大出俊幸からＬ３同窓会の通知が届いた。数年振りに京都でやるから、ぜひ出るように、と。日付の予定を見ると、十月中旬になっている。わたしは誇張でなく天を仰ぐ気持になった。

それまでわたしは、一度もＬ３の同窓会には出たことがなかった。しかし、今回は出席したかった。京都なら岡本も出てくるかも知れない。早く一度詫びたい、そう思った。

わたしが卒業後岡本にしたのは、自分の編纂した仏和辞典が出たときに送ったことだけである。それもあいかわらず説明なしに送った。贈呈先の名簿に彼の名前をこっそり書き込んで出版社に渡しただけだから、彼はそれを送ったのがわたしだという確信を持てなかったかも知れない。

しかし、わたしのつもりでは、それはあの索漠とした宇治の校舎で一緒にフランス語を学びはじめた友への記念のためであり、何よりも彼を裏切った日々への、せめてもの謝罪の心づもりではあったけれど、そういうことはちゃんと一度、口で言わねばならない気持だった。……しかし結局、二週間出発を延期することもならず、無念に思いつつフランスに発った。

翌々年の一月早々、Ｌ３の六人のかつての女子学生の一人から年賀のカードが届いた。そこに大晦日に書き上げられた手紙がはさまっていて、わたしを茫然とさせた。

「……手紙の中断のあいだに（書きかけて置いてあったあいだに、の意）、岡本利男氏オカポンさんが亡くなった報せが届きました。一昨年秋のＬ３同窓会にたいへんやせて、美しい白髪となって出席、胃を半分切ったと言っておられました。あいかわらぬ大言壮語やらまじる話でしたが、言葉のはしばしにやさしさがにじんで、かえって近づきがたく、長く話さなかったのが心残りです……」

その日、ブランシュ街のわたしのステュディオから眺められるトリニテ教会の後姿や演劇学校の裏庭は、一面の雪景色だった。とうとう、間に合わなかった。オカポンに悪いことをした。悔みきれない気持で眺めるトリニテの雪をかぶった鐘楼が、ふくらむ涙でぼやけ、たちまち崩れて行った。

（『岡本利男氏追悼集』大出俊幸（新人物往来社）編纂、１９８７年）

ひとつのこと

死があたかも一つの季節を開いたかのやうだった――堀辰雄『聖家族』

三宅八幡の大槻鉄男さんの家を訪ねるとき、高野川からひかれた用水路の溝にかかる小さな石橋を渡って、狭い道を山ぎわまで――といっても二十米ばかり――爪先上りにたどるあいだ、日のあるうちはどうしても、わたしは上を見上げながら歩いてしまう。左手の農家の石垣はさておき、とりあえずは大槻家の地主である右側の大きな農家の見事な百日紅からはじまって、棗、早咲きの白梅、李、柿などの四季おりおりの姿、そして自然石の石垣の上の、今にもくずれそうな大槻家の築地塀、その上から顔を出すリラ、倒れかかった大きな桐、木戸の上の梅もどき、二階の書斎、日暮れたあとでは、横色っぽい白色球の光にしんみりとひたされる部屋、……何度この道を通ったことだろう、この山を背負った大好きな家に。わたしには、大槻さんをこの家と切り離して考えることはできない。

はじめて誘われてこの家を訪れた夜はしかし、わたしは下を向いてこの道を歩いたに違いない。それは昭和三十八（一九六三）年の十一月だったはずだ。当時は大槻家が行きどまりの家で、そこから先はほんとの山道だった。そして家の前までは、ちょっと他では見られないような石畳の道になっていた。

今でも大槻家の木戸をくぐる人は、玄関までの、楓がトンネルをつくる小径をたどりながら、傍の斜面にしつらえられた二段の石垣の美しさに心を打たれるにちがいない。それは外の築地の下の石垣と同様、小粒の角ばった山石を一見無造作に積みあげて築いてある。昔、上高野にいた腕のいい職人の作ったものだそうだが、石畳の道もその同じ職人の仕事なのだった。丸味をおびた寺の木魚の座布団くらいの大きさの平たい川石が敷きつめられていて、それを山からのかすかな湧き水が、いつもしめっぽく濡らしていた。それはいかにも日本的なものであったけれど、のちにわたしは、アッピア街道などのローマの古い軍道で、同じようなやさしい丸味をおびた敷石を見た。そして、この湿った石畳から上を見上げる視線の移動は、妙な連想に思われそうだが、コルドバやセヴィリャの石畳から二階の窓の薔薇やジェラニウム、それに角燈を見上げた動きをわたしに思い出させた。この石畳は、数年前、地主が裏山を削って宅地を造成したとき、車が通れるようにするため、はがされてしまい、かわりにコンクリートが敷きつめられた。大槻さんが嘆いたとて、ましてわたしがその嘆きを理解したとて、それはとどめようがなかった。

その夜はだから、はじめての石畳に心を奪われながら、下を向いて歩いたにきまっている。第一、それはかなり滑っこく、歩きにくくもあったのだ。なんと淋しいところに住んでいるのだろう、とわたしは思った。そのときのことをどうしても書いておきたい。

いまそのことを書こうとしながら、脳裡をはなれない歌がある。小沢信男の小説でおぼえた田中克己のもの、

　この道を泣きつつ我の行きしこと、我がわすれなばたれか知るらむ

この歌は、大槻さんにはあまりふさわしくなく思えるが、わたしの大槻さんへの思

いにはかなりふさわしい。しかし何よりも、あの忘れられない人の心のために、しるしておきたい。

泊りにいらっしゃい、と言われて一緒にタクシーに乗り込んだときは、もう二時もまわっていたことだろう。そのころは、わたしもずいぶん酒が飲めた。大槻さんと二人でいて、そんなに早く切上げられたとは思えない。何軒か梯子をしたあとにきまっている。

玄関にたたずんだとき、音をききつけて二階からひとが降りてきた。しかし、わたしが一緒にいることに気づくと、人影は階段の途中からあわて戻って行った。全身は見えなかったが、寝間着姿の女のひとだった。いそいそと――とわたしには思えた――階段を降りてくる音と、身をひるがえすように戻る気配に、わたしの気がとがめなかったことがありうるだろうか。そのときすでに、ずいぶん沢山のことを知っていたように思うのは、錯覚なのだろうか。大槻さんが一人で帰りたくないのでわたしを誘ったのだろうと、どこかで思っていたような気がする。わたしはまだ北白川の下宿をひきはらってはおらず、帰るところに困ったとは思えない。ついて来て悪いことをしたと、その足音をきいて後悔したようにおぼえている。記憶力が悪いので、これから書くことはすべてあいまいで自信がない。だが今となっては、そのほとんどはわたししかおぼえていないことであり、またこの十数年、いつかは必ず書こうと思い続けてきたことである。だからわたしは、今の自分の判断でありそうだと思えることは、断定的に書くことを自分に許そうと思う。

大槻さんが布団を敷いてくれたのだろう。あるいは茶の間で酒を飲み直しているあいだに、布団が敷かれていたのかも知れない。大槻さんは二階に寝に行ったのだろう。夜半に——とおぼえていたが、夜のあける前、四時か五時ごろと考えるべきだ——女のひとの吐く声で目を覚した。酒の酔いとは思えなかった。薬を吐いたのでないか、と、心のどこかが考えた。

朝、何時ごろか、今、書いていて気づいたが、あのひとは中学の先生だったはずで、とすると、その日はきっと日曜か祭日だったのだ。朝か、昼近く、庭の鉢植えに如露でそっと水をやる音がして、目を覚した。今もそうだと思うけれど、大槻家には雨戸というものがない。当時は白っぽい木綿のカーテンがかかっているだけで、その硝子障子が枕もとにあり、その先で淋しい水音がした。わたしは目をつぶってその音をきいていた。しかし、他方では、アンゴラの、白か淡いピンクのセーターを着たあのひとが、鉢植えの棚に如露で水をやっている姿もおぼえている。どちらが正確な記憶なのだろう。

その前年の四月、わたしは何とか修士号をとって大学院の博士課程に進学した。それとほぼ同時に手痛い失恋をし、また大橋保夫先生のすすめで、関西日仏学館の通信講座の助手のアルバイトもはじめた。年が明けて二月に父が死んだ。要するに、ひどく不安定な気分の生活を送っていた。同じころに同級の西川長夫が紹介してくれて、多田道太郎さんと山田稔さんが中心の「日本小説を読む会」と、沢田閏さんの主催する「ヌーボーの会（二十世紀小説を読む会）」に入れてもらった。そのどちらの会にも、フランスから帰ったばかりの大槻さんの顔が見られた。

通信講座の事務室の書棚に、大橋さんへの献辞のある詩集『爪長のかうもり』があるのを見つけたのは、夏休みより前と考えるのが理にかなう。ヌーボーの会か読む会の例会がはねたあと、会場の楽友会館の玄関から近衛通の電停に出るまでの夕暮れ時の道で、『爪長のかうもり』を大橋さんへの献呈本で読ませてもらったこと、大変好きであること、一番好きなのは「朱の線」という詩であることを、こわごわ大槻さんに言った。あのときの勇気に、わたしは感謝する。大槻さんは決してとっつきやすい感じでなかったのだから。そんな、ひとの本で読まなくとも、詩集をさしあげます、と大槻さんは言った。あなたの気に入ったのは、ぼくの古い頃の詩です、とも言った。それが大槻さんと個人的に口をきいたはじめての機会だった。

夏休み明けのおそらくははじめての、これも読む会かヌーボーの会の例会のあと、わたしの記憶ではやはり近衛通のあたりで、愛知大学に来るつもりはありませんか、と声をかけられたときは、だからほんとうに思いがけなかった。ほとんど話らしい話もしたことがないのに、気にとめていてくれたことがうれしかった。そのころ大学に入ってからすでに、合わせれば、小学校の在学年限の六年はとうに過ぎ、中学の三年もそろそろ終りかけるくらいの年数を経ていて、あれこれと思いわずらうことが多かった。しかし当時、仏文科の大学院の学生にあまり就職口はなかった。それゆえ二つ返事で、喜んで行くつもりがある、と答えたのだった。父が生きていたら喜んだだろうと思った。十月か十一月の初め、京都会館でフランス文学会があり、生島遼一先生につきそわれて、まるで見合につれ出された娘のような形で、愛知大学のフランス語関係の諸先生と対面した。

九月、十月、十一月の三月のあいだ、といってもまる二月かせいぜい二カ月半ほどのあいだに、何度大槻さんとつき合う機会があったのだろうか。彼についてどれほど個人的なことを知ったのだろう。ほぼ確実に言えることは、クラブ・セザンヌに一緒に飲みに行ったこと、そこのクニ子さんというホステスの存在をもう知っていたはずだと思えることとくらいだ。

わたしはぼんやりと如露の水音をききながら古ぼけた天井板を眺めていた。それからうつぶせになって、煙草に火をつけた。枕もとの畳に目をはわせ、庭先とをへだてる硝子障子のカーテンのすそを見やったとき、珍しいものに目がとまった。この部屋の四枚の硝子戸には、普通、硝子戸どうしをとめるためのねじ錠が、二か所ずつ下部にとりつけられていて、戸を敷居に固定できるようになっている。それもここ数年の新しい時期にとりつけられたことは歴然としている。厳重な戸締り。心細いのだ、とわたしは思った。そうだ、男でもこんなところに夜ひとりでいたら、心細いにきまっている。

それからわたしたちは三宅橋のところを歩いていた。家から三人で石畳の道を一緒におりて来たのだろう。山田稔さんを呼んで夕食を一緒にしましょう、と大槻さんが言ったのはいつだったのか。じゃあ、といった具合に、アンゴラのセーターを着た奥さんが買物に行くのを、わたしたちは見送っていた。眉のうすい人？　色の白い人？　疲れのせいか肌は粉っぽい感じだった。だが、あのひとの顔立ちのことは、ほとんど何ひとつおぼえていない。ふんわりした淡い色のセーターをスカートの上に着て、夕方近い橋の上を、一度こちらを振り向いて遠ざかって行った姿以外は。

山田さんが来て、*水炊きがはじまったとき、大皿に盛りつけられた材料を見て、仰天した。青いほうれん草を芯に、軽くゆがいた白菜をまるく束ねて丁寧に切りそろえてある。一度湯に通してあくをとった鶏肉。水炊きの専門店でもなければ、玄人の店でもあんな手のこんだ下ごしらえはするまい。大槻さんという人は奥さんにこんなふうに料理をつくらせるのか、とたまげてしまった。

食事が終って、トランプをしようと大槻さんが言い出し、ツーテンジャックをはじめる。トランプが好きで、酔っぱらいさえしなければ妙に強かった。相手の捨てた札をきちんとおぼえていた。わたしは賭け事には必ず負ける。頭の悪さを見すかされるようで気がすすまない。大槻さんがしようというときには、だいたい人数が足りなかったから必ず勝負に加わったけれど、さすがの大槻さんもしまいにはわたしの弱さを本物だと認めていた。そのはじめての手合わせでも大負けし、数百円をまきあげられた。大槻さんがいちばん勝ち、たしか奥さん、山田さんの順になった。食事のあいだも、勝負のあいだも、あのひとは必要なこと以外はほとんど話さず、冗談にもひっそりと笑って和するだけだった。

記憶では、その夜はもう大槻家には泊らず、深更に家を出、山田さんと二人で、高野川沿いの若狭街道を岩倉からの道と出合う花園橋まで歩き、タクシーをつかまえて帰った。とすると、あれは山田さんが来るまでのことだったのか。どうもそれは信じがたい。しかし、どういうわけか、あのとき山田さんが横にいたとは思えない。わたしたちは茶の間の掘炬燵に坐っていた。わたしは所在なく両手をうしろについて、ふと硝子障子の上を見上げ、あれ、電話線がはずれてますよ、と言ったのだった。今度、電話局に問合せたら、あれは保安器というものなのだそうだ。電話線が家屋の中に引込まれるところに必ずとりつけられる小さな装置。大槻家のものは旧式の一号型保安器で、懐炉灰大の赤銅色の金属棒が二本、小さな板に並べてとりつけられており、その上端にはコイル状に巻かれた電線がついている。その片方がはずれていた、と、血のめぐりの悪いわたしは思い、思ったことは前後の見境なく口にする悪い癖で、あれ、線がはずれてますよ、と、つい言ってしまったのである。たしか、正面に大槻さんがいて、大槻さんの左側に奥さんが並んで坐っていた。言い終って奥さんの方を見たのだと思う。あのひとはそのとき、間が悪そうに大槻さんの方をちらと見やりながら、悲しい、わたしが生涯忘れられそうもない淋しい苦笑をした。勘の悪いわたしも、それで一瞬のうちに、すべてを覚った。わたしは自分の軽率を心底悔いた。

廣津和郎の『年月のあしおと』に、彼がヒステリー症の女に追いまわされた頃の記述がある。ある夜などは、厳重に戸締りした門をのり越え、二階の窓からしのび込んだ女が、階段を音もなく降りて来たりするのだ。電話線を遮断したくらいで、安心などできはしない。『年月のあしおと』は、一年くらいあとで、大槻さんに薦められて読んだ。あの夜、あのひとのつらさが一瞬のうちに覚れたとおぼえているからには、クニ子という人の行動について、その頃すでにある程度の知識をわたしがもっていたに違いない。

学園祭で休講だったためだろうか、翌日からは下宿でなく夙川の自宅にいた。その週、わたしは落着かなく重苦しい気持で過した。あのひとのことが気になって仕方なかった。電話をしよう。でも、何と言って？　このあいだ泊めていただいた者ですが……。一度会ったきりのひとの奥さんに、我慢して下さい、辛抱して下さい、なんて言えるだろうか。電話した方がいい、そう思いながら、どうしてもできなかった。

奥さんが亡くなったことを西宮に報らせてくれたのは山田さんだったのか。** 思い込みの強さによる記憶ちがいは大いにありそうだ。しかし、わたしの記憶では、わたしは月曜あたりに家に帰り、金曜ごろに訃報をうけた。電話したとて、おそらく何の支えにもならなかっただろう。だが、いちばん肝腎なときに、必要な蛮勇をもてなかったことにかわりはない。それがいつまでも悔まれた。

女房が大槻さんが悪いと叫びましたわ。通夜の晩、木戸の前で、そのころはまだ大槻さんと仲のよかった生田耕作さんが言った。そうだろうか、と思ったとおぼえているのは、あとからの修正が加っているのかも知れない。

その後、大槻さんが独りぐらしをしているとき、三宅八幡の家で布団を並べて横たわっていると、何がきっかけかは忘れたが、こんなことを大槻さんが言った。妻が布団に入ってくると躰が拒んでふるえるんだ、どうしようもないのです。言葉は正確でないかもしれないが、その後もう一度、同じことをわたしはきいた。身をかたくしてふるえている夫、その横で身動きもできないでいる妻。暗闇を見上げながら、わたしはそのときのあのひとの心を思っていた。ぼくなら、とわたしは思った。他に好きな女ができても、二人とも抱けるだろう。そして、そういう自分がひどくきたなく思えた。しかし、この感受性の鈍さ、散文的きたなさが、ぼくの人生をずいぶん楽にしているにちがいない。かわいそうな人、あなたは何と重い荷物をもって歩いているのだろう。ぼくはあなたを酷薄な人だとは思わない。誰がふるえたくてふるえるものか。

しかし、夫の布団に入って行って、夫に躰をふるわせられているあのひとのことを考えると、何としても可哀そうで仕方なかった。フランスに行った夫の留守中、三年ものあいだ、硝子戸にねじ錠をして、ひとりでこんな淋しい家に寝ていて、そんなにして待っていたひとが、自分を嫌って躰をふるわせている。どんなにか、つらかったことだろう。

いつかまた、大槻さんはこんなことを言った。女房はフランスにいい手紙をたくさん書いて来たのです。斎藤（正彦）や阿部（慎蔵）が見て、ほめていた。でも、ぼくは人の手紙はみんな捨ててしまうから、残っていない。残しておいたらよかったですね。そのころ、わたしはまだ田中克己の歌を知らなかったが、知っていたら、その話をききながらきっとそれを思い出していたことだろう。

この道を泣きつつ我の行きしこと、我がわすれなばたれか知るらむ大槻さんが死んだら、と、そのときもわたしは思い、その後も折にふれて思った。大槻さんが死んだら、あのひとのことを書こう。

杉本秀太郎さんに呼ばれて、大槻さんが愛知大学をやめ、京都女子大学に移ることがきまったとき、わたしは淋しくてたまらず、「日本小説を読む会」の会報に「大槻鉄男さんを送る」なる戯文を載せ、こう書いた。

「そのころの大槻さんは夜霧が着流しで歩いているような風情で、金を湯水のようにつかっていた。」

大槻さんは大げさな言い方をする、と嫌がった。「そのころ」とは、わたしが愛知大学に勤めたころ、大槻さんが愛子夫人と再婚するまでのことで、名古屋、豊橋、それでも足りなくて京都で、といった風に、わたしは大槻さんにくっついて飲み歩いていた。のちに、わたしがフランスに留学しているあいだに、愛知大学にきた尾崎昭美がそうしたように。

かちかちに　辛き味噌など残りたる　皿を見て居て　数日を過ぐ

こういう歌に私の心が動く。釈迢空の歌である。私は釈迢空の歌の全部が全部、好きというのではない。私にはぴったりとしない歌がある。私には、わかりかねる歌がある。だが、私がどうしても忘れにくい歌のいくつかのなかに釈迢空の歌が、いくつかある。室生犀星の『我が愛する詩人の伝記』という評伝風の本のなかに、「釈迢空」(「折口信夫」だったかも知れない)がある。そこに描かれた釈迢空の人間像は、怪物めいていて、私はべつに怪物好きではないから、こうした人間像に、全面的に惹かれるということはない。ないけれども、やはり惹かれるところが、ややといった程度にはある。折口信夫編『日本古代抒情詩集』という本がある。これは古いことばで言えば、私の枕頭の書である。そのなかの藤原公経の歌

あわれなる心の闇のゆかりとも　見し夜の夢を　誰かさだめむ

と、それに折口信夫のつけた評釈を、私が学生のころに読んだか、読まなかった

かが、その後の私の情感をかなり――ずいぶん、左右したと私は思う。

最初に釈迢空の歌を挙げたばかりに、話がこの歌そのものから、その作者の方へずれたが、話をもとにもどすと、こうした歌に、今の私の心が動く。

その動き方は、「文学的に」では一向にない、と言えば言える。私はここ一年来、ひとり暮しである。それも、名古屋に三日、残りの日を京都という風に一週間を過す。すると生活は、この歌のような具合になる。名古屋の部屋も、京都の書斎もそうなる。灰皿に煙草のすいがらがひからびている。先週読みかけた本の頁が開いたままで、そこに薄いほこりがたまる。私を稀に訪れる男の友だちは、私の書斎を見てただあきれかえっている。そのうえ、佐々木などは私の手になる変な焼めしを食わされて、そいつを方々で吹聴している。お気の毒だが、やむをえない。私を稀に訪れる妹は、私の書斎を見て、やたらに掃除をしたがる。

佐々木の喰べ残した焼めしは、かちかちになって、幾日か台所にある。無論、私の喰べ残しもそうなる。そんな塩梅で私は釈迢空の歌を読む。

かちかちに　辛き味噌など残りたる皿を見て居て　数日を過ぐ

と、言った次第で、この歌に私が心を動かすのは「文学的に」では一向にない。一向にそうではないなと思うが、この歌が私の心に触れて、またそれとは別に、この歌が、文学であることは動かしがたい事実だと私には思われる。かりに私の身辺がにぎやかであって、私に子供などがあって、妻などがあって味噌などがかちかちにならなくとも、私はやはり、この歌に心を動かすのだろうと思う。そうすると、私がいまこの歌に心を動かすのは、一向に文学的にではない、とは言えないのかも知れぬ。

(『日本小説を読む会会報』五十二号)

暗くわびしかったが、楽しくもあった日々、豊橋の駅裏の暗い通りで、わたしたちは二人のステッキ・ガールをもてあましていた。気まぐれで電話をしたのが悪かった。豊橋のたもとにおでん屋があって、入ることになり、ふと気づくと彼女たちが先に入ってしまって通りに人かげはなく、わたしたちだけが立っている。「逃げよう!」。大槻さんの掛声でわたしは必死になって走った。ひどいいたずらをしたものだけれど、あのとき、大槻さん、あなたはずいぶん速かったなあ。こわかったのでずいぶん遠くまで走った。

一月十四日は、朝、家を出て横浜の妻の実家に行き、義父の四十九日の法事を終えたあと、夜には自由ケ丘で友人と会い、鬱病の再発の気配を訴える彼に、以前にかかった精神科医との接触を回復させようと努めていた。翌日、妻を実家に残し、ひとりで昼すぎの「ひかり」に乗るまえに、東京駅のプラットホームから西宮の妹に電話して、預けてある娘を新大阪まで連れて来てくれるように頼んだ。座席に腰をおろすと疲れが出て、ぐっすりと眠り込んだ。ふと目をさますと、車内放送がわたしの名前を呼び、電話がかかっていると言っている。わたしは、ぬっと、立ち上って電話のある車輛まで急いだ。車窓には小田原の先の海が、曇り空の下で白く波頭をたてながら広がっていた。電話は妹からで、大槻さんが昨夜八時ごろ亡くなられたこと、新大阪まで来ず、京都で下車して大槻家に直行するように、と言う。わかった、と電話を切って、横の売店で罐ビールを二本とサンドイッチを買った。わたしのつもりでは、まず体力を作らなければならないのであった。

席にもどると、だが、ビールを飲む気にもサンドイッチを食べる気にもなれず、茫然とした。一月七日に神戸の中華料理屋でした送別会のときのことをまず思い出した。二十年ぶりにフランスに行く大槻さんを送るために、それはわたしの企画した会なのだった。一月十一日の木曜日、京大での最後の授業で会えるものと思い、そのときのメニューをコピーしてもって行ったが、大槻さんが休講で、がっかりしたことを思い出した。それからはとめどなく、昔からのいろいろなことが思い出され、そのうちに今度はとめどなく涙があふれ出し、幸い隣席に人はいなかったものの、前後の人に嗚咽をききとがめられまいと苦労しなければならなくなった。十年早かった、とわたしは繰り返し思った。大槻さんは早く死ぬだろうとはかねて思っていたが、そのわたしの計算でももう十年は遊んでもらえるはずだった。しかし、大槻さんが死んだこと自体は、わたしの心の中で、何の不思議な思いもおこさなかった。はじめて大槻さんとつき合いはじめたときから、わたしは大槻さんを死と切り離して考えたことがなかった。『爪長のかうもり』には、骨と死と喪失のイメージがつまっていた。そして何よりも、わたしは何かのきっかけで思い出すことがあるたびに、大槻さんが死んだら、はじめて泊めてもらったときのことだけは書こう、と繰り返し思ってきた。わたしが先に死ぬかもしれないとは思わなかった。

　ほんとうは、まだこのことを書くのは早すぎるだろう。まだ傷つく人があるかも知れないから。しかし思い当たるその幾人かの人より、わたしが長生きできるかどうか、今度は自信がもてない。その人たちには許しを乞いたい。
お葬式が終ってから、いずれ出ることになると思われる作品集のための基礎資料にと、まずＶＩＫＩＮＧに載った作品のコピーをとった。その中のひとつの詩がわたしを驚かせた。

ただただよう

顔が消えてしまい
しわのような線だけが空中にゆらめく
失ったひとをもとめる私を嘲笑するように
私はいつかそのしわの刻む切れ目のなかにすいこまれて
ともに空中にゆらめきただよう
さったひとをもとめるのは忘れて

ほの青い網の目のなかにただよう

＊＊＊

生前に読んだ記憶があるが、軽く読みすごしてしまったらしい。いつもながら、わたしの鑑賞力のあてにならないことはどうだろう。あのころからずっと、わたしは（そして山田さんや尾崎や杉本さんやその他の人たちもきっと）ただただよう大槻さんのそばに、はらはらしながらも何もできずによりそってきた。あなたからはやさしい心づかいをいっぱい受けたけれど、あなたのかかえる穴ぼこは、わたしには、そしてあなたにも、どうにもなりはしなかった。長いあいだ楽しませてくれてありがとう。

あなたはぼくの性格の嫌な点を指摘して、何度か厳しくたしなめた。女でなくてよかった、と一月十五日の「ひかり」の座席で、ぼくはつくづく思ったのだった。男だったから、振られもしないで最後までつき合ってもらえた。振られていたら、どんなにつらかったことだろう。ぼくはあなたがほんとうに好きだったのだから。

（『ＶＩＫＩＮＧ』３４１号１９７９・９　大槻鉄男追悼）

＊この文章がＶＩＫＩＮＧに載ったあと、山田さんが「ぼくもあの晩、大槻の家に泊まった。夜の

奥さんの吐く声はぼくも聞いた」といってくれた。わたしの記憶違いだった。
＊＊その後、一通の電報がひょっこり見つかった。
昭和三八年十一月一〇日　西宮電報局受信のウナ電
「ツマシスアス一ジ　ソウギ」　オオツキ
受付時刻コ一一・四三　とあるのは午前だろうか午後だろうか。
＊＊＊（『VIKING』303号1976・3）

ヒヨはどこに

今年はまったくカワラヒワが来ない。いつもは厳冬期になって、木の枝に牛の脂身をぶら下げたり、餌台に果物を置いたりし始めるついでに、ヒマワリの種を出しておけば、二、三日経つと、どこで見張っているのか、必ず何羽もそろって、羽の端に黄色の目立つ姿を現すのに、今年は一羽もやって来ない。来れば、澄んだかわいい声でもわかるが、食べた後の殻を見れば一目瞭然、もっとはっきりわかるはずである。雀や山鳩が食べたとしても、カワラヒワのようにきれいに殻を割ることはできない。シジュウカラもヒマワリの種が好きだと書いてあるけれど、わたしはまだ、シジュウカラがヒマワリの種を食べるところは、ほんの一、二度しか見たことがない。カワラヒワは文鳥のような嘴をしており、種をくわえるとそれをうまく横長の縦方向にくわえなおして、もぐもぐと二、三回嘴を動かすと、パチンと瞬く間に種が割れてしまう。何度見ても見事さに感心する。シジュウカラはよくは知らないが、どうも足で挟んで、嘴で殻を食いちぎって、食べるようだ。種を食べることに関しての手並みは、カワラヒワに比べるとだいぶ見劣りがする。

宇治に越してもう三十年近くになる。その間に家の庭で見ることのできる鳥の種類は、ずいぶん減った。ジョウビタキは、もう数年前から姿を見ない。以前はしょっちゅう、家の前に置いてある車のバックミラーに、攻撃を仕掛けていたのに。

ある年、ヒマワリの種を、筒型の餌入れに入れて、吊しておいたら、灰色の地味な毛色のかなり大きな鳥が、突っ立つような止まり方で、一羽餌を食べていた。その鳥は、一月近く通いつめて、せっせとヒマワリを食べた。図鑑を見てイカルじゃないかと、お向かいの横手さんの奥さんに尋ねたら、そんな鳥はこんなところで見ることはまずありえない、多分シメだろう、ということだった。彼女は、日本野鳥の会の主催する探鳥会の会員なのである。図鑑を見直すと、なるほどシメにちがいなかった。

庭の柿が実をつけ始めて数年は、毎年ツグミが来ていた。ツグミは声が悪くても、姿の切れが鋭くて、見るからに気持がいい。椋鳥も同じように目の横に白い毛が目立つが、こちらはぼやけて凛とした気品に欠ける。ツグミはこの頃でも、年に一、二度、家の前の空き地で、ちらと見かけることがある。しかし、わたしの家の柿には、来なくなった。近所に、実の生る木の植わった空き地が、めっきり少なくなったせいに違いない。たくさん実のなるわが家の柿は、甘くておいしいけれど、当たり年には、二人だけの家族では、近所に配っても持てあますくらい実をつける。放っておくと、ヒヨドリなんかがつつき落としてしまうから、去年も柔らかくなり始めた暮近くに、全部収穫して取っておいた。それを毎日、吝嗇くさく、一個ずつ餌台におく。するとほとんどは、近所の雀たちと、目白とヒヨドリが、寄ってたかって、午前中にほとんど食べてしまう。

しかしときどき、と言っても毎日欠かさずではあるが、鶯が一羽か、ときには二羽で、辺りをきょときょと見回しながら、食べに来る。見慣れないころは、鶯餅の連想から、緑の鮮やかな目白を、鶯と思い違えていたが、わかってみると、鶯と目白では、姿形と色合いの気品において、雲泥の差がある。なんにも目白を軽蔑するわけではないけれど、それが人生の辛いところだ。しかし、その気品の王者の立ち居振舞いが、あんなに落ち着きのないのはなぜだろう。どうしてあんなに、周りのことを警戒してばかりいなければならないのだろうか。大好きな柿を前にしても、十回くらい、くるくる、くるくる、一八〇度向きを変えてからでないと、つつけない。見ているうちに、こちらがイライラしてきて、くたびれ果ててしまう。第一、餌台に近寄る前に、すでに生け垣の茂みの中で地鳴きをしながら、やはり、キョトキョト、キョトキョトしている。気が知れない。

キョトキョトしてまだ柿をつつきもしないうちに、ヒヨドリはおろか、雀や目白が来てさえ、鶯は追い払われてしまう。バードケーキを作ったころは、それが嫌さに差別主義者と化して、ケーキの上に畑用の鳥よけ網を張ってやった。すると、ヒヨドリはもちろん、雀でも潜り込めなくなるが、鶯や目白は、元来が茂みの中を拠点としている鳥だから、平気で潜り込んで悠々とケーキを食べることができるので、見ている方の気が楽なのである。

今年はこぶしの花が千くらい咲いた。春さき、まだ、数輪、数えるくらいのときにひよ鳥が来て、しきりに花びらを食べた。窓から手を打つと飛びたつが、また来る。一日中手をたたいているわけにはいかない。部屋に坐っていて、また花を食べているかなと考える。何度か立ったあとだから、もう立たない。いまにひよ鳥は胃のあたりから白っぽくなるだろう。……

（「今年の春」。大槻鉄男『樹木幻想』一九八〇、編集工房ノア）

この文章の書かれた一九七六年ごろ、大槻さんに会ったら、「ひよ鳥は鳥の横に卑しいと書くのです」と言っていた。たしかにヒヨドリの漢字は鵯であって、そこには花や実を慈しんでいる人の実感が込められている。ヒーヨ、ヒーヨと、けたたましく鳴き立てるその鳴き声を聞いていると、いかにも憎々しい。それは、バードケーキの上に鳥除け網を張っていたころの、わたしの実感でもあった。しかし、今は、ヒヨドリが大きなかけらをくわえ込んで、大事な柿を瞬く間にパクパク呑み込んでしまっても、平然と心優しくうち眺めていることができるようになっている。妻も同様らしい。それは我ながら、いささか呆れてしまう心境の変化である。

＊

一九九七年七月十七日、大文字の送り火の翌日の夕方五時ごろ、その夜、フランスワーズと一緒に夕食を食べに来ることになっているマリー＝テレーズ、通称マイテから電話がかかってきた。

マイテとフランスワーズは、わたしたちのフランスの友人である。どちらもパリの高校のフランス語教師（つまり国語教師）であって、ご苦労なことにこのくそ暑い夏の京都で、一夏を過ごしてきたのだった。これで一年あいだをおいての二度目の夏である。そもそもは、日本文学好きのマイテが（彼女は太宰治と市川雷蔵の大のファンなのである）、その数年前、日本に帰国する直前のわたしに、「ヤス、日本で夏、わたしのアパルトマンと自宅を、只で交換したい人を見つけてくれない？」と言ったことに始まる。彼女は当時、パリのポルト・ド・ヴァンヴに大きなアパルトマンを借りて住んでいたから、フランス語教師仲間に、いくらでも希望者は見つかると思って、安請け合いして帰ったが、これが簡単ではなかった。

前から感じてはいたことだけれど、外国の人たちは、と言ってもヨーロッパの二、三の国のことしか知らないが、平気で自分の住んでいる家を、そのまま使わさせてくれる。ところが日本人は、自分の家を、たとえ留守中であっても、見知らぬ他人に、明け渡して使わせるのを、嫌がるようだ。このときも、いろいろ探してみたが、結局、夏休みをフランスで過ごしに帰る間、家を只で使ってもいいというフランス人教師を、そのフランス人の京都の大学での同僚である、わたしの友人峯子さんが紹介してくれて、やっと約束を果たせたのだった。そして二度目の一九九七年の夏も、西賀茂車庫の近くのロシア語教師アーニャの小さな家を、彼女がグルジアに夏休みを過ごしに帰郷する直前から、只で使わせてもらってきて、そろそろ本人たちの帰国の日も近づいてきたので、最後にわたしたちの家で食事をすることになっていたのである。

——ヤスは野鳥の雛を育てたくない？

と電話口でマイテが言った。昔からの友人とのつながりで知り合った彼女たちは、わたしのことを、その友人にならって「ヤス」と呼ぶ。

——育てたい、育てたい。

わたしは大慌てで、息せき切って言った。

——ゆうべ、送り火の晩にね、アーニャの家の近くを散歩してたら、猫が鳥の雛をくわえてたので、取り上げてやった。育ててくれるなら、これから持って行くから。

わたしはわくわくしながら、マイテとフランスワーズの到着を待った。

わたしはこれまで、人間に育てられた放し飼いの野鳥の雛を、二度見たことがある。一度目は、大学受験の浪人中だから、一九五四年の夏のこと、群馬県の磯部から歩いて一時間ばかりの知合いの農家で、一夏過ごさせてもらったあと、東京の親戚に寄るまえに、中学の恩師の友人Aさんを、浦和に訪ねたときのことだった。Aさんは詩人で、わたしは彼が最近出版した詩集を、読んだばかりであった。二階にあるAさんの部屋で話し始めたときは、もう午後もだいぶ遅くになっていた。

詩集の感想やその他あれこれと話をしていると、とつぜんAさんが「ちょっと、ごめん」と言って、机の上に置いてあったトマトを一つ取り上げ、乱暴に二つに引き裂くと、開けてあった窓のところに行って、「カーオ、カーオ」と大きな声で叫びだした。「なんですか?」と尋ねると、「いや、烏の子を飼ってるのでね」と言う。

——どこにいるんですか?

——向こうの方に鎮守の森が見えるでしょう? あの辺で遊んでるんだ。

たしかに、ずいぶん離れたところに木立が見えている。しばらく待っていると、ほんとうに鎮守の森から烏が一羽、飛んで帰ってきて、物干し台に止まった。

——来てごらん。

物干し台に上がると、カオはAさんの手に飛び移ってきて、トマトを食いちぎっては上を向いて呑み込み、ぱくぱく瞬く間にけろりと食べてしまった。

――さあ、もう今日の散歩はお終いだよ、お入り。

Aさんはそう言いながら、カオを鳥籠の中に入れた。

――どこで捕まえたんですか？

――いや、知ってる人が雛を捕まえてきてくれたんだ。でも、今日でそれもお終いなの。これからJ先生にあげに行くんだよ。

――ええーっ？　もったいないですね。せっかくこんなに懐いてるのに。

――うん。まあ、前から欲しいっておっしゃって、大きくなったら差し上げると約束してるのでね。

Aさんは、浦和在住の四季派の詩人、J氏のお弟子さんらしいのである。

鳥籠をぶら下げたAさんについて、わたしもJ先生の家まで行くことにした。

和服姿の白髪混じりのJ先生は、わたしたちを応接間に招じ上げてくれた。

――このごろの高校生の読む詩は、やっぱり朔太郎だそうです。

Aさんが、先ほどわたしの言ったことを、そのまま繰り返したりするので、わたしは困ってしまった。わたしはそれに、せっかく手塩に掛けて育てた鳥の子を、弟子の手から取り上げる詩人が、あんまり信用ならない気持だった。もう一度、物干し台から飛び立って、また舞い戻ってくるところが見たくて、悔しい気持だったのである。

二度目は、おそらく一九七四、五年ごろだと思うが、以前VIKINGに追悼文を書いたことのある（「中村さんのこと」382号　1982・10）中村喜夫さんの、蒲郡の家に遊びに行ったときのことである。夏休みの終わった頃だったのだろうか、窓を開け放した座敷に通されると、すぐまだ小学生だったお嬢さんの弓子ちゃんが、ぶどうを持って来てくれた。そして「ヒーちゃんにもあげようか」と中村さんに言って、一房手にとると、窓の手摺りのところで何か大きく叫んだ。すると窓辺に生えた高い木の上から、まだ嘴の横に黄色い部分の残ったヒヨドリが、舞い降りてきて、弓子ちゃんと中村さんの手から、ぶどうを一粒ずつ呑み込み始めた。

——どうしたの、これ、どこで見つけたの？

——犬が散歩していたときに見つけたんだ。くわえてきたから、取り上げて育てた。もうでも、今じゃほとんど外に行っているよ。

どちらの場合も、一度、小鳥の雛を育ててみたい思いにわたしを駆り立てたが、そういう機会に恵まれることはなかった。

電話が掛かってから一時間ほどして、マイテとフランスワーズがやってきた。マイテはビニール袋の中から、ティッシュペーパーの箱を取り出した。中にはまだしっぽの生えていない、小さなヒヨドリの雛が、両手を広げるようにして、ふんわりと敷き詰めた何枚かのティッシュペーパーの上に収まっていた。

――ヤス、渡す前に、この鳥はきっと野性に返すと、約束してくれる？

わたしは大慌てで「ビヤンスュール、ビヤンスュール（もちろん、もちろん）」と請け合った。今になって持って帰られてはたいへんである。

雀ほどの小さいのが、ピーピーと小声で鳴いているので、そっと胸の下に人差し指を差し出してやると、足でしっかりと摑まった。その瞬間、わたしはどきりとした。足の裏が熱い。それはまったく思いがけないことであった。とすると、冬の寒空の下で、テレビのアンテナに止まっているヒヨドリなんかは、金属の凍るような冷たさを、ちゃんと感じながら止まっているということなのだろうか。わたしは、鳥の足の裏は温度を逃がさなくできていて、鈍感なんだろうと信じ切っていた。こんなことでは、アンテナに止まったりすれば、霜焼けになりはしないか、と心配になるほどの熱さだった。

——どんな餌がいいの？

——鶏の笹身か何かない？　小さくちぎって持ってきてごらん。ほら、こうやって、思い切って喉の奥の方に放り込んでやる。怖がっては駄目。ぎゅっと押し込むくらいにしてやるの。

マイテは、ボルドーの西方百キロばかりの町、ベルジュラック近郊の、田舎育ちである。子豚は子犬のように懐いて、後ろについて歩いたりして、ほんとうに可愛いのに、結局は殺されて食べられてしまうから、辛かった、とか、仔山羊は動作に何とも言えない愛嬌があって、子羊よりずっとかわいいとか、いろいろわたしの知らないことを知っている。野鳥も育てたことがあるに違いない。

その晩、マイテたちが帰った後、雛鳥の入ったティッシュペーパーの箱を、そのまま小振りの段ボール箱に入れ、薄い布で覆った上に、飛び出さないようオーブンのグリルを載せて、母親が使っていた畳敷きの部屋に置いた。

それまでわたしは不規則な生活をしていて、主に夜中に仕事をし、休暇中は、朝は十時まえに起きることなど、ほとんどなかったのであるが、その日からはそういうわけに行かず、五時には起きていることにした。

雨戸を立ててまだ暗い部屋に入って行くと、目を覚ましてピーピーと鳴き始める。明るくしてやって、グリルと覆い布を取り、指を出してやると早速摑まってきた。居間に連れ出して、新聞紙とティッシュペーパーを敷いておいた果物籠に入れてやった。これは籐で編んだ立派な果物籠で、以前、友人夫妻が、庭に生った無花果を入れてくれたものである。

さて餌。雛はピーピー鳴いて口を大きく開け、餌をねだっている。教えられたとおり、鶏の笹身を細かく刻んだのを、恐る恐る口の中に放り込んでみるが、こちらの手がふるえたりするので、雛は逆に怖がり、なかなかうまく呑み込んでくれない。舌で吐き出したりもする。ピンセットで餌をつかんで押し込んでもうまくいかない。思いあまってマイテに電話を掛けた。

——はじめは怖がってるかもしれないけれど、そのうちに食べるようになるから、あんまり心配しないでいいよ。それに小鳥はよく病気を抱えていることがあって、そんなときは、いくら努力しても駄目なんだから、あまり気にしないで。

そうマイテはあっさり言うが、そうはいっても、こちらは目の前に、不安げに鳴いている雛を見つめているのである。仕方がないので、結局、また向いの横手さんの奥さんに伺いに行った。

――ミルワームをやったらいいんじゃないかしらねェ。それと鶯を飼うときのように、
すり餌をやればいいんじゃないかな？

横手さんはそういいながら、早速、わが家の雛を見に来てくれた。彼女は、その辺を飛んでいる百舌を、ミルワーム（甲虫の幼虫）で手なずけ、毎朝、窓ガラスをノックしてミルワームを催促する百舌に、たたき起こされた経験の持ち主である。

――ミルワームを売ってるお店が、この辺にありますか？

――この辺には多分なくて、わたしは伏見まで買いに行ってたけど。

という話で、早速わたしも、近鉄電車で二駅の伏見まで、宇治川を越えて、ミルワームを買いに出かけることにした。

――こんな本があるけど、読んでみますか。ちょっとは参考になるかも。

出がけに横手さんが、小さな本を渡してくれた。『小鳥が元気になる本（野鳥救助法の手引き）』（星雲社、１９８７）、著者は池谷奉文という獣医さん。まったく呆れるほど、横手さんは用意周到な人である。駅で電車を待ちながら読んでみる。「胸を押さえる

な」とあって、ふむふむと先を見る。

小鳥の持ち方

スズメ大の小鳥を持つ時は、鳥を上に向けたまま、人さし指と中指で首の両側をはさみ、背中から手の平に包んでささえます。これは手の平などで胸を圧迫して、胸式呼吸を妨げないようにするためです。

初めの方に解剖図めいたものが載っていて、

鳥には気のうと呼ばれる袋があり、これをとりかこむ肋骨が二枚貝が閉じたり開いたりするように動きます。そして、ふいごのように気のうの中に空気を出し入れして、気のうとつながった肺へ常に新しい空気を送ることができるようになっています。

とあり、人間の腹式呼吸に対して、鳥は前後に胸が動く「胸式呼吸」だと書いてあった。なるほど、なるほど。

愛鳥園という小鳥屋のおかみさんは、事情を説明すると、すり餌とミルワームを同時にやりなさい、と教えてくれた。

――ミルワームばっかりやと高いし、栄養も偏りまっさかい、鶯用六分のすり餌をやりはったらよろしますねん。六分いうのんは、魚粉の分量が多いと言うことです。初めは嫌がって食べませんさかい、ミルワームをちぎって、ちょっとすり餌をまぶせてやるようにして、だんだんすり餌の量を増やしていきますねんわ。大きなったら三分の餌に変えます。

一度にどのくらいやったらいいんですか、という問に対しては、「鳥は人間と違ごて、お腹が大きくなったらもう食べませんよって、欲しがらんようになるまでやりはったらよろし」という、わが身に省みて耳の痛くなる答が返ってきた。手引き書にはビタミンD3も与えろ、と書いてあったので、薬局に寄ると、もちろん人間用しかなく、千円ほどもした。「ええっ？　もっと安いのはありませんか」と尋ねたが、それしか無く、仕方なくそれを買い求めた。

暑い季節には腐りやすいので、すり餌は一日二度新しいものをつくって与えること、という指示に従って、すり餌をぐい飲みに練ってみた。ビタミンD3の錠剤を一錠砕いて粉末にし、ほんの少し混ぜてやる。手引き書の挿し絵どおり、そのすり餌をまぶせたミルワームをピンセットにはさんで嘴に近づけると、ヒヨは羽をふるわせて口を大きく開けた。奥に突っ込んでやると今度はうまく呑み込む。三、四匹、徐々にすり餌を増やし気味にやって止めたが、十分もするとまた羽をふるわせてピーピー鳴き始める。三度ほどミルワームをやった後、今度も手引き書どおり、割り箸の端を斜めに削ってスプーン状にし、すり餌だけをのせて喉の奥に放り込んでみると、クックッと首を伸ばして呑み込み、思いなしか、いささか不審げであったが、それでもすぐ次をねだって羽をふるわせ始めた。あまり煩瑣なので、三十分に一度くらいですますことにし、すり餌を食べた褒美に、最後にミルワームを二匹やる。六時半には暗くして眠らせてやった。

四日目の二十日には餌を近づけると嘴を伸ばして食べに来るようになり、自分で餌をのみ込めるようになった。一回にミルワームを二、三匹食べさせ、一日の終わりに数えてみると、三十五匹ばかり食べていた。

翌朝、ヒヨの眠る部屋の襖を開けると、段ボールの箱にいない。うっかり布をかけ忘れていたので、飛び出したらしい。見回すと、整理ダンスの上の、本の間にうずくまっていた。もうそんなに飛翔力があるのなら、止まり木が要るだろうと思って、果物籠の上に、木の枝をさし渡して結びつけてやった。その翌日には、お腹がすくと、籠から飛んできて、餌をねだるようになった。

食べ終わると、首を伸ばして胸の下あたりを嘴で掻く。すると、まるで羽をむしったかしわの首のような、赤肌の、細い細い首が現れた。なんとも心細くなる細さである。次に、羽を片方ずつ、足と一緒に思い切り伸ばして、伸びをする。その羽やしっぽの辺りに生えている筒状のかたい毛は、筆毛というらしい。食事の後は、指に止まらせて、食卓の上に連れてきて遊ぶ。すると、テーブルの上に、嘴で身体を掻くごとに、ふけのような粉がいっぱい飛び散る。はじめは糞をするたびにちり紙で拭き取るのにかまけて、気にもならなかったのが、だんだん不安になってきたので、横手さんに借りたもう一冊の本の名簿に載っていた、京都の獣医さんに、身上相談の電話を掛けてみた。わが家で飼っているヒヨドリの雛が、ダニがいるのか皮膚病なのか、体中を掻きまくって、ふけをまき散らしているが、何か薬でもやる必要はないでしょうか。

それはね、筆毛の邪魔な部分をむしり取ってるのですよ。羽が生えてくるための、大事な準備段階なんです。病気なんかじゃありません。ただ、失敗する飼い主が多いのは、ビタミンD3が必要なのを知らなくて、正常な羽が生えてこないケースなんです。薬局に行って、乳児用の液体のポポンSを買ってきて、すり餌に少し混ぜてやってみて下さい。それからミルワームをやりすぎてますね。ミルワームは脂肪分が多すぎるので、一日に五、六匹くらいにして下さい。すり餌にちょっと卵黄を混ぜてやってもいいし、野原でバッタを捕ってやってもいいんですよ。

いままでの錠剤でも大丈夫だとは思うが、せっかくの懇切な指導なので、乳児用という殺し文句にも負けて、薬局に乳児用のポポンSを買いに行った。

言われてみて、仔細に筆毛なるものを観察してみると、なんだか見栄えのしない堅そうな筒状の毛が、ツンツンと生えていて、感じよくないな、と思っていたが、なるほどその一本ずつが、筆の軸のような円筒になっていて、それぞれの筒先から、可愛い羽がちょっと顔を出しているではないか。それが伸びてきて一本一本の羽になるのだとわかった。うーむ、まったくうまくできているもんだ、なるほど、なるほど。

飛び回るヒヨをおさめるには、もっと大きな小屋がいるので、大きな電気屋さんに行って、冷蔵庫を入れていた大きな段ボールの空箱を貰ってきた。底と天井は無しにして、前面に窓を大きくくりぬき、そこに、網戸用のメッシュを張った、やや大きめの枠を、ガムテープで取り付け、開閉できる扉にした。マジックテープで鍵の代用をさせる。底には新聞紙を敷き詰め、毎日、上敷きの新聞を糞ごと取り替える。その上に、三つ叉状に枝分かれした枝を切り取ってきて置くと、恰好の止まり木になった。天井は暑くならないように簾をかぶせた。３２００×９００×８００ｍｍほどの堂々たる大きさで、工作下手のわたしにしては、我ながらなかなかの出来映えに思えた。

夜と留守中はそこに閉じこめておく。朝、襖を開けて部屋に入って行くとバタバタ騒ぎ、扉を開くと、喜んで飛び出してきて肩や頭に止まる。日中われわれのいるときは、居間に連れてきて、一時間に一度くらいの間隔で、果物籠のところでトマトや西瓜、すり餌などをやる。パンも大好物であると分かる。食べ終わると方々を飛び歩くので、本棚の本の上や、汚されては困るものの上に、新聞紙を載せて回ることになった。とりわけ、本棚の本の上と棚板の間の狭い空間に潜り込むのが好きであった。台所の出窓も、気に入りの場所になった。火を使わぬ時は、ここでも遊ばせておいた。

借りている家庭菜園に、バッタやカマキリを捕りに行くが、わたしは不器用でなかなか捕まえられない。事情を知った菜園仲間の、わたしより少し年上の小母さんたちが手伝ってくれて、たちまち十匹くらいが手に入る。昔、田舎で育った人たちには、こういうことではやはり負ける。バッタをやると少しおびえて尻込みするが、一度くわえると、どこで覚えたのか、振り回してバタンバタンと叩きつける。呑み込むのはなかなか大変であった。とりわけカマキリは、堅いところが多かったり、羽がかさばったりするせいもあってか、なかなか呑み込めず、あまり喜ばない。バッタは一日三、四匹食べた。残りのバッタは、キュウリや青じそとともに、水切り用の網袋に入れて飼っておくことにした。

九月の初め、外出先から夜、家に戻ると、妻が今日は面白かったと報告した。ヒヨが台所の出窓で遊んでいるとき、水道の蛇口で手を洗っていると飛んできたので、手に止まらせて水を飲ませてやった。手の端の方をツイとつつくようにして一口二口水を飲む。そのうち両手で水を受けてやると、手の平のくぼみに入り込んで水浴びをし始めたのだそうだ。五回も六回も喜んで浴びたらしい。

お向かいの横手さんから、水浴び器を借りてきた。まったく呆れるほど何でも持っている人である。岩のように整形されたプラスチックの上端に、浅い窪みがしつらえてあって、水盤みたいに水をためられるように出来ている。しかし、借りてくるのが少し遅かったために、手の平の風呂の味を覚えたヒヨは、ここでの水浴びは喜ばなかった。それより、妻が米でもとぎ始めると、すっ飛んで行って、水を飲み、待ち切れずにとぎ汁の中に飛び込んでしまう。妻は仕方なく片手にヒヨを止まらせて、左手で米をとぎ終えてから、存分に水浴びをさせると、水の中に浸かって座り込んでしまう始末だった。わが家では、それからも水浴びはもっぱらわたしたちの手の平のなかでしていたが、だんだん大きくなると、やっぱりそれでは小さすぎ、そのうちに鍋や洗面器を利用するようになった。

日中わたしたちが新聞や本をソファなどで読んでいると、いつもヒヨがやってきて、座っているときは肩やお腹のくぼみに、寝そべっていると、顎の下などに入り込み躰をすり寄せてくる。暖かみを求めてなのだろうか。そのうちついでに耳の穴や鼻の穴を嘴でつついたり、髪の毛を引っ張ったりし始める。くすぐったくてたまらない。

筆毛の軸から羽が十分に伸びると、ヒヨドリが意外にも、ずいぶん美しい鳥だと思えてきた。鳴き声はキーキーとたしかに耳障りで好きにはなれないけれども、姿、色合いはなかなかたいしたものである。わが家のヒヨも、夕方四時ごろになると落ち着かなくなって、天井近くをバタバタ飛び回り、ヒーッ、ヒーッ、とつんざくような声で叫びまくることがよくあったが、あれはこの鳥の習性なのだろうか。叫ぶ口の中は真っ赤だった。

朝早くと午後の二回、外を散歩させることにした。指に止まらせて外に出て、まず庭で飛び立たせるが、物干し竿やフェンスの上にすぐ止まって、なかなか高い木の枝に止まろうとしない。中村さんの庭は広いから、高い木がすぐに止まるべき対象になったのだろう。窓から弓子ちゃんが呼んだとき、高い木の上から舞い降りてきたことが思い出された。わが家の庭はいかにも狭く、すぐ目に付く止まり場所は、物干し竿ということになる。物干し竿から追い立てると、フェンスやブロック塀の上のような人工構造物、つまりもっとも危険な、猫の通路のようなところばかりに舞い降りる。道路に出て、せめて世のヒヨドリたちが根城にしている、テレビアンテナのような高いところに止まらせようとするが、いかんせん親代わりのわたしは、飛んでいって範をたれることができない。この時くらい、飛べないことを無念に思ったことはなかった。飛んでいって、アンテナの上から呼び寄せてやりたくてならなかった。ヒヨは飛び立つと、わが家の家の並びの家並みを越えて、裏の家の庭や、さらには裏の家の家並みまで飛び越え、裏の道路の方にまで行ってしまうことがあったが、あわてて裏通りに行き、ピッ、ピッと呼んでみると、やはり猫の通路のようなフェンスや塀の上に止まっていて、ピヨピヨと返事をし、やがておもむろに、わたしの頭や手に止まりに帰ってくるのだった。

わたしは節約の人である。欠食児童のなれの果てでもある。贅沢にどこか慣れ親しみにくい生まれつきなのだ。ヒヨにミルワームをやり続けて、心が痛んできた。こんな贅沢を許していては、この雛自身のためにもならないのではあるまいか。世のヒヨドリ諸君は、ずっと貧しい食生活をしているに違いない。わが家に前からある日本野鳥の会編『窓をあけたらキミがいる――ミニサンクチュアリ入門』の挿し絵を見ると、ムクドリではあるが、嘴にミミズをくわえている絵が載っている。ヒヨドリとて、ミミズを食べないでもあるまい。畑で十分なミミズを手に入れるには、耕してばかりいなければならず、それにはぎっくり腰の前歴のある我が身としては、とうてい耐えることができそうにない。つくづくそのことを考えて思いついたのは、魚釣り餌用に売っているに決まっているミミズのことだった。

そこで早速、国道二四号線沿いにある釣り具の量販店に出かけていった。釣り具の店などに入るのは初めてだったが、ミミズはちゃんとあった。それを買い求めて、家に帰り、手頃な大きさのを水で土を洗い流し、ピンセットでつまんでヒヨの前に差し出してみたが、見向きもしない。そこで小振りのミミズを半分にちぎって、すり餌に包んで団子を作り、ピンセットでつまんでヒヨの喉に押し込んでやった。ヒヨは呑み込むには呑み込んだが、露骨に嫌な顔をする。どうもミミズはよほどうまくないらしい。しかしこちらも、買ってきたものを無駄にするつもりはない。毒だとはとうてい思えないし、われわれ人間も、戦争中はとうてい食べられそうにないものを、食べてきたのである。少々の我慢はして貰わなくてはならない。すり餌団子を作るとき、三つか四つに一つはミミズ団子を作って、だましだまし食べさせることにした。しかし、うまくミミズをすり餌で包み込めず、少しはみ出ているときなどは、たちまち味の変異を覚って、首をブルンと振って団子を吐き出してしまう。カッとして、こつんと頭に一発食らわせたら、軽くやったつもりなのに、申し訳ないことに、これが雛には少し強すぎたらしい。キュンと言って頭をすくめ、本棚の本の間に逃げこんでしまった。こちらは慌てて飛んでいって、「ごめん、ごめん」と頭でなでさすり、ミルワームと西瓜をやった。

いまではヒヨの羽は立派に生えそろい、嘴の際にわずかに残る黄色の部分を除けば、ほぼ成鳥と言ってよかった。ほとんど生えていなかった尻尾は、十センチもありそうである。そろそろ自然に帰すことを考えねばなるまい。そう考えた。阿部慎蔵さんに報告しておいたら、「ずっと家で飼っておけ」と返事が来た。自然に帰すことなどあまり考えるな、という意見のようだった。

しかし、わたしにはマイテとの約束もある。

できるだけヒヨを、外に置きっぱなしにすることにした。ただ、猫がなんとしても心配なので、しょっちゅう様子を見に出て行かねばならない。それに、まだ十月も初旬であって、どの家の庭にも、ヒヨドリが好んで食べそうな木の実はなっていない。そこで風呂場の窓を開け放して、風呂場に飲み水や、すり餌の団子、トマト、ぶどう、西瓜、ミルワームなどを置いておくことにした。風呂場の窓には格子がはまっている。その六・五センチの隙間を、ヒヨはうまくすり抜けられるだろうか。そこで、格子の前で一休みできるように、窓から直角に突き出る形で止まり木をくくりつけてみた。そこに一度止まって、そこからおもむろに風呂場に潜り込んでくればよいわけである。用意万端を整えて、裏の家の庭で遊んでいるヒヨを、窓から呼んでみた。「ピッ、ピッ」といったとたん、すぐ裏のキンモクセイの茂みから、ヒヨが一直線に窓に飛び込んできた。止まり木などぜんぜん必要でなかった。

それが十月七日のことで、八日にはほとんど外に出しておくと、風呂場の窓から出入りして、置いてあったすり餌団子やぶどうをすっかり食べた。わたしが昼寝している間に、妻が風呂場にいたヒヨを手に乗せて散歩させていると、通りかかった新聞配達の自転車に驚いてか、近所の家の塀の奥に入り込んで出てこなくなった。いくら呼んでも遊んでいて、なかなか帰ってこなかったという。この日体重を量ってみたら六〇グラムだった。夕方、選んでおいた母の部屋の前の椿の木の幹に金網を巻き付け、上部を外向けに折り曲げ、忍び返し風の猫除けとした。日が暮れてから確かめに出てみると、街灯の明かりがまともに選んである枝のところに当たっている。娘の古い体操服を引きずり出してきて上からぶら下げ、街灯の光をなんとか防いだ。そして、寝かしつけて一時間ほどしてから、ヒヨをそっと連れてきて、この椿の枝に止まらせた。それからも三度ばかり見に行ったが、ヒヨはおとなしく同じところに止まって寝《やす》んでいた。十月九日の朝、七時十五分に起きて風呂場に行ってみると、ヒヨがちゃんと入っていて、用意しておいたすり餌団子三つのうち一つとぶどうを食べていた。そして窓から外に出ていった。わたしはたいへん満足だった。

その日、わたしは夏前に受けた目の手術の術後定期検診に、京大病院に行かなければならなかったので、ついでにその後、妻と落合って、展覧会を見ることにした。ヒヨがわが家に来てから、二人そろって外出するのは、その日がはじめてだった。帰宅したのは四時半頃である。先に家に入った妻が風呂場を見てヒヨがいないという。あわてて風呂場に行ってみると、すり餌団子が六つ、手つかずで残り、ぶどうもパンも、朝おいたままになっている。糞が一つだけ残されていた。どきりとした。この時期、畑にもどの庭にも、ほとんど餌になりそうなものは見あたらないのに、この風呂場の餌以外に、ヒヨが餌を見つけられるとは思えない。ともかく二人で手分けして探すことにした。

妻は「ヒーちゃん、ヒーちゃん」と恥も外聞もない大きな声で、近所の庭に叫んで回っている。私は自転車を引きずり出して、団地中を「ピッ、ピッ」とさりげなく、しかし、ヒヨには必ず聞こえるだろうと思える程度の大きさの声を上げて、ぐるぐる走り回った。この期に及んでも、わたしの行動は世間体を気にしている。あまり恥知らずな大声は出せない。それが情けなかった。二度、三度と回るうちに、辺りはすっかり薄暗くなった。しかしヒヨはどこからも返事をよこさなかった。裏の家のご夫妻が妻の声を聞きつけて、午後にヒヨの姿を見かけたと妻に話していた。

自分の判断の誤りが悔やまれた。時期を焦りすぎた。阿部さんの言うように飼い殺しにはしないまでも、せめてわが家の柿がたわわに熟れる時期ごろまで、放すのを待てばよかった。そのころならこんな気持にならずに、どこかで生き延びているかもしれない、という希望を持つこともできただろう。猫に食べられたのなら、羽がどこかに飛び散っているはずだと、慰めてくれる人がいても、畑にトマト一つ残っていない今の時期に、一人で餌を探したこともないヒヨが、生き延びられるとは思えなかった。九月初旬に、電話でヒヨドリの雛のことを聞いた宇治の野鳥観察家は、「昨日雛を連れたヒヨドリを見ましたが、その雛は五月頃に孵ったものです。ヒヨドリの子離れは、ずいぶん時間が掛るようですよ」と言っていた。そんな言葉を、今ごろ半泣きになって自転車を漕ぎながら思い出すとは、どういうことなのだろう。わたしには、どちらかというと悪女の深情けのようなところがあって、いらぬ世話ばかりやいて人に嫌がられたりするくせに、肝心の時には、知らず知らず薄情なことをしてしまうのである。

翌日には、ときどきバッタを探しに連れていったことのある畑にも探しに行き、妻は近くのスーパーに写真を貼らせて貰いに行ったりしたが、何の手がかりも得られなかった。

こんなに早くいなくなるんだったら、ミミズなんか無理やり食べさせたりするんじゃなかったなァ。

何日経っても、ぽっかり穴のあいたような気持は埋らなかったが、探すのは諦め、妻と宇治でいちばん好きな恵心院に行って、いままであげたことのないお賽銭を入れてヒヨの菩提を弔った。恵心院は真言宗の小さなお寺で、何よりいいのはここの庭だ。京都の名刹の庭園は、初めこそ感心するが、時を経るに連れ、金に糸目を付けず植木屋の手をかけたわざとらしさが鼻につき、そんな庭は宗教心とは無縁なのではないかと思えてくる。最近ではわたしは、京都の大きなお寺の庭は見る気がしない。恵心院の庭は、これとは全く逆で、植物ずきの住職夫妻が素人の手で、いろいろな草花や灌木を育てている自然な佇まいが、なんとも気持よく、山懐に抱かれた庭にしばらくいると、心やすまる思いがするのである。昔、イナガキタルホが住んでいたこともある寺だが、その建物はもうなくなっているようだ。

——またなんかの雛を育ててみたいなぁ。どこかで雀の子でも捕ってこようかな。

ときどきそんなことをわたしが言うと、妻が文句を言う。
——なにを言ってるの、自然に帰すとか言ってたくせに。第一、わたしはもうごめんですよ。毎日毎日、ヒヨの糞の跡を雑巾で拭き回ってばかりいたんだから。あなたは何にもそんなことはしなかったから、いい気なことばっかり言ってるのよ。

（『ＶＩＫＩＮＧ』６１９号２００２・７）

（ヒヨとマイテの思い出に、２０２３年３月９日、マイテの去った悲しみの日）

廣津和郎と父親

昭和四十三年（一九六八年）九月二十一日に熱海の病院で亡くなる何日かまえ、看護婦が病室からいなくなったわずかな時間に、お嬢さんの廣津桃子が、耳元に頬を寄せて、「父が「好きだ」と言ったら」（お父さまが好きよ、と桃子さんは言ったのだろうか）、廣津和郎は少しうなずいて、嬉しそうな表情をうかべたそうだ。よかった、とわたしは思う。

長いあいだ、わたしには、父親を尊敬したりしている友だちがあると、その気持がわからず、不思議でならなかったものだ。わたしは廣津和郎より一年少し年下の自分の父親が大へん好きだったが、しかし父を不遇で同情すべき人としか思ったことがなかった。父は、母のいささか身勝手な調子にひきずられるままになっているようで、気の毒だった。夫婦喧嘩などは、だいたい父が最後に我慢するという形で収まることが多かった。好きな晩酌のビールも、一本しか飲ませてもらえず、その乏しい中から、高校生のわたしがすでに、いつもコップ一杯横取りし、母もときおり手を出して、ごくごくごくとコップが空になるほど飲んだりした。時代が時代で、わが家の財政からも仕方なかったといえるが、いつも物足りなそうな父親が可哀そうだった。だから今でもわたしは時として、父の弔いにビールのおかわりをしているような気分になることがある。

父は商社に勤めて満洲・朝鮮を渡り歩き、綿糸布の売上げを大いに上げたらしく、或る年には社長から直筆の感謝状を貰ったこともあって、これが父のもっとも得意な事件であったようである。その社長が代って計算が狂ったのか、事情はよく知らないが、第二次大戦中に大阪に戻ってきてしばらくして、首を切られてしまった。拾ってくれる人があって、綿糸布の統制組合に勤めたあと、独立して仲間と儲からない会社を作ったが、遅くまで昔の社長からの、もはや何の役にも立たない感謝状を大切に残していた。昭和三十七年二月に死ぬ寸前に、会社は解散した。大学院の学生であったわたしが慣れぬ計算をして、確定申告をしに税務署に出向いて説明したあと、さて相続税はいくらくらい払えばいいのですか、と質問したら、そんなものはいりません、と言われて、内心憤然としたことが思い出される。

大槻鉄男さんに薦められて『年月のあしおと』を読んだのは、その二、三年あとのことになる。昼間でも暗緑色のカーテンを引いた書斎に、一日中閉じ籠って何もしないでいる晩年の不遇な柳浪の姿が印象的だった。この作品は何よりも、父親を尊敬するということがどういうものなのかを、はじめて納得させてくれたことで、わたしにとっては忘れがたい。不遇な父君に対する深い同情が、尊敬とないまぜになっているために、反撥をおぼえず、素直に受け容れられたこともあろうが、読みすすむうちに、若い頃から肩肘を張ることなく、他人に対しても、醒めてはいるけれど冷めたくない行き届いた理解を示して、しかし通すべき筋は通して行く廣津和郎がひどく好きになり、夭折した長男の賢樹や桃子のように彼が父親であったら、やはり自分も父親を愛するだけでなく、尊敬もしていただろうという実感が湧いてくるのであった。どんなに貧窮しても、愚痴一つこぼさず、弁解することなく、痩せ我慢をし通す柳浪も見事であれば、十七、八の頃から、家庭円満のためには、まず父が自分たち息子の肩をもつのでなく、義母を庇うべきだと父に説く、和郎の地に足のついた考え方にも、まったく感心させられる。その父親に、お母さんを置いて二人で家出しよう、と相談を持ちかけられて困惑するところは、じつにおかしい。和郎も父親に、女の失敗まで打明けることができた。ぺらぺらとした父子の対話でなく、口の重い、ときとして不器用なやりとりが、心にしみる。

（『日本小説を読む会会報』３０２号１９８７・５）

父の日傘

ともかく暑い。
瘦せる必要があって、外出したついでに歩いているが…、とここまで書いて、この間の文章では、つい憎いゴルフの話にずれ込んでしまったが、*じつは父の日傘の話を書こうとしていた。（＊「ゴルフ憎し」VIKING679号2007・7）
日傘というと、モネの最初の奥さんが、コクリコの乱れ咲く斜面で、白いパラソルをさしている絵を思い出す。フランス語ではパラソル parasol は、喫茶店や海岸の砂浜などに突き刺してある大きなものをいい、小さなものはオンブレル ombrelle という。影 ombre（オンブル）に指小辞がついている。江戸時代でも日傘とか日唐傘という言葉があるらしいから、昔からさしていたのだろうが、和服を着た女の人でも、日よけに唐傘をさしている姿を見た記憶はない。少なくとも昭和になると、和服でもパラソルだったのだろう。

昔、というのは戦前のことになるが、父たちも日傘をさしていた。蝙蝠傘くらいの、大きな、白かベージュの厚地の傘で、かなりの重さだった。

男たちは暑くない間はソフトを、夏服を着る頃には、パナマかカンカン帽をかぶっていた。夏服は白くはあっても三揃えだったし、冷房のない時代だったのだから、まったくご苦労さまだった。髭も生やさなければならないし、靴下止めはいるし、ワイシャツにはカラーがいるし、なにしろ大変だった。そのかわり、冬にはステッキを振り回し、夏は、ささないときは、日傘をステッキ代わり突いていた。

あんな時代に戻るのは嫌だが、日傘だけは自分でも使いたい。なぜ男が日傘を使えなくなってしまったのであろう。

フランスなどでは、雨傘も男は使いにくいようだ。年寄りまでが、格好をつけて、雨傘をなかなか使いたがらない。パリのパレロワイヤルだったかのバス停で、雨の日バスを待っていたら、年寄りが濡れそぼってやってきたから、お入りなさいと傘を差しかけたら、憤慨したように、それともえらく自尊心を傷つけられたかのように、そっぽを向いて、ざざ降りの雨の中で、レインコートの襟を立てて、帽子もかぶらず、立ちつくしていた。勝手にしろと、こっちも憤慨したが、あれはこちらがいらぬお世話で悪かった。人間は好きにすればいいのだ。勝手に濡れていろ。

しかし、このくそ暑い日本で、男が日傘を使えないのは、口惜しい。試しに、いつも持ち歩いている折畳み傘を取り出して、暑い盛りにさしてみると、帽子など足元にも及ばぬ涼しさである。なるほど黒い、骨が一本折れ曲がったような雨傘を晴れた日にさしているのは、昔の父たちの凛々しい姿に比べ、いかにも見劣りがする。しかし、最近では紫外線を避けるとか言って、女も黒い日傘をさしている。なにも卑下することはない、と七十を超えた年輪を楯に、厚顔無恥、びくともせず、雨傘をさし続けることに決意を固めた。

日傘はやっぱり白かベージュがいい。今頃から紫外線の心配をしても始まらない。どこかでそんな色の雨傘が見つからないものか。格好のいい男の日傘が流行するには、高倉健あたりがさし始めてくれないと駄目だろうか。

（『ＶＩＫＩＮＧ』６８０号２００７・８）

相部屋

はじめて大学入試を受けたのは、一九五四年の三月だった。三日間の試験を終えて、これは駄目だ、と思ったが、あらかじめ親の許可を得ていたので、慰労と称して、京都から奈良にまわってお寺巡りをした。たぶん法隆寺、中宮寺を観て、西の京にまわり、まだ東塔だけだった薬師寺を観たのだと思う。確かなのは、最後に唐招提寺にたどり着いたことだ。閉門ぎりぎりまで、金堂の屋根や鴟尾などを、飽かずに眺めていた。

外に出ようとして、ふと思いつき、受付の若い女の人に、どこかいい宿はないでしょうか、と尋ねた。

――ちょっと待って頂戴ね。

その人は電話を何処かにかけてくれた。

――相部屋なら大丈夫だそうですけど、どうしますか。安心ないいお宿ですよ。

予約を入れてもらって、教えられた通り、博物館の前の古びた宿にたどり着いた。たしかに日吉館と書いてある。

案内された二階の部屋には、すでに相客二人がそろっていた。すぐ食事になって、年上の二人からいろいろ話を聞いた。一人は、中央大学を出て外務省に入って数年目の外交官、「外務省は門閥の世界です。毛並みがよくないといけません」と苦い思いを打ち明けてくれたりした。もう一人は、早稲田の建築科の大学院の学生ということだった。わたしは、京大の文学部を初めて受け、おそらく浪人することになる受験生だと名乗った。

しばらくすると「じゃあ、でかけましょうか」と二人が言うので、「え、どこに？」と訊いたら、今がお水取りの最中で、二月堂のお松明を見に行くのだと教えてくれた。

――せっかくのチャンスなんだから、君も見ておく方がいいですよ。

二人について外に出た。あたりに人一人見あたらない南大門をくぐるとき、どこからか謡を謡う声が聞こえてきた。月が明るく甍を照らす。松林の下で鹿が眠っている。二月堂のあたりは、さすがにそれでも、少し人だかりがしていた。

ほどなくお松明がやって来た。わたしはまったく無知で、母がいつも「お水取りがすまないと暖かくならない」と言っていたから、東大寺でお水取りのあることは知っていたが、どんな行事が行われるのか、ぜんぜん予備知識を持っていなかった。だから、初めて見る（そしてその後一度も見ていない）お松明の迫力には、心底、驚いた。二月堂の石段を、大きな松明を持った人々が駆け上がり、狭い木造の堂内で、火事になるのじゃないかと心配になるくらい暴れ回って、お堂の外回りの回廊の手すりから、下にいる私たちの上に、火の粉をいっぱい振りかける。大きな杉の葉が燃えながら降りかかり、当たれば火傷しそうではらはらした。

翌朝は外務省のお役人と別れた後、早稲田の大学院生が東大寺の転害門に連れて行ってくれた。

――このてがい門が東大寺で一番古い門なんですよ。この軒下の木組みは、二重虹梁蛙股造り（そう教えてくれたと思う）と言って、この門だけの特別なものなんです。

以来、転害門には数えるほどしか行っていないけれど、この素朴で力強い門の美しさは、二人の相客と共に、わたしの心にしっかりと根付き、未だに忘れられないでいる。

（『VIKING』703号2009・7）

IV

スポーツ見物

考えてみると、スポーツをわざわざ見に出かけたことは、数えるほどしかない。見るのは好きなのだが、出掛ける根気に欠けていた。しかし、それだけでなく、何となく、わたしのスポーツ見物は、ついていないことが多かったという気がする。

二リーグ制になる前のプロ野球のお祭りは、東西対抗戦で、小学校五、六年のころ、一度だけ甲子園まで友だちと見に行ったが、球場から阪神の駅までの超満員の帰り道で、ひどい雑踏に押しまくられている間に、片足の運動靴が脱げてしまい、それから二時間ばかり、半べそをかきながら、片足裸足で帰ってきた。配給でやっと当った、だぶだぶの運動靴を履いていたのだ。

この日のことは、試合前の藤村富美男たちのアクロバティックなトス・バッティングと、試合中に大下弘が、三塁側ベンチ横に猛烈なファールを打ち込んだときのことしか憶えていない。球がはね返ったあたりに、ちょうど一人の男の子がベンチの上に足を垂らすように坐っていた。その瞬間、バッター・ボックスから、大下が青バットを投げ捨て、その子供のところまで、ものすごい勢いですっとんで行った。翌日の新聞に子供が怪我をした記事の載った記憶はないから、あのときの男の子は何ともなかったのだろう。しかし、バットを投げ捨てて、三塁側に走って行った大下の姿は、忘れられない。

古橋廣之進、橋爪四郎たちの活躍は、もっぱらラジオの実況と新聞、それにニュース映画で追っていた。ロサンジェルス遠征の大成功のニュース映画は、一月遅れくらいで、千日前まで姉たちと見に行った。一緒にやっていた映画もついでに見たが、それは、ロバート・テイラーとヴィヴィアン・リーの『哀愁』で、このヴィヴィアン・リーもなかなかよかった。

ようやく思いがかなって、古橋の実物を見たのは、大阪の扇町プールができたときの、プールにこけら落しと言えるのかどうか、その竣工記念の水泳大会で、であった。

ヘルシンキのオリンピックには、古橋はもう衰えて出られず、橋爪だけが出て負けたはずで、だからわたしの見たのは、その前年か前々年くらい、つまり一九五〇年か五一年の夏の終り頃だったに違いない。その日は、古橋が、彼の輝しい競技生活ではじめて、アメリカのコンノに負けた日であった。ニュース映画でもそうであったが、古橋はすぐコースロープにすれそうになるくらい端に寄って行って、はらはらさせ、まさか、まさか、と思ううちに負けてしまった。

それにしてもプールの水が、コップの中の水みたいに澄んでいるのには驚いた。わたしの知っているプールは、とりわけ中学の夏、遠い道を毎日のように通った旧制大阪高校のプールなど、ほとんど夏の間、一度も水を換えることなく、青みどろだらけで、底はおろか、自分の臍のありかさえ見定められない、古池か沼のような水であったのだ。

古橋の負けたその日はまた、わたしが生れてはじめて、コカコーラを飲んだ日でもあった。

オドゥール監督率いるサンフランシスコ・シールズが来たのは、それより何年前のことだったのだろうか。３Ａ級のマイナーリーグの野球チームの来日が、新聞の大ニュースになるような時代は、今ではもう想像もしにくい。連日、選手夫人らの観光や買物まで伝える報道の中で、わたしがいちばん羨ましかったのは、球場でまったく例外的措置として、市販されていないコカコーラという、アメリカを代表する飲み物と、ホット・ドッグという、これもアメリカ文明の代名詞のような食べ物が、売り出されたらしいことだった。試合が見られないのはそんなに悔しくなかったが、高価な入場券を買える者だけに、そんな特典が与えられたというのが癪だった。

古橋や橋爪がロサンジェルスに行って、全米水泳選手権で泳ぐたびに世界記録を塗りかえたのは、たぶん、敗戦国のため古橋たちが出られなかった、一九四八年のロンドン・オリンピックの翌年の夏のことだ。そのとき彼らが大歓迎されて、アイスクリームやバナナを一杯食べた報道は、羨ましくはあったが、何しろ英雄の話で、そういう特典は、正当で許されなければならないし、それにアイスクリームやバナナは、もうかれこれ八年くらい食べたことがなかったとは言え、味も匂いもしっかり憶えていたから、それほど悩まなかったが、空想の美味の方は始末が悪かった。

日米対抗水上競技大会、というので、心中ひそかに期すものが、だから、わたしにはあったのであるが、友だちとプールに入場して、コカコーラを飲んだのが、古橋が負ける前だったのか後だったのか、今となっては定かでない。ホット・ドッグは売っていなかったのだろうか。売っていたが、金がなくてコカコーラだけで我慢したのだろうか。我慢した記憶はあまりないから、おそらく売っていなかったのだろうが、コカコーラも、何だか大へん疚しい気持で、あたふた飲んだように思う。それでも一口飲み込んだときは、一瞬どきりとして、う、これがあの憧れの、と思ったのであった。不思議な味だった。うまい、と思うには少し努力が要った。

水泳はそれ以後に、一度見たことがあるかないかだが、ラグビーは、オックスフォード大とケンブリッジ大が、二、三年の間に相次いで来た機会にかなり見た。たぶん高校生のころにオックスフォードの代表チームが来て、勤めはじめたばかりの、下の姉が花園ラグビー場に連れて行ってくれた。ネイヴィーブルーのジャージーが、芝生の上に展開して、ボールの渡って行くのが、ほんとうにきれいだった。しかし、堪能するほどラグビーを見たのは、一九五六年の三月のことだ。

わたしは浪人二年目で、どうしてもどこかに通らねばならず、京大を受けたあと上京して、早稲田を受け、そのまま発表まで叔父の家でごろごろさせて貰っていた。新聞記者から実業家に転身して成功した叔父は、会社を経営して羽振りがよかったが、ちょうどそのころ浮気が発覚して、じつはかなり緊張した家庭の事情であったのに、わたしは何も知らずに転がり込んだのである。慶応出の叔父は、ラグビー・ファンで、ちょうど来日していたケンブリッジの試合を見に行くという。「康之ちゃん、連れて行って貰いなさい」と叔母が言った。叔父はケンブリッジの東京での全試合の切符を二枚ずつ買っていた。その全部にわたしは連れて行って貰った。あんまり悪いので、途中で遠慮しようとすると、「いいの、ついて行きなさい」と叔母が言うのである。寒い秩父宮ラグビー場で、わたしと叔父はあまりしゃべらず、じっとラグビーを観戦した。それでわたしはラグビーが大へん好きになった。しかし、その後は、ラグビー場まで出かけたことは一度もない。ラグビー場を出たあと、叔父とは別行動をしたのだろうか。それとも日曜など、叔父の家まで、忠実監視犬よろしく、ついて帰ったのだろうか。あのときの叔父の心中を考えると、気の毒になるが、おかしくてたまらなくなりもする。その叔父も数年前に亡くなった。

(『VIKING』500号1992・8)

好き嫌いさまざま

一、カラオケ・謡曲

ケン・ローチの『レディバード』はパリで見た。不意にカラオケが出てくるのには仰天した。もっとも、イギリスのカラオケは、舞台に上がって歌っている。直後にパリに立ち寄った友人三井徹と夕食を共にしたとき、それを話題にした。三井君は英語教師だが、ポピュラーミュージックの研究家でもある。

「そうなんだ。日本のカラオケが世界に広がったのは、ハードだけを輸出して、ソフトの開発は、それぞれの国にゆだねたことにあるんだ。だから形態は、国によってまちまちだよ」そう言って、さらに度肝を抜くことを言った。「じつはぼくは世界ポピュラー音楽学会の会長で、何カ国かの研究者に声をかけて、カラオケ研究の本を出したところなのさ」

カラオケ自体は、なるほど興味深く面白い現象なのはわかるが、それでも連れて行かれるのは嫌だ。たまたま行き合わせた店で、カラオケを始められるのもかなわない。なにしろ、歌がからきし苦手だ。学校に上がった年の二学期の成績で、音楽がとびきり悪かったため、父が音楽の特訓を始めた。父も歌が上手いわけでなく、得意だった謡を活用して「竹生島」を教えようというわけである。

たけにうまるるうぐいすの　たけにうまるるうぐいすの

ちくぶしま　もうでいそがん

そもそもこれはえんぎのせいたいにつかえたてまつるしんかなり

会社から帰って、着物に着替えると、茶の間で正座させられ、口移しで何回か特訓を受けたが、長続きはしなかった。ワキの名乗りで終わったのでなかろうか。しかし、父が日曜日の朝などに、謡をさらったりしているのを、寝床で聴いているのは好きだった。父の謡は、わりあい上手かったと思う。

特訓は、わたしの音楽性を、少しも高めはしなかった。後年、年始に恩師のお宅に伺うと、大勢の年始客が順番に歌わされるので困った。窮して、失恋したばかりだったので、松尾和子の「誰よりも君を愛す」を歌い始め、「愛したときから苦しみが始まる　愛されたときから別れが待っている」とやったら、悲観論の大嫌いな先生の顰蹙を買ってしまった。

数日後の「日本小説を読む会」の新年宴会でも歌わないといけなくなって、松尾和子を封じられ、持ち歌がなくなり、仕方なく、疎開時代のテーマソング「勝ち抜く僕ら少国民」を歌った。その後も何回か、この歌を歌う機会があった。

それから数年は経っていたと思うが、とつぜん同志社の新聞学科の先生で、読む会の仲間だった山本明さんから、小包が送られてきた。開けると、戦時中の子供の歌のレコードからコピーしたテープ二本と、すべての歌詞のコピーが入っている。狐につままれた気持でいると、山本さんから電話がかかってきた。

——佐々木さんが読む会の宴会で「勝ち抜く僕ら少国民」を歌ったでしょう。あれを聞いて反省してね。戦中の子供の歌を研究せんといかんおもて、それであんなものを作ることになったから、感謝の意味で送ったの。

この間からそのテープと歌詞のコピーを探しているのだが、どこに片付けたのか見つからない。山本さんはその後脳梗塞で倒れ、何年も病の床についたまま亡くなった。

二、ソプラノ、アルト

パリではメトロよりはバスに乗る方が好きである。利用客の多い路線の大型バスだとアナウンスがある。

——ピラミッド

次の停留所の名前だけで余計なことを言わず、はなはだ無愛想である。しかしそれを聞くと、わたしはいつも、ぶるんとしびれる思いがする。アルトかメゾソプラノの、じつに魅力的な声なのだ。つい中年の落ち着いた美しい女性を連想してしまい、どこまでも乗って行きたくなる。

それにひきかえ、日本の乗物のアナウンスは、どうしてどれもこれもおしなべて、キイキイ声のソプラノなのであろう。おしゃべりでうるさい小娘を相手にさせられているようで、腹立たしい。いらぬお節介ばかり言うから、嫌だ。肝心要のことだけを言って、あとは黙っていて欲しい。

三、金魚の皿

大好きな、と思われても困るが、忘れがたい皿がある。

大学二年だった一九五七年以降だろうと思う。休暇で家に帰っていて、ときどき飲みたくなると坂を下り、玉出の場末の飲み屋に出かけた。金がないので、できるだけ貧乏くさそうな飲み屋を選ぶ。いちばんの気に入りは、腰の曲がった老爺の営む、薄汚い店だった。

爺さんは、一切無駄口をきかず、無愛想きわまりない。それが鬱屈している当方には、ありがたかった。冷や奴だの目ざしだのを注文すると、切干し大根なんかの突出しが出てくる。はじめてその皿を見たときは、さすがに仰天した。金魚の皿というと、赤絵の皿でも想像されそうだが、こちらは、子供がママゴトか砂遊びで使うような、金魚の形にくぼませて打抜きエナメルで着色した、ブリキの皿なのだ。真っ赤な金魚を見ながら、コップ酒を飲む。侘びしい上にも侘びしく、それが冬枯れの雑木林を歩くときに似て、いっそ心地いいのである。

爺さんの親のない孫は、もう大きくなって、ママゴトなんかしなくなっていたのであろうか。それとも爺さんは、金を惜しんで、あんな皿を十枚ばかり、夜店で見つけて買ったのだろうか。四人ほど腰掛けられるカウンターに、相客のいた例しはなかった。

(『VIKING』700号記念雑記特集《私の好きな(嫌いな)○○》2008・8)

井伏鱒二「鯉」

すでに三十年近く、わたしは、井伏鱒二の短篇集『夜ふけと梅の花』（新興芸術派叢書、昭和五年、新潮社）に、慰めを与えられてきた。今ではぼろぼろにすりきれたこの本は、中学生時代のわたしに、国語の先生が貸してくれたものであるが、わたしがあまりに熱中して読みふけるので、それほど好きなら持っているがよかろうと言って、与えてくれたのであった。

それからの、おおむねつらく悲しかった日日、この短篇集は、例えば失恋に打ちのめされたようなときにすら、深夜、声をあげてわたしを笑わせてくれたりした。そのことを、わたしは、いくら感謝してもしきれないであろう。

集中、わたしのもっとも愛着を抱く作品、「鯉」の魅力は、白色の鯉の鮮やかな映像と、その昇華の見事さにあるだろう。昇華を生じさせるものは、腕組みして金網の外からプールを眺めている文学青年の屈託した姿の中に、さりげなくひそめられている。鬱屈した青年が、矜持をとりもどそうとするとき、ボードレールの「午前一時に」では、俗人に劣らぬことを証明する、数行の美しい詩句を、われに書かしめたまえ、という、部屋の扉に二重鍵をかけての、神への祈りとなるのに対し、井伏の場合は、日常の中に非日常を、そしらぬ顔でもぐり込ませての、俗の中への仮住い、といった、とぼけた形をとるようである。

めざましくプールの水面近くを泳ぎまわる鯉を見て「私」が涙を流すのは、もちろん、光景そのもののすばらしさのせいではあるけれども、同時にそれが、自分の所有にかかる鯉であるからでもある。それは、何と頼りない所有形態であることか。しかし、非所有の所有といった、このおかしげなつながり方こそが、鯉のイメージの天空への解放を生む。

瓢箪池から友人の愛人宅の泉水へ、それから早稲田のプールへと、鯉が移しかえられるたびに、「私」の所有の主張は、客観性をもちにくくなり、逆に、鯉に対する思い入れは深まっている。所有の実態が、心もとないものとなればなるほど、鯉は、かけがえのない自分だけの鯉、となって行く。その思いの進行が、失った友のかけがえのなさの認識の深まり、そして瓢箪池から泉水、プール、白一色の世界への、空間の拡大、と重なり合うところが、見事である。友人追慕の思いを、これほど美しいイメージに定着した文学は、あまり類がないのではなかろうか。

「鯉」の文体の魅力は、短篇集全体の文体の魅力と、切り離せはしない。『夜ふけと梅の花』の、青春の汗の甘ずっぱい臭いのこもったような文体の特色は、筑摩書房版『井伏鱒二全集』（昭和三十九年）に、「朽助のいる谷間」を収録するに当って、作者の手で加えられた大幅な修正と削除によって、逆に照し出されているようだ。削除されるのは、青い杏のようなタエトの裸の姿（新潮文庫、三六—三七頁）や、手相の場面（同、四五—四九頁）などの、エロスが若い脳裡に自ずと現出させたような場面や、教室直訳体とでも言うべき、「しばしば、たとえ、ところの、何となれば」等の語句を含む翻訳調の文体である。「鯉」においても、そうした語句は多用されており、しばしば次の例のように、微妙に一見舌足らずな感じを与えるよう、ずらして使用される。

――寧ろ彼が散歩にもつきあわないのをもどかしく思ったり、彼の枕元で莨を喫ったりした。（むしろ……病人の前でたばこを吸うような愚かなまねをした）

（『日本小説を読む会会報』２０４号・第２１５回報告レジュメ１９７８・６）

大作家井伏鱒二氏の死

一九六四年の秋に、筑摩書房から『井伏鱒二全集』が出はじめた。わたしの就職した年なので、よくおぼえているのである。

わたしは、一九三〇年発行の新潮社新興芸術派叢書の『夜ふけと梅の花』を、後生大事に持っている。中学の先生から貰ったこの本は、大げさにいうと、わたしの心の支えで、つらいにつけ悲しいにつけ、ひもどいて慰めを得てきた書物なのである。他にも少しは井伏鱒二の作品は読んでいたが、このさいまとめて読んでみようと、だからわたしは予約をした。

第一回の配本の第一巻には、短篇集『夜ふけと梅の花』所収十六篇のうち、七篇が収められていた。知合いの子が出世したのを見るような気分で、好みのままに「朽助のゐる谷間」を読み進んだときの驚きを、わたしは忘れることができない。「朽助」の魅力は、もちろん主人公朽助の昔気質で朴訥な人柄や、古風な礼儀正しい不思議な方言にあるが、朽助の孫娘たる混血の孤児タエトの、まだ青い杏のような肢体としぐさから発散される、爽やかなエロティスムや、それをうらやましげに盗み見る「私」の教室直訳文的語り口にもあるのに、そうした場面が、斧正という嫌な言葉さながらに、ばっさりと削りとられていた。

そのときの悔しさを忘れぬために、どんな箇所かを記しておく。昔から「私」を頑固に贔屓にして、小さいころ英語を教えてくれたこともある山守の老人のいる谷間の家が、ダム湖の底に沈むことになった。最後の晩、新しい家に孫娘と越してきた朽助は、今夜は前の家ですごす、と蒲団をかかえて出て行く。残された「私」が夜業にせっせと縄をない続けるタエトに近づいて、「掌《てのひら》が痛くないの?」というと、少女は手をさし出す。

可憐な掌を走る血管は、更に掌を可憐に装飾して、私の多感をそそゝることが並たいていではなかったのである。

「私」が二本の指でその手をつまんだとき、蒲団をかかえ、したたか雨にぬれた朽助がとび込んでくる。「私」があわてて手を離すと、朽助はやさしくタエトをとがめ、「われ忘れものしたであらうがな？　お祈りができまいと思ふたれば、わざわざ持って来たぞな」と、袖の中からタエトの十字架をとり出す。

タエトは私に掌をつまゝせてゐたことを大いに恥入ったらしく、朽助の顔を見上げることができなかった。したがって朽助の指から細紐によってぶらさがってゐる十字架の前には、彼女が懺悔の祈りに耽る貌《かたち》が出来上ったわけである。

朽助は「私らは、やっぱりあっちの家で寝起きしたろ」と呟いて出て行く。少女は熱心に英語で祈りはじめる。聞き耳を立てると、「東京の客人は、祖父の姿を見ると急に私の掌から手を離しました。……不良青年ではないのでございませうか。私達を正しきにお導き下さいませ」などと言っている。

この場面など、もちろん翌朝朽助の戻ってくるところも含めて、五ページ近くが完全にない。三十八ページの短篇で六ページ以上削ってある。

あれほど大切に思い、慰めを見出してきたこういう場面の他には、教室直訳文的飾り言葉、何となれば、しばしば、のみならず等々が、あとう限り削除されている。

いったいそんな権利が、いくら原作者だといって、大作家になったにせよ、井伏鱒二氏にあるだろうか。新進作家が、おずおずとさし出した生原稿に、自分の好みを押しつけ、不要箇所を、太い朱筆で傲然と消して行く大作家井伏鱒二氏の姿が目に浮かび、わたしは煮え返る思いであった。そのときから三十年近く、大作家井伏鱒二氏の早い死を祈ってきた。氏の訃報は、だから、わたしを悲しませない。大好きな青年作家井伏鱒二の作品は、もうわたしたちのものである。

（『日本小説を読む会会報』３７０号１９９３・７）

V

車遊び

天野政治さんの「五助の沼」（『ＶＩＫＩＮＧ』６７９号２００７・７）の冒頭に出てくる台車の話で、車遊びのことを思い出した。

板か木箱に四つ戸車を打付け、前の中央に穴を開けて、棒を通しその下部には一個か二個戸車を取付け、上には短い横棒を付けハンドル操作ができるようにする。それで舗装した坂道に出かけて行き、みんなで滑り合う。ぼくたちはあの車のことを、例の差別語で呼んでいたのだと思う。敗戦前にはまだ彼岸の縁日には、例えば天王寺の一心寺への参道などでは、両側にびっしりと物乞いの乞食が並んでいて、その中にはハンセン病患者がかなりいて、両足のない人は箱車に乗っていた。

下町から登ってくる仲間には、どこからかベアリングを見つけてきて取付けた子が二、三人いて、その滑りの滑らかさといったらなかった。どこに行ったらあんなものが手にはいるのだろう、と羨ましくて仕方なかった。戸車はそんなに滑らかでない上に、子供の体重にも耐えきれず、すぐ壊れてしまう。なかには、両足でハンドル操作のできる、ベアリング車を持込むものもいた。あれは子供の手で作れたものだったのだろうか。

もう二十年も昔、友人一家と栂池にスキーに出かけた。栂池は大学卒業の年、仲間三人で、なじみのスキー宿の若主人にガイドを頼み、雪に埋れた蓮華温泉泊まりで、たしか小谷《おたり》までのスキーツアーを楽しんで以来だった。一九六〇年頃は、まだ下の方に三、四本短いリフトがあっただけで、あとはスキーにシールを付けて登った。それが二十五年も経って出かけると、延々とリフトを乗継ぐことができるようになっている。そして何より驚いたのは、乗換える毎に、騒音のレベルの下がって行くことだった。日本の工作機械が、この間にいかに進歩してきたかが、五年刻みくらいで新設されたリフトの騒音で、しみじみと実感させられた。終着駅近くなると、尾根を吹き抜ける風の音しか聞こえなくなった。ベアリングの質が、ほんとによくなったのだ。

今のベアリングで、箱車を作って遊んでみたい。わたしが運転好きで、いくつになっても飽きないのは、あの箱車のためと、めったに乗せてもらえなかった、遊園地のミニカートの記憶のためなのだろう。たしか堺の大浜の遊園地のカートは、フランスの縁日なんかの、ぶつかり合い専門の、姑息なカートでなく、小さいながらも、サーキットのコースを回るような、魅力的なものだった。切符が高かったのか、せいぜい二度くらいしか乗せてもらったことはないけれど、忘れがたい。

しかし、実際にレーシングカーに乗せてもらったら、恐ろしくて恐ろしくて、生きた心地がしないものらしい。わたしはすぐに乗り物に酔う体質なので、これまた乗れば後悔するに決まっているけれど、小型のセスナ機に乗ってみたいのと同じで、こわいもの見たさ、一度はほんの少しの時間厳守で乗ってみたい。逆に一生二度としたくないものは、ロッククライミングだ。あんな恐ろしいものはない。並の人でも恐ろしく思うだろうが、人の十倍も悪い運動神経を持って、目の眩むような絶壁の途中で、行き詰まったときのことを想像してもらいたい。生きた心地がしないどころの騒ぎではなかった。

(『VIKING』716号2010・8)

枝豆、椎の実、桑の実

近ごろ枝豆は、年中飲み屋の突出しに出てくるが、以前は、中秋の名月につきものの供え物で、そのころの季節にしか食べられなかった。

大槻鉄男さんの家の近くに、崇道神社というお宮があって、その秋祭に枝豆を食べるのが楽しみだった、と大槻さんが言っていた。なんでも、近くのお百姓が畦道から引き抜いてきた枝豆を、根のついたそのままの姿で、大釜に湧かしたお湯につけて湯がき、子供たちに一株ずつふるまってくれたのだそうだ。それを一本もって、歩きながら食べるのがおいしかった、と言った。そうか、それで枝豆というのか、とわたしは思い、うらやましかった。崇道神社はうっそうとした木立に囲まれているが、その中に椎の木があり、その実を拾って食べるのも楽しみだった、とも聞いた。

　戦争中にわたしは一度だけ、椎の実を人にもらって食べたことがある。香ばしくておいしかった。しかしわが家の近辺に、椎の木のあるところは見あたらず、食べられない団栗しか手に入らなくて、それ以来口にできる機会はなかった。もののはずみで思い出すとなつかしく、きまってまた食べてみたくなる。あるとき、北野天神の縁日の屋台で、袋に入れて売っているのに気づき買って帰ったが、口にしても、かつての憧れの味はよみがえらなかった。ただ細長い紡錘形は、しっかりと頭に刻みこんだ。

　崇道神社は桓武天皇の弟、早良親王の怨霊鎮めの宮である。わたしは見たことがないけれど、そのわびしさで有名な祭をしらべてみると、五月五日にあるらしく、枝豆とは関係なさそうだ。近くの別のお宮、三宅八幡の秋祭の話だったかも知れない。しかし椎の木は間違いなく崇道神社の境内の話だった。

　一度だけ食べて忘れられなかったものは、まだ他にもあって、桑の実もその一つである。生まれ育った京城のわが家のそばに、高い板塀で囲まれた一角があって、その中に大きな桑の木が生えていた。実の熟すころになると、年かさの子たちは塀をよじ上って、桑の実を取って食べていたが、まだ上ることができないわたしは、いつも塀の外で上を見上げていた。ある日、男の子の一人が、「坊や、ほら」といって二つ三つ桑の実を投げてくれた。甘酸っぱくておいしかった。わが家が大阪に帰国した一九四〇年か、その前年の初夏のことである。以来、実のなっている桑の木を見たことがない。

一九六六年の夏、パリの八百屋に、イチゴや木イチゴと並べて、桑の実の置いてあることに気づいたが、買い求めてきたものは、木で熟した実とはまったく甘みが違っていたし、唇まで真っ赤になったりすることはなかった。それとは逆に、疎開先で仲間がうまいといっていたヤマモモは、パリのレストランのデザートで、はじめて口にした。市場でも並べられているのを見かける。

大和三山の畝傍山に登ってみたら、そこいら中にヤマモモの木があって、実がいっぱいなっていた。戦争中なら、子供が鈴なりになっていただろう。驚いたのは、京都の高野橋の近くの団地を通りかかったら、石垣の上の植込みがヤマモモの木で、熟した実が歩道一面に落ちていた。子供の誰一人、それを食べている気配がなかった。一つ二つ手を伸ばして食べてみると、おいしかった。

（『VIKING』717号2010・9）

独楽の楽しみ

独楽を回す紐には、すべて先端に結び目がつけてあって、それが独楽に紐を固定させるときに大事な役割を果たす。

わたしは五つの歳まで京城で生まれ育ったので、初めてなじんだ独楽も、鞭で回す朝鮮独楽だった。朝鮮独楽は、直径五センチ、長さ六センチくらいの木の円柱を、下部二センチくらいのところから鉛筆状に斜めに尖らせた形をしていて、軸はない。よく覚えていないが、たしかバイ（べえ独楽）と同じ要領で紐を巻いた。

バイは直径二・五センチくらいの鋳物製で円形か八角形、高さは一・五センチくらいだろう。尖った先端に紐の結び目を当て、それを起点に十文字に紐をかけてから、グルグル尖った部分に紐を巻き付ける。朝鮮独楽は、はじめに十文字にかけることはなかったかも知れないが、やはり結び目を起点にして巻いたのだと思う。違うのは紐が棒の先についた三、四十センチの長さのものであることだ。回り始めると、後は地面の近くをその鞭でやたらとしばくだけでいい。ピリピリするほど寒い戸外で、鞭を力一杯しばいているのは、そして、それに応じて、独楽がいよいよ勢いよく回るのは、まったく壮快なものだった。

これに反して、日本の独楽はやたらと技術が要って、不器用者には、つらい修業であった。学校の廊下の床などで回しているだけの分には問題はない。しかし少しでも上級を目指すと、これがたいへんである。上に突き出た鉄の軸に紐を一巻きして結び目で止め、下部の軸にしっかりぐるぐる巻き付けてから、紐の端の結び目を小指あたりにからめておいて、さっと投げた独楽を手のひらで受け止め、掌の上で回し続けるのが初級の上だが、もうそこで、わたしなどは挫折して上に進めない。勢いよく投げ放った独楽が、手の位置まで戻ってくるようになかなかならず、それを受け止めるのはもっとたいへんで、その上、手のひらで回り続けさせるなど、至難の業だった。

上級者はさっと投げたと思うと、耳などに紐の端をかけ、横向きに飛び帰ってくる独楽の軸を紐で受け止めて、綱渡りをさせたりする。恐れ入る以外になかった。

バイは、そこらの裏木戸にある木のゴミ箱を持ち出し、上に乗せた茣蓙をくぼませ、水を打って固まらせて作った闘技場に、向かい合った二人が、同時に独楽を放つ。その場合、茣蓙の闘技場のスロープの上部に落ちたバイが、相手より低い姿勢で中央に向かって滑り降りて行くようにしなければならない。つまり滑り降りる方向に先端が傾いて、相手のバイとぶつかるとき、向こうのバイの下にもぐり込むことが重要なのである。かちんとぶつかり合うと、低い姿勢の方が相手の独楽を闘技場の外にはじき飛ばす。飛ばされた自分のバイや、飛ばした相手のバイを手で受け止めたが、あれは自分の分を受け止めたら、たとえはじき飛ばされても負けにならず、許されたのだろうか。両方とも場外に飛び出したとき、受け止めた方が勝ちになったのだろうか。

ゴミ箱の上の茣蓙が闘技場という雰囲気が、いかにも非合法的で、お巡りさんの目を逃れて遊ぶところも、何ともいえずわくわくして面白かった。

（『VIKING』675号2007・3）

とんぼ釣り

トンボはほんとにきれいな昆虫だ。

ラッポーとはヤンマの雄だが、捕まえて複眼の大きな目や、お尻の青い色をつくづく見ていると、宝石に魅入られる気持になる。目をこらすうちに、精巧な機械か、飛行機を見ているような迫力を感じはじめる。

わたしのように無芸無能の子供にとっても、蟬取りは簡単だった。要は小さな網を作ることにつきる。直径十センチくらいで深さ十五から二十センチくらいの網を作って、できるだけ長い竿の先につける。大きな網では、木の幹や枝にとまっている蟬を押さえつけても、網が木からはみ出した部分から逃げられてしまう。蟬がとまって樹液を吸うくらいの枝の太さに見合った網で押さえつければ、逃げようとしても、一度落ち込んでからしか飛び立てないので、網の深みにはまって逃げられないのだ。

とんぼ釣りは、名人芸を要した。鳥もちを塗った竿をしならせて捕るのが簡単だが、羽が痛んだり、悪くすると首が取れたりする。痛まなくても鳥もちを取り除くのがたいへんで、とんぼ釣りの邪道といえる。網で捕るのがいちばんいいのだろうが、わたしはいい網を持っていなかったし、それより「ブリ」という、しずを使った理想の捕り方があった。しずは鎮で、魚釣り用の錘りのことである。

これは、作り方も投げ方も、難しかった。魚釣り用の鉛の小さな錘りを、五十センチばかりの糸の両端に、まわりを赤色などの薄いセロハンで包んで縛り付ける。セロハンで包まれたしずを、夕暮れ時のトンボの目は、獲物の小昆虫と見紛うのである。

ラッポーやベニ（ヤンマの雌）は、とりわけ日暮れ方に、野原や畑の一画を、五十メートルばかりの距離のテリトリーにして、大人の背丈くらいの高さのところを、繰り返しまっすぐに往復する。あれはたぶん、蚊かなにかの餌を求めてのことなのだろう。その通り路に背をかがめ、片手に二つのブリをもち、もう一方の指先で糸の中間をもって待ち受け、近づいてくるトンボの目の前に、仕掛けをふわりと、投網の要領で投げ上げる。そのタイミングが、不器用な子にはじつに難しかった。名人クラスの子が投げると、二つのしずは適当に離れて、トンボの通路の少し上空に広がる。トンボは獲物かと思って、すっと上昇し、二兎を追う者の心理で二つのブリの確認に向かう。それが命取りになるのだ。糸に絡まったトンボがカラカラと乾いた音を立てて落ちてくるのは、たとえ人の手柄であっても、気持のいいものだった。投げた名人本人はもちろん、他の仲間も、落ちた獲物を拾う猟犬のように、駆けつける。

わたしはベニを捕るのを夢見てブリを携え、夕暮れ時の野原に、寧日なくしゃがんでいたが、うまく捕れたことは一度もなかった。それは腕のせいもあるが、一つには、本物の鎮が手に入らなかったためでもある。小石を代わりに使うと、適当な大きさでは軽すぎて、うまく糸が広がらないのだ。

ベニが捕れれば、翌日は胴体を一メートルばかりの糸で縛り、糸の逆の端を竿の先に結びつけて、畑などで振り回すと、ラッポーが悲しい雄の性で、いくらでも交尾したくて絡んでくる。絡んできたのを地面に下ろすと、簡単に捕まえることができた。

（『ＶＩＫＩＮＧ』６７３号２００７・１）

VI

勝ち抜く少国民

一、国民学校

ミンナデベンキヤウ　ウレシイナ
コクミンガクカウ　イチネンセイ
ミンナデタイサウ　イチニッサン
コクミンガクカウ　イチネンセイ

これは「ショウカ」。「コクゴ」は、

コマイヌサン　ア
コマイヌサン　ウン

コマイヌなんて言葉は聞いたこともなかったし、一年坊主にも変な日本語に思えたけれど、学校に行くのはうれしかった。学校はもう姉たちのころの小学校と違って、去年から国民学校になった。「コクゴ」の教科書も「サイタ、サイタ　サクラガサイタ」でなくなって、姉たちは「コマイヌサン　ア　なんて、へんだ、へんだ」と言っている。

朝、隣の順ちゃんや、順ちゃんの二つ上の兄さんの堪ちゃんたちと、窪川の坂を下りて出かける。窪川の坂というのは、窪川鉄工所を作った窪川厳四郎さんの大きなお屋敷と、うちの大家さんの富島さんのお屋敷の間にある坂だからだ。坂のすぐ下の二股道の左の方を下りて、チンチン電車の阪堺線の通っている道路を渡り、南海線の踏切も越えて行くと、玉出国民学校はすぐだ。木でできた二階建の校舎は、関西大風水害のとき傾いたのを、たくさんの頑丈で、立派な、つっかえ棒で支えている。つなぎ目には、分厚い鉄板を当て、大きなボルトとナットで、何カ所も止めてある。コンパスの化け物みたいな形だから、松葉杖をついた傷痍軍人そっくりに見える。

去年は順ちゃんと毎朝、学校の裏にある玉出幼稚園に行き、幼稚園の入り口で順ちゃんと別れたあと、柵の外からみんなの遊ぶのをたっぷり見て、一人で帰ってきた。ぼくの家は京城から内地に帰ってきたばかりで、手続きが遅れてしまったので、幼稚園に入ることができなかった。母が方々に頼んでくれたが、最後はぼくが生まれたときのおヘソの緒が見つからなかったので、駄目だと言われ、諦めなければならなかった。それで毎朝、一時間ほど幼稚園を眺めてから帰ってきたのだった。

帰りにはよく、杖をついた順ちゃんとこのお婆ちゃんと、窪川の坂の下で出会う。「おばあちゃん、押したげよか」というと、「ああ、ありがとさん」とお婆ちゃんが喜んで言うので、どんどん押す。「おっと、おっと、おっと、らくちん、らくちん」。上までのぼると、「おおきに、ありがとね」と言ってくれる。お婆ちゃんは、和歌山の人だそうだ。天理教に一生懸命だ。

入学式の日は、白い大きな襟付きの、ふつうのボタンが二つずつ二列についた上着の服を母に着せられて、父も一緒に坂を下って行ったが、ぼくは金ボタンが五つ一列についた、もう一つの方の服を着たかったので（その方がずっと学校に行く子らしいやないか）、ふくれて渋々嫌々ずるずると歩いていた。坂を下りきったところで、父が「しょうない、そんに嫌なら、今から服を着替えに帰ろ」と言ってくれたので、ぼくは急いで、父と二人だけで家に帰り、金ボタンの服に大急ぎで着替えて、今度はニコニコして坂を下りてくると、母があきれ顔で待っていた。

——ほんまに、この子は。あっちの方がずっときれいのに。

そんなことを言うても、ぼくは知らん。ずっと、学校に行くようになったら、金ボタンの服を着られる思てきたんやないか。お母ちゃんは、いつも自分の思う通りにしようとして、こっちのことを考えてくれへんから嫌や。

窪川の坂の舗装工事のときも、そうだった。この坂は急で、雨の日なんか、馬力が滑って危ないから、ピンコロを敷きつめることになって、工事がはじまった。ピンコロというのは、真っ四角に切った、御影石の小さなかたまりのことです。それを大きな扇子が並んだみたいに、上手に敷きつめて行く。幼稚園まで順ちゃんを送って帰ってくると、ぼくは、工事をしているおっちゃんたちのそばで、ずっと見ていた。玉出本通りを通ってくるときに、鋳掛け屋さん、桶屋さん、時計屋さんなんかの仕事を見てくるのと同じで、何時間見ていてもあきなかった。

どの店の人も、みんなほんとに上手だ。時計屋さんは、通りに面したガラス窓のすぐ前で、虫眼鏡の筒みたいなのを片目にはめて、小さな歯車やゼンマイを、小さな小さなねじ回しで外したり、スポイトみたいに、ゴムの風船のついたもので、空気を吹きかけて、埃を吹き飛ばしたり、油を差したりしている。ぼくがずっとのぞき込んでいても、知らん顔で仕事を続けているから、安心して好きなだけ、いつまでも見ていられる。桶屋さんは、長い竹べらを端から輪に編んで行く。三本ほどの長い竹べらが、するする生き物みたいに輪をくぐって、桶屋さんが編んでいるのか、竹が自分で輪っぱになろうとしているのか、わからない気持になってくる。輪っぱの中に丸くはまるようにうまく窪ませて削った板切れを並べていって、丸い底を入れ、そこにもう一回り大きい輪っぱをはめ込み、かんかんと木槌で輪っぱを叩いて行くと桶になるから、ほんとにおもしろい。ブリキ屋さんと鋳掛け屋さんは同じだ。ブリキを鋏で切ったり、輪にしたり、糊を付けるみたいに、ハンダでくっつけて管にしたり、靴下に布切れで継ぎを当てるみたいに、鍋の底の破れ目に、円く切ったブリキの切れっ端を当てて、鋲で止めて行く。金床に、頭の平べったい金槌で打ちつけると、鋲がペタンコになる。

ピンコロを並べるおっちゃんたちも、砂とセメントを混ぜて地面に敷いたところを、コテできれいにならして、その上にピンコロを、金槌の頭のヘラのようになった平たい方で、カンカン叩いて削ってから並べると、きちんと扇のように、模様が広がって行く。凧糸は四角く張ってあるだけなのに、あれは頭の中に絵が描いてあるんだろうか。お昼ご飯の時は、四角い石油缶に、木を放り込んでどんどん火を焚きつけ、吊した薬缶でお茶を沸かす。ぼくも火にあたらせてもらっていると、市場帰りの母が通りかかり、「ぼうや、来なさい、ご飯よ」と、無理矢理連れていかれる。

坂を上がって家の方へ角を曲がると、「あんなところで遊んでは駄目」と怒る。

――なんで?

――なんででも。

なんでいけないのかわからん。お母ちゃんは、いつもそうだ。説明しないで、自分の好きなようにさせようとするから、かなわない。だから、ご飯を食べたら、またこっそり坂の工事を見に戻った。

三学期の終わり頃に、『桃太郎の海鷲』を、順ちゃんたちと、玉出東宝へ見に行った。桃太郎が、真珠湾攻撃に行く話の、漫画の活動写真で、桃太郎が、ちょんまげに鉢巻きをして、航空服を着ていた。ものすごく面白かった。ぜったい航空兵になるぞ、と思ったけれど、ぼくは、ターちゃん（ほんとの名前は武叔父さんだけど）なんかに、両手でぶら下げられてグルグル振り回されると、目が回ってすぐ気持が悪くなるから、きっと飛行機で宙返りなんかできないだろう。飛行機乗りになるには、中学校の運動会で、偉い代表の中学生がやるように、鉄パイプの大きな車輪みたいな輪の中に入って、宙返りのように、ぐるぐるぐるぐる空中回転しながら、運動場をまわって行く練習もできないといけないらしい。あんなことをさせられたら、それこそぼくは、ゲロゲロ吐いてしまうだろう。船も気持悪くなるから、海軍にも入れないし、困った。

ぼくは軍人大好きよ　今に大きくなったなら
勲章つけて剣さげて　お馬に乗って　ハイドウドウ

なんて歌って、馬も大好きなんだけれど、ほんとは、短剣を吊った海軍士官の軍服が、いちばん着たいのです。

玉出東宝は満員だった。ぼろっちい建物で、たくさん二階にお客さんが入ると、ギシギシ音がして、何だか潰れそうで、こわい。休憩時間に、売り子のお姉さんが「おせんにキャラメル」と言ってまわって来られないくらい、通路にも人がすし詰めだった。「西住戦車長」も、もっとあとで、「加藤隼戦闘隊」も、この活動写真館で見た。

二、友だち

引っ越してきたとき、表で遊んでいたら、隣の家から男の子が二人出てきて、兄さんの方が、胸にピンで留めてあるぼくのハンカチを指さして、「サラやな」と言った。ぼくは何のことかよくわからず、きょとんとして、「お皿じゃないよ」と言ったら、二人が大笑いして、「サラいうんは、使てないってことなんや、真新しい、てことや」と教えてくれた。それが岡本さんの堪ちゃん、順ちゃんと知り合った最初だった。

堪ちゃんたちは四人兄弟で、一番上はお姉さん、二番目のお兄さんと堪ちゃんは四つ違い、堪ちゃんと順ちゃんは二つ違いだから、ちょうどぼくだけが男で、女ばかりのぼくとこの反対だ。だから男の子の遊び道具がたくさんあって、面白いから、いつも遊びに行く。

——順ちゃん、あそぼ。

雨がふっているときなんかは、上にあがる。すると、堪ちゃんが、将棋盤や駒、トランプ、双六なんかが、一杯入った箱を出してくる。

——なにしょ。

——シンケースイジャク！

——コマクズシ！

——ババヌキ！

——将棋！

——七ならべ！

将棋の遊び方もふたりに教えてもらった。

三、アメリカの伯父さん

アメリカから、伯父さんが帰ってきた。父の兄さんで、一番上の安治川の伯父さんより下の伯父さんだ。でも今まで、ぼくの家では、誰も、そんな伯父さんがいるなんて、知らなかった。父はひと言も、そんな話をしたことがなかった。ずっと昔、若いときに、アメリカに行ったまま、うちには手紙も来たことがなかったらしい。だいたい父は、男の兄弟ばかりたくさんいるらしいのに、安治川の伯父さんのほかは、兄弟の話をしない。武部というのが、アメリカの伯父さんの名前で、戦争が始まったので、一人きりで、交換船に乗って帰ってきたのだ。安治川の伯父さんは、住んでいるところが安治川だからで、ほんとは、ぼくらと同じ、佐倉という苗字だ。武部というのは、養子に行ったからだそうだ。お隣の石井さんとこみたいに、武部という家の娘さんのお婿さんになったのだろうか。

アメリカの伯父さんは、母の叔母さんがやっている、玉出パンションというところに、住んでいる。村島の叔母さんは、うちのお祖母ちゃんの弟の、村島の叔父さんの奥さんで、糖尿病なのだ。うちの坂を上って来ると、いつも真っ先に、「ああ、しんど、ああ、しんど。水ちょうだい」、と水をもらって、ゴクゴクゴクと、コップの水を二杯も、いっぺんに飲んでしまう。「贅沢で、おいしいものばかり食べてるから、あんな病気になるんよ」、と母は言っている。贅沢で、やり手なんだそうだ。「やり手てなに？」と訊くと、「お金儲けがうまい人」、と言う。母は、父がお金儲けが下手なので、怒ってばかりいる。いつもそんなことで喧嘩するから、父が可哀想だ。

やり手の村島の叔母さんは、玉出でパンションというハイカラなホテルをやっている。活動の有名な上原謙とか佐野周二なんかの役者さんが、泊まったりするそうだ。母と遊びに行くと、一階の玉突き台が置いてあるホールの奥の、一段上がったところにある、日当たりのいい八畳の間に、叔母さんはマアちゃんといる。マアちゃんは、母の従妹で、母と仲良しだ。行くと和菓子を出してくれる。叔母さんはぎょろりとした目をしていて、大きな口で笑う。「花はん、ダイヤモンドも、金のネックレスも、みんな供出せんならんらしいよ、いややなあ」なんて言いながら、大きな口で、お菓子を食べて笑っている。花はん、と母のことを呼ぶのは、この叔母さんだけだ。母の名が花子だからで、昔からそういっているんだから、しかたがない。でもうちには、ダイヤモンドなんかなさそうだから安心だ。

ぼくは一人でもパンションに行って、アメリカの伯父さんの部屋に行く。伯父さんは、一人ぽつんと、ベッドの端に座っている。淋しいだろうと思う。行くと、伯父さんは見せるものが何もないから、アメリカのお金を見せてくれる。銀色のいろんな種類のとってもきれいなお金だ。いっぱい持っているから、好きなのを持って行きなさい、と言ってくれるので、十個くらいもらって帰る。

伯父さんは、外出するときは、濃い紺のオーバーに、真っ赤なマフラーをする。年寄りなのに、真っ赤なんて変、と思うだろうけれど、髪の毛が真っ白なので、真っ赤なマフラーがとってもよく似合うのだ。小さい人だけれど、ほんとにハイカラで素敵だ。

夏に、父と一緒に、浜寺海岸に泳ぎに行ったときは、伯父さんは、コンビネーションの水着を着たまま、泳がずに、赤と緑の縞の、見たことのないきれいな色の湯上げタオルを膝に置いて、暑い砂浜にじっと座っていた。あまりものを言わない、静かな伯父さんだった。

伯父さんは一度だけ、うちのお正月に来てくれた。亡くなったのは、ぼくが二年生のときだ。伯父さんの持っていたお金は、ほとんど無くなっていたそうだ。でもぼくは、形見に、アメリカの硬貨をたくさんもらった。

パンションの隣は、合田さんという産婦人科の病院だったが、合田先生は、毒を飲んで自殺してしまった。どこかの奥さんに頼まれて、「ダタイ」したのが、ばれたのだそうだ。「ダタイ」というのは、お腹の赤ちゃんを、生むのが嫌なので、殺すことだと、村島の叔母さんが教えてくれた。おばさんたちは、合田さんが気の毒だ、気の毒だと言っている。「頼まれたから、親切にしてあげはったのに」。「ダタイ」は、してはいけないことなのだそうだ。「生めよ増やせよ、やからね」。

玉出には、何人もお医者さんがいる。本郷さんは、上手な内科の先生で、お年寄りだ。うちでは、往診を頼むときは、いつも本郷さんに頼んでいる。本郷先生は、自家用の人力車で、往診する。車夫の小父さんは、襟に「本郷内科医院」と書かれた、印半纏を着ている。往診が夜だと、細長い小田原提灯を、人力車の柄につけて来る。肺が専門で、レントゲン写真を見るのが、とても上手なんだそうだ。上の姉の肺浸潤を見つけてくれたのも、この先生だ。

本通りの南海線の線路の先にある澤田先生は、小児科が専門で、往診はダットサンに乗ってくる。自動車を持っているのは、この太った先生だけだ。ちょっと古川ロッパみたい。シロサク、というおかしな名前の先生だ。ヤブだ、ヤブだ、とみんなが言っている。ほんとうは、でも、他の昔話なんかのベンキョウで、偉い先生なのだぞうだ。他のベンキョウは上手でも、下手なお医者さんは、困るのじゃないだろうか。

山口眼科は、玉出駅の近くの線路沿いにある。隣のうどん屋さんの、親子どんぶりは、とてもおいしい。水野歯科は、玉出東宝の少し手前、お正月に従兄弟と騒いでいて、肩を脱臼したとき直してもらった骨接ぎの先生が、パンションの近くにある。

四、お見舞い、黒豆ご飯、宿泊訓練

昭和十八年、二年生になった。担任は、男の福島先生から、女の大久保先生に替わった。

大久保先生は、女の先生だけれどこわい。オルガンが弾ける。音楽の時間に、足でオルガンを踏みながら、もんぺの前を掻いたりする。見えない思てはるんやろけど、見えてしまうから困る。

銃後の少国民に何ができるか考えていて、傷痍軍人のお見舞いに行きたい、とずっと思っていた。思い切って先生に、「傷痍軍人さんのお見舞いに行くには、どうしたらいいですか」と尋ねた。

――そうなの？　兵隊さんのお見舞いに行きたい、というのはいいことよ。他にも、行きたいお友だちもいるでしょうから、先生が考えておきます。

しばらくして、次の日曜に、他の四人と一緒に、堺の金岡陸軍病院に、お見舞いに行くことになった。

金岡の陸軍病院は、ずいぶん広い。白い上張りを着た傷痍軍人さんで、いっぱいだった。受付に行って、先生から教えられた通りのことを言うと、「そこの待合室で待っていなさい」と言われた。

しばらくすると、胸に、金の筋が一本と星が一つの、真っ赤な記章を付けた、伍長さんがやってきた。兵隊さんの軍服の、肩に付いている肩章と同じものが、一つだけ白い上張りの胸に、付いているのだ。松葉杖でないけれど、少し足を引いて、杖を突いている。ニコニコと、優しい下士官さんだった。

――ぼくたちは、お腹が空いているんじゃないか？

そうぼくに向かって言うので、

――いいえ、食べてきたところなんで。

と痩せ我慢で言ってしまった。

――そうか。他のぼくたちはどうかな？

すると他のみんなは、「ぼくはいただきます」と言うのだ。

――じゃ、ぼくもたべるか？

そう訊かれたけれど、今さら欲しいなんて、男の子だから言えないと思ったので、「ぼくはだいじょうぶです」と言った。

伍長さんは、ぼくたちを食堂に連れて行った。

――坊やたちに、飯を食わせてやってくれ。

そこにいた傷痍軍人さんたちが、おひつを持ってきて、大きな丼に、ぎゅうぎゅう、ぼくの大好きな、炒った黒豆の豆ご飯を、山盛りついで、お味噌汁と漬物も一緒に、みんなの前に並べた。ぼくは、お茶だけもらった。

――さあ、みんな、お腹いっぱい食べなさい。お代わりしてもいいんだよ。

ぼくは、おと年か去年から、ずっとお腹いっぱいになんか、食べたことがなかったし、黒豆ご飯なんか、もう忘れるくらい長いこと、食べたことがなかったので、お茶ばかりがぶがぶ飲みながら、なんでいただきます、て言わんかったんや、と、つらくて、つらくて、仕方なかった。だから、それからどんな慰問をしたのか、思い出せない。丼に山盛りのおいしそうだった黒豆ご飯しか、思い出せない。

夏前、困ったことができた。学校の校舎で、宿泊訓練をするんだそうだ。学年ごとに、生徒全員が、学校の校舎で一晩泊まる。少国民も、戦争に備えて訓練しないといけないから、と先生は言ってる。

そんなことを言われても困る。ぼくは頭をかかえた。じつをいうと毎晩、寝小便をしている。一晩に、二回も三回も、しくじることもある。夕方からは、水を飲ませてもらえない。それでも、顔を洗うといって洗いながら水を飲んだり、友だちに用があるといって家を出て、途中よその家の水道栓で飲んだりするから、あまり効き目はない。お灸を据えられたり、尾てい骨のあたりに、太い注射針を突き刺されて、ものすごく痛い注射を、一週間に一度ずつ打たれたりしたこともあるが、どれもこれも効かなかった。

眠られない薬が欲しかった。薬局に行くことは考えたけれど、眠られない薬なんかあるかどうか、それにあったとしても、買うお金をどうやって見つけられるのか、見当がつかなかった。

どうにもならないうちに、もう宿泊訓練の日になってしまった。二年生は、いつもは、高野線岸里駅のガード近くにある、分校で授業を受けてるのに、本校の鉄筋コンクリートの、ふだんは六年生の使ってる三階の教室で寝ます、と前の日に先生が言った。枕と夏布団を家から運んだ。教室の机と椅子は片側に積んであり、床には畳が敷いてあった。

九時にみんな寝かされた。ぼくは、ぜったいに目をつぶらないでいよう、と思った。時間がなかなか過ぎない。一時間おきくらいに、先生が交替で、懐中電灯をつけて、見回りに来る。その度に、目をつぶって、うそ寝をしていた。真夜中すぎくらいに、若い女の先生が見まわりに来た。知らない先生だ。

——眠れないの？

懐中電灯で照らされたとき、目を開けてしまったのか、もぞもぞしてたのか、先生がたずねた。

——はい。

——そう、こまったね。じゃ、先生と一緒にいらっしゃい。

先生の後について階段を下りて行くと、先生は運動場に出て、朝礼台まで歩いて行き、梯子段の一番上に腰を下ろした。

——ここにお座りなさい、先生と一緒にお星さんを見よう。

空にはいっぱい星が光っていた。先生は黙っているし、ぼくも黙って三十分くらい、じっと座ってた。

——眠たくなってきた？

——いいえ、あんまり。

——そう、こまったわね。

先生はそう言ってくれたけれど、ぼくは眠たくならないのが、それに、やさしい女先生と、夜の暗いところで、星の光ってるのを見ながら、一緒にいられるのが、うれしくて仕方なかった。

その晩は、結局いつ寝たのか。しくじらなかったのは確かだが、女の先生と二人で、夜の空を眺めてうれしかったことしか、覚えていない。

五、給食、残留組

昭和十九年の四月、三年生になったときから「キフショク」が始まった。母に袋を縫ってもらって、茶碗とお椀と箸箱を入れ、学校に行った。ランドセルの横にぶら下げた袋が揺れて、ガチャガチャとうるさかった。「キフショク」と言われても、何のことか、よくわからなかった。

昼になって、「キフショク」のご飯を取りに行くように、と当番にされて、二、三人で受け取りに行った。ご飯とお味噌汁を、木製のバケツに入れてもらって、二人ずつ組になって運んだ。おかずは、鯖の煮たのに、大根とひじき、それに、わかめのお味噌汁。友だちがぼくのお椀によそってくれた味噌汁には、具がなんにも入ってなかった。バケツからご飯や味噌汁をよそってもらうのは、なんだか雑巾バケツから食べさせられるみたいで、気持悪かった。

夏休みの少し前ごろ、三年生以上の生徒で、エンコソカイ先のない者は、シフダンソカイに行くことに決まった。「エンコソカイ」というのは、田舎のお祖父さんやお祖母さんの家や、親類なんかのある人が、そこに行くことです、という話だった。

　ぼくには、田舎の親戚なんかなかったし、寝小便のこともあったので、「ザンリウ組」に入れられることになった。

　それまで、ぼくたち三年生の学年には、男子が三組と、女子が二組、イ組からホ組まであったのが、八月頃に集団疎開組がいなくなると、残留組は、男の方も女の方も、二十人ずつくらいの一組ずつ、合わせて二組だけになり、すっかりさびしくなってしまった。

　ぼくらの教室は、本校の、つっかえ棒で支えられた、古い木造校舎の二階にあてがわれたが、ぼくらの教室の廊下のほかの教室は、ぜんぶがらがらの空き部屋になっている。

　すっかり淋しくなったけれど、ちょっとしか生徒のいない学校も、面白いことがわかってきた。まず、休み時間の遊び方が変わった。残留組の生徒は、上級生になるほど数が少なくなって、六年生なんか、一人もいなくなっているから、下級生も、上級生の遊びに入れてもらえる。三年生以上の学校中の男子生徒が、一緒になって戦争ごっこをする。学校中を自由に使うことができるのは、いい気持だ。ぼくの入れてもらった側は、体操道具の入れてある倉庫が基地で、五年生に命令されると、帽子の庇を後に回し、両手を広げて空中戦に飛んで行く。二、三機ずつで、校庭の向こう側から飛んでくる敵側の飛行機を、撃墜に出動する。出撃とか、出動とか、今まで使ったことのない、難しい言葉を使うのも、急に大人になった気分でうれしい。遊び時間が、待ち遠しい。

残留組の男組の担任は、土橋先生になった。土橋先生は、若い男の先生で、代用教員なのだそうだ。いろんな男の先生が、軍隊に召集されていなくなっていたので、代用の若い先生が、教えてくれるのだ。二学期がはじまって、一月くらいたったある日、午後の国語の時間がはじまると、「今日は先生が、本を読んであげるから、静かに聞いていていなさい」と土橋先生が言い、それから、「アラジンと魔法のランプ」とおごそかに言った。ええっ？　へんてこな題、と思った。

「アラジンとまほふのランプ」　三年　佐倉慎介

この間の月曜の國語の時間から、土橋先生が「アラジンとまほふのランプ」を讀んで下さってゐます。はじめに先生がだいをおっしゃったときは、へんなだいと思ひましたが、すぐとってもおもしろいことがわかりました。アラヂンはびんばふな家の子でした。そして、まほふつかひに言はれて、地下しつに入って行って、それから、ほこりだらけのまほふのランプを取ってきました。ランプをこすると、大入道が出てきて、何でもいふことをきいてくれます。毎日國語の時間がたのしみです。兼頭君も古橋君もみんな、「ものすごく、おもしろい」とよろこんでゐます。これからも毎日讀んでください。おねがひいたします。

一年の冬、三学期の唱歌の時間で、子守歌を習っていたときに、「坊やのお守りはどこへいった」のところだったか、「里のみやげに何もろた、デンデンだいこにしゃうのふえ」のところだったか忘れてしまったが、急になんだか悲しくなり、涙が出そうになって、困ったことがあった。なんでやろ、なんでやろと、帰り道でずっと考え込んだ。そのときは変な感じになったが、今度の「アラジンと魔法のランプ」では、先生の朗読を聞いている間中、考えてみたこともない、授業時間とまるで違う不思議な時間の中にはまり込み、どこか知らない世界に突然連れて行かれたみたいになって、びっくりしてしまった。友だちもみんなびっくりしたみたいだった。つばも飲み込めないで、お話を聞いていた。休み時間になっても、頭の中がジンジン鳴ってるみたいだった。

——ごっつおもろいなぁ。ケッサクやな。あんな大入道おって、食べるもん何でも持ってきてくれよったら、ええやろなぁ。

いたずら坊主の古橋が、口を尖らせて言った。

次の国語が待ち遠しかった。

六、買出し

母と、和歌山の近くの貝塚に、買出しに行った。よく晴れて、すこし寒い日だった。貝塚には、母の一番上の弟の昭の叔父さんが、胸の病気で入院していたとき、お見舞いに来たことがあったけれど、その時のように、貝塚からまた電車に乗って、終点で降りた。

電車を降りて、畑の中の道を、どんどん歩く。

——どこまで行くの？　まだ？

——もうちょっと。

止まらないので、仕方なくついて行く。一時間ほど歩いて、やっと止まった。

——ここは前に来たことがあるんよ。

一軒の農家の前で、母が言った。

——ここで待っていなさい。

中庭でぼくを待たせて、母はそのまま家の中に入っていった。その辺りを走り回っている鶏を見ながら待っていると、だいぶ経ってから、ごろごろ、サツマイモなんかの入ったリュックを担いで出てきた。

——ちょっとあんたのリュックもかしなさい。

手に持った大きな白菜を一つと、サツマイモを五本ほど、ぼくのリュックに入れる。

——さあ、帰りましょ。着物と帯一本で、あんまりもらえんかったわ。お米がちょっとと、サツマイモちょっと。

帰りの畑の中の道で、青い空を飛ぶB29を見た。六機くらいが、一万メートルほどの、成層圏らしいところを、後に長い飛行雲を引き、編隊を組んで、ゆうゆうと飛んで行く。わが軍の戦闘機が、上っていって間近まで迫りそうになるが、結局、そんな高さまで上りきれず、諦めて戻ってくる。次から次に、戦闘機が入れ替わって試しても、駄目だった。高射砲の弾が、下の方でパッパッと炸裂して、白く丸い煙になるけれど、何の効果も上げられない。

真っ青な空の中を、真っ白な飛行雲を四本ずつ引いて飛んで行く、銀色にきらめく編隊は、本当に口惜しいけれど、息を呑むような美しさだった。

——ちょっとそこでオシッコしてくるから、誰か来ないか見張っててね。

母がそう言いながら、リュックを道ばたに置いて、そばに立っている物置小屋の後に入って行った。見ていると、もんぺを下ろして、立ったまま裾をまくったかと思うと、エーッ？ ぼくはもう嫌になって、叫び出したくなった。やめてくれーッ、やめてくれーッ！

立小便する女の人は、うちの近くの、畑の道ばたなんかでも見るけれど、それは田舎のお婆さんみたいな、年寄りばかりで、母のような年の人がするのは、見たことがない。物置小屋の裏から戻ってきた母に、

——やらしいなァ、立ちションベンなんかして！ あんな格好悪いこと、もうせんといてや。田舎のお婆さんみたいやんか。

と言うと、

――へーへ、もうしません。ちょっと急いでたからね。

と言ったが、ほんとかどうか、あやしい。母はぼくが小さいとき、ウンコをしていると、よく「ちょっと、ごめんね」といって、ぼくの後にしゃがんで、シャーシャー、オシッコを始めるので困った。背中が暖かくなるし、頭に息がかかるし、まったく閉口した。

しかし不思議だった。あんな格好をして立小便をするのは、かなり熟練を要するはずである。お母ちゃんはあんなこと、どこで覚えたんやろか。うちの近くで練習したとは思えん。ずっと遠い道を、母の後を歩きながら、考えていて、あ、そうか、わかった。きっと、ちっちゃいとき、高松か大阪で、しょっちゅうやってたんや。そうに決まってる。昔は、女の子はみんな着物を着てて、ズロースなんかはいてなかったから、簡単やったんや。ちっちゃい子やったら、しゃあない。田舎に来たら、思い出したんやろか。でも、もう子供やないんやから、いくら買出しがたいへんでも、あんなことだけはやめてほしい。

十二月のある日、学校から帰って、隣の順ちゃんと、炬燵に入って蜜柑を食べていると、不意にゴーッという響きがし、その途端、鼻と喉の奥がカッと熱くなって、変な臭いを嗅いだような気がした。その瞬間、大きく家が揺れだした。軒の下に吊してある大根の列が、ぶらんぶらん揺れた。

——ああ、これは大きいよ。

と母が言った。揺れはなかなか止まらなかった。

東南海大地震。この日の津波で、三重県で、何人かの疎開児童が死んだ。

七、国賊

ターちゃんというと、子供と思うかもしれないが、大人だ。母の下から二番目の弟で、本当の名前は武叔父さん。もう一人のトシちゃん、一番下の敏夫叔父さんは、ずっと兵隊に行っていて、ぼくはちょっとしか会ったことがない。

朝鮮から内地に戻るとき、京城から、母に連れられ、いちばん上の姉と妹とで、鴨緑江を渡り——鴨緑江を渡った真夜中、寝台車で寝ていたら、姉が「鴨緑江よ」と、起したのを覚えている——、奉天にいる母の一番上の弟、昭叔父さんの家に泊めてもらい、二つ年上の従兄の泰夫ちゃんと遊び、そのあと、わが家だけで、公主嶺の高射砲隊にいたトシちゃんに、会いに行った。ぼくは兵隊さんが大好きだから、毛皮の帽子をかぶった軍服姿の叔父さんに、手を引いてもらい、馬車にみんなで乗って、嬉しかった。柳の枯れ枝に、カエルが凍ってぶら下がっていた。わー寒いとこ、と思った。

ターちゃんとトシちゃんは、仲良しの兄弟だ。トシちゃんは、ぼくたちが大阪に帰ってから一度除隊して、すぐまた、召集された。

ターちゃんは、天然パーマのちりちり髪で、バイオリンを弾く。玉出の市民館に勤めていて、文化映画や漫画を上映するときには、呼んでくれる。ときどき、自転車で家に来たときは、頼むと前に乗せて走ってくれる。この間なんかは、夕方遅くに自転車で来たのに、頼んだら乗せてくれて、もう暗くなっていたのに、上町線の姫松まで連れて行ってくれた。こわかった。高野線の上をまたぐ橋を渡ると、すぐ右側が煉瓦の塀で囲まれた墓場で、それから姫松までは松林になる。誰もいないし、ターちゃんの自転車の灯りの黄色い光は、ちょっと先にしか届かないし、こわくてこわくて、早く帰って欲しかった。「こわいねえ」「うん、今時分は誰も通らんしね。強盗は出てくるかもしれんけどね」「エーッ、もう帰って」。それで姫松からは、遠回りして、あまりこわくない道から帰ってくれた。

ターちゃんは、市役所に勤めているけれど、芝居もやったことがある。村島の叔父さんの家に、親戚がお正月なんかに集まると、

きそのなあ　なかのりさん
きそのおんたけさんは
なんじゃらほーい

と大きな声で、ターちゃんが歌うのは、そのときの芝居のはじまった幕の最初に、みんなで歌った歌で、先生に習ったので、正しい歌い方なのだそうだ。

ターちゃんは、高野線が直ぐそばを通る家に、お祖母ちゃんと住んでいた。二階に遊びに行くと、「呆れたボーイズ」のレコードなんかを、聞かせてくれる。

地球の上に朝が来る
その裏側は夜だろう

という、浪花節みたいなのに、三味線でなく、ギターの伴奏をつけた歌で始まって、何の真似か知らないけれど、「今頃ははんひっつあん　どこでどうしておじゃるやら」

去年の秋のわずらいに

いっそ死んでしもうたら
こうしたなげきもあるまいものを
おおお、おおお

て泣き出すところが入っていたりする、とっても面白いレコードだ。
その叔父さんとお祖母ちゃんのところに、昭の叔父さんの一人息子の、泰夫ちゃんが来て住むことになった。母に連れられて、貝塚の病院にお見舞いに行ったことがある、昭の叔父さんが、結核で亡くなったのだ。奉天から一緒に戻ってきた叔母さんのフサエさんは、泰夫ちゃんのほんとのお母さんでなかったので、叔父さんが亡くなった後、知らないところに行ってしまった。

叔父さんの一家が、わが家の直ぐ向かいに引越してきた。ちょうどうまい具合に、同じ大家さんの家が空き家になったので、母が引越すことを勧めたのだ。そして、叔父さんは、近々召集されるはずだというので、結婚することになった。国民服の叔父と、もんぺ姿のユリ子叔母さんの、記念写真ができた頃、ほんとにターちゃんは、呉の海軍に召集された。地震のあった頃だった。でも、トシちゃんが出征したときのようには、ご馳走なんか食べなかったみたいだった。

それから十日くらい経って、まだお正月も来ていない頃、玄関が開いたので母と出て行くと、驚いたことにターちゃんが立っていた。叔父さんは母に敬礼して「元木二等水兵、ただ今、帰還いたしました」と、ニコニコしながら、大声で言ったので、びっくりしてしまった。なんでも、醤油をガブガブ飲んで、必死になってウンコを気張ったら、元からあった脱肛がひどくなって、検査官の軍医さんが、これは駄目だ、一カ月後に再召集する、と命令してくれたのだそうだ。

叔父さんはあんなニコニコとうれしそうにして、ひょっとすると、と、ぼくは思った。どうしよう。お祖母ちゃんも母もうれしそうにしているし、黙ってないといけないのだろうか。でも、ほんとは、ターちゃんは、ひょっとして、「国賊」なんとちゃうやろか。ぼくはゾーッとした。これは誰にも言えない。言ったら大変だ。

叔父さんとこには、一カ月経っても、誰からも、何にも言ってこないみたいだった。

八、空襲

そのころから空襲が始まり、次第にひどくなってきた。

正月がすんで、三学期が始まるころからは、学校に行く途中で、警戒警報のサイレンが鳴り出すと、隣の順ちゃんと、学校まで必死に走った。警戒警報の鳴っているうちに学校に着けたら、給食のコッペパンがもらえる。「ウー」という一続きの警戒警報のサイレンが、「ウーッ、ウーッ、ウーッ」と断続する空襲警報になってしまったら、もうそこから、家に急いで帰らないといけない。そうなると、コッペパンはもらえない。だから、警戒警報が鳴ったら、必死で走った。コッペパンをもらったら、そのまま家に帰っていいので、何もかもが万万歳だった。

毎日毎日、空襲があって、それも夜に、B29がやってくる。警戒警報を聞いてつけたラジオが、「近畿軍管区情報、近畿軍管区情報、敵機は紀伊半島沖の熊野灘を北上中」とか、「紀伊水道を北に向かっています」などと言ってから、だいぶ経って、空襲警報に変わると、家の庭のか、表の道路の防空壕に入りに行かないといけない。昭和二十年のこの冬はほんとに寒い冬で、大阪でも、雪が五十センチも積もって、なかなか融けなかった。寒い晩に、外に出ていかないといけないのは、ほんとに嫌だ。一番上の女専に行っている姉は、「もうほっといて、わたしは死んでもエエ、寝てる」と言って、母にいつも怒られている。隣の石井さんの家では、養子さんをもらったお姉さんに、ついこの間、赤ちゃんが生まれたばかりだから、大変だ。毎晩、滑りそうな雪の石段を、赤ちゃんを布団にくるんで、湯たんぽといっしょに、防空壕まで運んでくる。防空壕の中は、じけじけと水がたまっていて、寒い。みんな防空頭巾をかぶって、空襲警報解除のサイレンが鳴るまで、じっと、壕の中に腰掛けて、待っている。解除のサイレンが鳴るのは、たいてい明け方だ。

警戒警報で学校から早く帰ってくると、このごろは、いつも順ちゃんと、家の前で、長い間、「さよなら」ごっこをしてから、別れることにしている。いつ死ぬかわからないから、さよなら、さよなら、さよならと、何回も繰り返し言い合って、お辞儀を十回以上もしてから、家に帰る。お辞儀をしている間に、可笑しくなって、ゲラゲラ笑い出してしまう。それが楽しいのだけれど、少しは真剣なのだ。

三月になって、雪もやっと融け、少し寒くなくなった十三日の晩、夜のわりに早くに、大空襲が始まった。その晩は、家の庭の防空壕に、みんな入っていた。父が外の様子を見がてらラジオを聞きに、壕から出て行った。少しして、大きな声が聞こえた。

——みんなちょっと、見に出といで、すごいぞ。

庭に出て、ごうごうと、爆撃機の爆音と、高射砲の音が響いている空を見上げると、

B29の編隊を追いかける、探照灯の光が、何本も交差している上空から、無数の焼夷弾の雨が、降ってくる。それは今まで見たこともない、すさまじくきれいな、眺めだった。しゅーっと、初めは赤い一本の光の線が、ある高さではじけて、パーッと傘のように広がり、その一つ一つが、またもう一度はじけ、もっと大きく広がって、花火のように落ちてくる。花火と違うのは、終いまで消えないで、降ってくることだ。そんな花火が、空一面を埋め尽くして、次から次へと、湧くように降っていた。そのうち、大阪の町の方の空が、真っ赤に染まりだした。坂の下の方の様子を見に、二階に上がってみると、真っ赤な炎に包まれて、一軒の家のちょうど崩れ落ちるところが、木の間から、まるで目の前で見ているみたいに、間近に見えた。ぼくの身体が、ガタガタ震えだした。横にいた母親が、ひょっと片方の手のひらをぼくの腰に当て、「あっ、この子ふるえてる。こわいの?」と言う。そんなにこわいというのではないけれど、身体が勝手にふるえて、止められないので、どうしようもなかった。火の粉の散るのまで、はっきりと見える。

明け方に、すすで真っ黒になった雨が、降ってきた。

あくる日の朝、順ちゃんと近所を見て回ったら、方々の家の玄関の横の板塀などに、高射砲弾のギザギザの破片が突き刺さっているのが、いくつも見つかった。大きさは、十センチくらいだった。ぼくたちの家から歩いて十五分くらいのところにある帝塚山からもう少し先に行くと、高射砲陣地があるが、きっとそこで撃ち上げた弾の破片に違いなかった。

――当たってたら、お終いやったなあ。

そう順ちゃんが言った。

それからぼくたちは坂を下りて、玉出本通りを通り抜け、国道十六号線まで行ってみた。国道から向こうは、ほとんど焼け野原だった。同級生の水野辰夫の中二階のある大きな旧家は残っていたが、生根神社も、石の鳥居と狛犬さんだけになっている。そこから藤永田の造船所あたりまでは、土蔵があちらこちらにあるだけで、ずっと何にもなく、すっかり見渡すことができた。遠いと思っていた十三間堀川がすぐ近くなのが意外だった。焼け跡は、赤茶色の焼けた割れ瓦の山になっていて、ところどころに突っ立った水道管から、ちょろちょろ水が出ている。焼けた家の人たちが、焼け残った茶碗やお皿を掘り出していた。少しだけは使えるらしい。見ているうちに、何だか悪い気がして、見るのをやめた。ぼくたちの学校は焼けていなかったが、それでも講堂と裏にある幼稚園は焼け落ちて、ジャングルジムだけが、焼け跡に突っ立っている。二人とも、黙りこんで帰ってきた。

もう、大阪に残っていては、危ないので、順ちゃんも、ぼくも、四年生になった四月から、集団疎開に行くことになった。順ちゃんは、寝小便をしていたわけではなかったけれど、末っ子だったので、いままで残留組だったのだ。ぼくの妹は、まだ二年生なので、集団疎開には行けずに、家に残った。

九、集団疎開へ出発

泊まりがけの遠足に、出かけるみたいだった。

いつもは普通電車しか止まらない玉出駅の、通過列車専用の方の線路に、電車でなくて、蒸気機関車に引かれた長い列車が止まっていたので、驚いた。

校庭で校長先生の話を聞いてから、駅まで行ったのだったか、それとも、初めから、駅前の交番横の小さな広場に整列して、汽車に乗り込んだのだったか、忘れてしまっている。南海電鉄本線の玉出駅で汽車に乗るなど、思ってもいなかった。母は来ていたにちがいないのに、どんな顔をしていたか、おぼえていないし、まわりがどんな風だったかも、思い出せない。

みんなで、きゃーきゃー騒いで、たのしくてたまらなかったことだけは確かだ。和歌山まで行くのも初めてだったし、紀勢西線なんてものは、それまで名前も聞いたことがなかった。

ぼくたちの乗った汽車には、きっと、西成区のほかの国民学校の生徒も、乗っていたのだと思う。特別列車だったにちがいない。南海線の和歌山駅から、そのまま紀勢西線に入った。トンネルを出たかと思うと、またトンネル、トンネルばかりだった。汽車は、トンネルに入る前に、汽笛を鳴らすことを、はじめて知った。ブォーッ、と汽笛が鳴ると、あわてて窓を閉める。そうしないと、真っ黒な煙が吹き込み、油煙だらけになって、咳込んでしまう。二回くらいそんな目にあって、窓を上手に開け閉めできるようになった。それが、いつまでも繰り返されて、いったいどうなってるのか、という気がしてくる。四月初めの天気のいい日で、窓から蜜柑畑や、出たり入ったりの美しい海岸線が続き、まったく退屈しなかった。

有田郡の湯浅という駅に着いたのは、三時頃だったと思う。四時間か五時間の、長い旅だった。ぼくたち玉出国民学校の生徒は、ここで降りた。

深専寺につくと、大騒ぎだった。半年以上前に別れた懐かしい仲間が、大きな声をはりあげてぼくらを迎えてくれた。

荷物をもったまま本堂に入る。本尊をまつってあるところは、幔幕で囲まれている。三方の広い畳敷きのところに、四年生の男子と女子全員が、寝泊まりしているのがわかる。奥の方が、女の子たちのいるところらしかった。

——佐倉くん、きみの場所はここ、水野くんと前田くんのあいだよ。

説明してくれたのは、三人ほどいる世話係の若い寮母さんの一人だった。

——この蜜柑箱の中に、自分の持物を入れなさい。

木の蜜柑箱は、二つを横向けにして上下に重ね、戸棚のかわりにつかう。母がチッキで送っておいてくれた布団袋と、柳行李から、必要な中身を出して、整理し、枕元の蜜柑箱に入れ、行李は、横の廊下の、みんなのが並べてあるところに置いた。布団の大きさの空間が、これからの自分用の場所、ということらしい。

——今晩は、一緒に寝よな。

と水野辰夫が、ぼくに言ってくれた。水野とは、一年生のときから仲よしだ。

「ごはんですよ」と言われて、玄関の横の土間から、上がり框を上がった、板敷きの食堂に行き、三列に並べられた食卓の前に正座した。

ふたのついた木の弁当箱に、ご飯が入っており、鰯の塩焼き、ひじきの煮付け、たくあん二切れが置いてあって、蜆の味噌汁を、お椀によそってもらった。

――いただきまーす。

お椀が行きわたるとすぐ、みんなが大きな声で叫んだから、急いで弁当のふたを取ろうとすると、前からいる連中が、変なことをし始めた。ふたをつけたまま、弁当箱を持ちあげ、声を合わせるみたいにして、右、左と、ゆさゆさ、力いっぱい揺さぶりだした。十回ほど揺すぶってから、開けたのを見たら、みなの弁当は、ぼくの弁当箱にふわっと入ったご飯の四分の一くらいに、押し詰められていた。こうしないと、ご飯の噛みごたえがしないのだ。うーむ。これが、集団疎開の一日目に、はじめてびっくりしたことだった。

それに、家でなら、茶碗のご飯の上に、味噌汁をかけて、最後に食べるのに、汁かけご飯の好きなものは、弁当箱に汁をかけると、食べにくいから、弁当箱から、ご飯を大事そうに、お椀に移してすすってる。これにも、驚ろかされた。

十、第一夜

夜になって、雨戸を閉める。本堂は、分厚い板敷きの、三メートルほどの幅の広い廊下に、ぐるっと囲まれていて、その三方吹きさらしの廊下の外側が、大きな雨戸で閉められるようになっている。何人もで順送りにして、背の高さの倍以上ある重たい雨戸をしめる。閉めきってしまうと、廊下と畳の部屋のあいだの仕切りは、障子だけだから、寒々とした感じになった。雨戸を閉めた廊下は、行き場のない暗闇が閉じこめられているみたいで、ちょっとこわかった。

寝る前には、玄関の土間に、五つほど置いてある肥桶《こえたご》に、小便をする。便所は、いっぺん外に出て、境内の横手にある幼稚園のほうに行かないといけないので、夜は、男子のおしっこは、桶でしなさい、と言われた。

ぎっしりと、布団が敷き詰められる。枕元の蜜柑箱の列が、廊下側と内側に、二列並んで、本陣を取り囲んでいて、向こうの方では、男子用と女子用の場所の仕切りにもなっていた。

「おやすみなさーい」。大きな声で叫んでから、布団に入った。

枕に頭を乗せて、上を見上げ、はっとした。……天井がない！　頭の上にあるのは、真っ暗な、どこまでも底なんかなさそうな、真っ暗闇だった。

その真っ暗闇の遠くの方から、宙づりになった畳八枚くらいの大きさの、四角い釣り行燈――そうぼくは思ったけれど、あれは明かりをともすためのものなんだろうか、四隅が少しそり上がった二、三メートル四方のびっくりするくらい大きなお皿みたいものが、四本の太い鎖で高いところに、お化けみたいに、ぶら下がっていた。それを見たとたんに、ぼくは水をかけられた気持になった。じーっと見直してみても、どこまでもどこまでも、ぼくの目がずぶずぶ闇の中に入っていって、何の手応えもない感じだった。

そうか、遠足やなかったんや。遊びやなかった。ぼくは一人ぼっちなんや。そのときになって初めて、自分がどんな取返しのつかないことをしてしまったか、やっと覚った。えらいことしてしまった。こんなことやったら、集団疎開なんかに来るんやなかった。泣きべそをかきそうになって、あわててぼくは顔を枕に押しつけた。

……

――あっ、あっ、あっ、あっ！

大きな声で目が覚めた。夜が明けていた。

――うあー、寝小便や！

水野の声だった。

はっと気づいた。しまった。遅かった。どうして、こんな大事なことを、忘れてたんやろ。どうしたらいいんや。びしょびしょのパジャマのまま突っ立ていると、寮母さんが飛んできた。

――いいよ、いいよ。しかたないもんね。さあ、着替えなさい。布団は干してから片づけるから。

なんで、いくら嬉しかった言うても、こんなこと忘れて、水野といっしょに寝てしもたんや。ああ、失敗した。そのために残留までしてたのに……。どうして、一緒に寝たりしたんやろ。どうして寝る前に思いつかなかったんやろ。あやまるどころか、水野の顔を見る勇気もなかった。

十一、お寺の教室

湯浅国民学校は、もちろん、二つの学校の生徒が一緒に授業できるほど、大きくはない。だから、授業は、二部にわかれて行われる。湯浅の子たちの授業が、午前中にある週は、ぼくたちは、朝のうちは深専寺で勉強をし、昼食を食べてから学校に行く。お寺で勉強するときは、広い板の廊下に座り机を並べて、学校と同じように男子は荒川先生に習う。黒板がないので、お寺では、たいていは読み方や綴り方をやった。「今日は、みんなのお家に、葉書を書きなさい」と先生が言う。くばられた葉書に書き込んでから、机の横の手すりにもたれ、境内の方をぼんやりと眺めていた。風がときどき、そよそよと吹いてきて、いい気持だった。「佐倉、書けたのなら持ってきなさい」。そう言われて、葉書を持っていった。

お父さん、お母さん、お元気ですか。ぼくは元気です。ぼくたちは、今は男子と女子がいっしょですが、もうすぐ、女の子たちは、別の福ざう寺といふお寺に、引越します。きのふ、地引きあみを引くところを見ました。れふしさんが、いわしを、バケツに一杯くださいました。ぼくにも、一ぴき割いてくれて、海の水で洗って、そのまま生で食べなさい、とおっしゃったので、食べてみたら、おいしかったでした。ではお元気で。

授業が終わって、みんなが葉書を先生に渡すと、昼食まで、境内と墓場で遊ぶ。墓場で遊ぶのは、まだ、ちょっとこわかった。みんなは慣れていて、平気みたいだ。食事がすむと、昼からは、列を作って学校に出かける。

十二、憲兵大尉とお姫さまとおやつ

深専寺に着いてしばらくすると、みんなが軍隊の位を持っていて、いちばん偉い大将は、竹本富雄だとわかった。竹本は、疎開の前も級長だったし、喧嘩も強かったけれど、お父さんが偉い軍人なのだそうだ。その竹本が、「佐倉、お前は憲兵大尉や」、と言う。廊下から障子を開けて部屋に入るときは、飯田大尉入ります、とか、辻井上等兵入ります、と大声で言わないといけない。すると、竹本や他の偉い位の者が「よーし」、と言う。それまでは、入ってはいけない。入るときは、帽子がなくても、敬礼をする。しっかり腕を張って、ちょっと一、二度、手をふるわせるのが、こつである。偉い者は、そんなに腕を張らないで、ちょっと内っかわに肘を入れて、やっぱりちょっと、軽く手をふるわせて答礼する。ぼくは、三年の一学期に副級長だったりしたので、だいぶいい位がもらえた。でもほんとうは、憲兵大尉というのがどんなものか、あんまりわからないし、あんまり位としては、好きになれないが、我慢しないと仕方がないので、入るときは、「佐倉憲兵大尉入ります」、と叫んでいる。飯田も、長谷川も、ガキ大将で、いじめっ子だったのに、疎開では、どっちも大尉で我慢しているし、あんまりみんなをいじめない。玉出にいたころは、長谷川は、家への帰り道に住んでいたから、帽子のつばを、上向けにかぶった姿を見たら、いつも横道から、逃げるようにしていたが、ちゃんとそれを知っていて、先回りして通せんぼしたり、ぼくの額を指で突いて、からかったりして困ったけれど、疎開に来てから心配していたのに、いじめられないで助かっている。

女の子たちは、「お姫さまごっこ」をしている。お姫さまは、阪堺線の塚西の近くにある、お寺のお嬢さんの、華房さんだ。お姫さまは、腰元たちに囲まれていて、みんなでおべんちゃらを、言いに行かないといけない。上手におべんちゃらを言えたら、お姫さまから、ごほうびにお菓子をもらえる。お菓子は、薬の「ワカモト」で、華房さんは、大きな「ワカモト」の茶色のビンを横に置いていて、気に入ったら、それをくれるのだ。ぼくたちも、ときどき、ほうびをもらいに、女の子のところに遊びに行く。きのうは、「ワカモト」を十粒もらった。「ワカモト」は、くちゃくちゃ歯の裏にくっついたりして、あんまり好きじゃないけれど、いま買えるおやつは、「ワカモト」くらいしかないので、仕方がない。「ワカモト」を食べても、おなかはふくれないけれど、でも食べるものがないよりは、「ワカモト」でもある方が、ずっとましだ。

このあいだ先生に言いつけられた用事に、ぼくが順ちゃんと、二人で川の方に出かけたとき、川の横の小屋に、「トコロテンあります」、と書いてあった。「トコロテンて何？」とぼくが訊くと、「食べるもんや、おいしいよ。寒天みたいなもんや」、と順ちゃんが答えた。

——えっ、そんなら食べよ。順ちゃん、お金もってへん？　ぼく帰ったら返やすさかい、貸して。

うまいことに、順ちゃんはちゃんと、お金を少し持っていた。二人で小屋に入って、トコロテンをはじめて食べた。寒天というから、甘いお汁がかかっているのかと思って、がぶっと口に入れたら、酸っぱいので、目を白黒させてしまった。磯のにおいがした。

——ああ、びっくりした。すっぱいなんて、知らんかった。

出てきて、順ちゃんに言った。

——そんでも、ちゃんと食べたやん。

——うん、吐きださんでよかったわ。やっぱり食べられるもんは、エエなあ。ワカモトより、お腹ちょっとふくれたわ。

お寺に帰ってから、母にもらったまま、蜜柑箱の奥にしまってあったお小遣いから、順ちゃんにお金を返した。

十三、散髪屋と風呂屋

髪の毛がのびてきた。散髪屋さんに行きなさい、と寮母さんが言うので、言われたほかの三人といっしょに、お金をもらって出かけた。前からいるやつらが、「痛いぞ」、とおどす。「バリカンが大阪のとちゃうで」行ったらわかる、と言って、みんなニヤニヤして、どう違うのか言ってくれない。

散髪屋に行ったら、すぐわかった。バリカンは、今までに見たこともない大きなバリカンで、片手でなく、両手で持つのだ。植木屋さんが、芝を刈ったり、生け垣の高さをそろえたりする鋏くらいの、ものすごく大きなやつだった。散髪屋さんの両手はふさがっているから、頭は、自分でがんばって支えないといけない。その上バリカンが、あまり切れないので、たいへんだ。ぎゅーっと、力いっぱいに押さえつけられて、ジョリジョリ、あまり切れていそうにない音を聞きながら、頭がなるべく傾かないように、持ちこたえていると、とつぜんパッと力を抜かれて、そのとき、切れ残った髪の毛が一、二本、かならずバリカンと一緒にむしり取られる。

――イテテテ。

涙が出そうになる。

――兵隊さんは、がんばってるんよ。ぼくもがんばらんといかんよ。

散髪屋さんが言う。そんなことを言うより、バリカンを研いでくれたらいいのに。

散髪から帰ってしばらくすると、シラクモになった。頭の二カ所ほどが、丸く禿げ、まわりに白いツブツブの輪ができた。ぼくだけかと思ったら、その散髪屋で散髪した子は、みんなシラクモができている。散髪屋はそこしかないから、みんなシラクモができる。

お風呂には、週に二回ほど入りに行く。みんなで列に並んで、元気に歌を歌いながら行く。ぼくたちのいちばん好きな歌は「勝ち抜くぼくら少国民」だ。

勝ち抜くぼくら少国民
天皇陛下のおん為にィー
死ねと教へた父母のーォォ
赤い血汐を受けついでェ
心に決死の白だすきィ
掛けてェ　結んで　突撃ィだッ

声をそろえて、大声で歌いながら、腕を振って元気よく、歩調をとって歩いて行く

と、どこかから、湯浅の子たちが、
——わーぃ、わーぃ、オカイの行列、オカイの行列！
と必ずはやしたてて、どこまでもついて来る。ぼくらは悔しくて、泣きそうになるけれど、必死で我慢して、もっと声を張り上げて歌う。

必勝きがんの朝参り
八幡様の神前でェー
木刀振って真剣にィーィ
敵を百千きり倒すゥー
力をつけて見せますとォ
今朝もォ　祈りをッ　込めてきィーたァー

もうそれ以上は覚えていないので、次は「加藤隼戦闘隊」を歌う。

エンジンのおーとォ　轟々とォ

隼は行ゥくゥ　雲の果てェ
翼に輝く日の丸とォー
腕に描きし荒鷲の
印は我らのォー　戦闘ォー隊ッ

干戈《かんか》交じゆる幾星霜
七度重なる感状の　いさをの蔭に涙ァあり
ああ今は亡きもののふのォ
笑って散ったその心ッ

過ぎし幾多のォー　空ゥ中ゥー戦
銃弾うなるゥ　その中にィー
必ず勝つのォ　信念とォ
死なば共にと団結の
心で握るゥー　操縦ゥー桿

この歌も好きだが、「かんかまじゅる　いくせいそう」のところで、歌の調子が急に変わって、悲しい、寂しい感じになるので、なんか困ってしまう。加藤隼戦闘隊長が亡くなったのは、悲しいけれど（ぼくは活動になったのも見た。隊長の役をやったのは、藤田進だった）、歌は元気な方が、とくに、お風呂屋に行ったりするときは、具合がいいのだ。

風呂の帰りは、もう暗くなりはじめているし、お腹もすいているので、みんな勝手なことをしゃべりながら、それでも列はちゃんと作って帰る。

——なんじゃい、あいつらかて芋粥ばっかり食うてるくせに。

さっきの「オカイの行列」に、また腹が立ってきた誰かが言っているが、でも芋粥でも、やっぱりある方がエエ、と思った。

地元の子は、意地悪をする。この間は、順ちゃんと二人で歩いていたら、通せん坊をされたので、なんやねん、と言ったら、何ならおんしゃ、はったかされるぞ、と言われて、あわてて逃げた。おんしゃ、というのは、おまえ、ということらしい。和歌山弁で「うつくしよう」と言われると、なんだか「美しい」というコトバが、醤油の醸造所の臭いみたいに、汚くなった感じで、嫌になる。

十四、ひなたぼっこ

前からいる子たちは、いろんなことを知っている。槙《まき》の実が食べられる、というのも、みんなに教えてもらった。

お寺の境内に植わっている槙の木に、赤い実がなっている。マキなんて、名前もぼくは知らなかった。青い毬みたいな帽子の付いている、小指の爪くらいの大きさの、赤いかわいい実は、二年生まで、学校で毎朝もらっていた、ビタミンゼリーの粒のような、おいしい味がする。たくさんなっているので、みんなで喧嘩しないで食べられる。山桃の実は、もっとおいしいそうだ。スカンポも、食べられるけれど、ぼくは酸っぱくて、あまり好きじゃない。

去年の秋、お寺のイチョウの木の銀杏採りで、みんなはたいへんな目にあったらしい。

――銀杏て、黄色の柔らかい実で包まれてるねやんか。その種を取るねん。実あつめて、袋に入れて、池に漬けといて、実、腐らせてから、種を取るそうなんや。そんなこと知らんやん。おいしいし、栄養になるいうから、みんなで、地面に落ちて腐ったじゅくじゅくのんを、手で集めてん。ウンコみたいな、ものすごう、くさい臭いするんや。お墓やから、蚊いっぱいおるやろ、そこら中、刺されて痒いから、手で掻きまくってたんや。そんなら次の日起きたら、みんな顔かぶれてしもて、目ぇ、開けられへんくらい、腫れてもて、悲惨やったよ。

でも、それは、ふつうに食べられるものの話だ。辻井は、もっとすごいものを食べる。

「辻井はトンボ、食べんねんで」と、みんなが言うけれど、ほんとうとは思わなかった。でも、ほんとうだったのだ。辻井は、グリグリ目の洟たれっ子だ。

——ほんまやて。なあ、辻井、いっぺん食べてみたれよ。

誰かがラッポー（ヤンマの雄のことだ）を取ったとき、そう長谷川が言った。辻井はニヤニヤして黙っていた。みんなが、そうしろ、そうしろ、と言って、辻井にラッポーを渡した。

——電球、取ったれや。

長谷川が言うと、野上が電気の傘から、電球をはずした。

——あれ、消毒しよんねん。

辻井が、電球のついていないソケットに、頭をむしったトンボを突っ込むと、ピシッ、という音がした。それを口に持っていって、ほんとうにむしゃむしゃ食べてしまい、羽を捨てた。

——な、ほんまやろ？　すごいやろ？

みんながぼくを見て言った。

——うん、ほんま。

ぼくはそう答えたが、ほんとうに、びっくりしてしまった。飲み込むとき、どんな臭いがするんやろ、へんな臭いやろなぁ、おいしないやろなぁ、辻井もおいしないいんやで、きっと。

今日は、一日いい天気だったから、外で槇の実を取ったりして遊んでいたが、そのうち、みんな、本堂の縁側のすぐ下の、砂の上でひなたぼっこをし、ついでに裸になって、シャツの虱を取り始めた。

——お前もきっと虱いるで。

言われて、シャツを脱いでみると、縫い目に、びっしり、虱が並んで、へばりついていた。ぼくは、ぞっとして、鳥肌になった。いままで、虱のいるところなど、見たことがなかったのだ。

——こーやって取るねん。

隣に座っていた長谷川が、プチプチ、両方の親指の爪で、虱を潰して見せてくれた。

——卵も、ちゃんと潰さなあかんで。

見ると、縫い目には、卵もびっしり生みつけられている。

——こうやってもエエねん。

石を拾ろってきて、セメントの上にシャツを置くと、縫い目をコンコン叩いて行った。するとプチプチ、汁や血がとんで、潰れて行く。

——蚤は、捕るの、むつかしいで。

そう長谷川が言った。

——そやけど、虱の方が気色悪いなぁ。

と、ぼく。

――ほんま。そうや。

長谷川が、せき込むみたいに言う。

――あんな、おれ、パンツ替えるの、初めのうちは、お母ちゃんに言われた通りしてたんや。そやけど、そのうち、誰かが言うてくれるやろ思うて、ずっと替えんかってん。ほんならな、しまいに、ものごっつ、痒いなってきてな、たまらんようになって、寮母さんに言うたらな、いつからはいてんの、て訊きはるから、ここへ来てしばらくしてからです、言うたら、すぐその場で、素っ裸にされてもて、大騒ぎになってん。パンツ、虱だらけやってん。「パンツ替えた？」て、いつ会うてもそれから、寮母さん言いはんね、かなんで。

女の子は、髪が長いから、もっとたいへんだ。みんなでお風呂屋に行ったら、脱衣場にいる地元の小母さんたちが、子供を連れて、「あ、たいへんや、たいへんや」、と言って、逃げ出して行くのだそうだ。髪の毛に、ケジラミがいるから、嫌がられるらしい。「ほんとに、悲しいよ」、と近所の昔からの遊び友だち、大岡さんの智恵ちゃんが、言っていた。

十五、お使い

——佐倉と千田、ちょっと来なさい。

荒川先生に言われて、離れの先生の部屋に行く。

——ちょっと二人で、お使いに行ってほしいんだ。この手紙を、福蔵寺に持って行って、四年女子の柴田先生に、渡してきなさい。荒川先生からのお使いで来ました、言うんだよ。場所がどこか、わかってるね？

お使いに行くのは初めてだった。二人だけで外に出られるのは、うれしい。福蔵寺までは、三十分くらいかかる。畑や蜜柑畑の間の道を通って、ずっと歩いて行くのは、いい天気なので、気持よかった。雲雀が、空の上でさえずっていた。

畑で、河童みたいな頭の、気持の悪い芥子坊主が、まっすぐに並んで突っ立っていたり、下向けに垂れていたりしている。阿片を作るんだと、誰かが言っていた。そばの真っ黒な木造の醤油醸造場の倉から、嫌な臭いが流れてきた。

しばらく行くと、今度は夏蜜柑畑で、夏蜜柑が、いっぱい生っている。

――これ取ったら、怒られるやろな？

すると千田が、「落ちてるのは、エエみたいやで」と言った。

見ると、どの木の下にも、いくつも実が落ちて、腐っていた。

――そんなら、取って食べよ。

二人で道端の木の下から、なるべく腐ってなさそうな実を取って、皮をむいて、しゃぶりついた。ちょっと腐って、苦くなっているところもあったけれど、我慢できた。

――もう一個食べよ。

それからまた、

――もう一個食べよ。

いっぺんに、大きな夏蜜柑を、三つずつ、大慌てで食べた。

――ああ、おいしかった、お腹ふくれたなぁ。

福蔵寺に入ると、玄関はがらんとしていて、どこに人がいるのかわからない。

――ごめんくださーい。

何べんも叫んでいると、襖をちょっと開けて、女の子が覗いた。

――荒川先生のお使いできました。柴田先生に用事です。

女の子たちの数が、だんだんふえてきて、みんなこっそり覗いては、くすくす笑っている。この間まで、いっしょに、お姫さまごっこしていた女の子たちだ。しばらくして、柴田先生が出ていらっしゃった。

――荒川先生が、この手紙を、柴田先生にお渡ししてきなさい、とおっしゃいましたから、二人で来ました。

――そう、佐倉君も千田君も、よく来てくれましたね。みんな元気にしていますか？お使い、ありがとう。

ぴょこんと二人でお辞儀して、来た道をまた戻る。途中で、家がなくなってだいぶしてから、まわりを見渡して、千田に言った。

――なあ、千田、芋盗ろ。

――見つかるよ。

――誰もいてへんやん。またいつ使いに来れるか、わかれへんのやで。小さいの、盗るだけやんか。

――そんなら、そうしょうかあ？

それで二人で、芋のつるをめくって、ちょっと掘ってみると、ちゃんと、赤いさつま芋ができている。中くらいのを、二本掘り出し、あとの穴を埋めてから、手で芋についた泥をしごいた。ズボンでもこすって、周りを見まわしたが、誰もいない。大慌てで、そのままかぶりついた。少しジャリジャリしたけれど、泥はなるべく、ペッペッと吐いて、むしゃむしゃ呑み込む。芋は、やっぱり蒸したり、焼いたりする方が、おいしいに決まっているけれど、仕方ない。生でも、けっこう甘くて、まずくない。なにより、お腹がいっぱいになった。

——よかったな、内緒やで。

——もち！

二人で顔を見合わせて、ニコニコした。

お使いは、自分たちだけになれて、楽しいから、また行きたい。

十六、離れ部屋当番

荒川先生のいる離れは、くの字に折れ曲がった縁側があって、きれいな庭が、二つの側から見え、すごく立派だ。折れ曲がった奥の方の縁側に、蜜柑やお米が、箱に入れて置いてある。日暮れになると、本堂の雨戸は、全員で閉めるが、離れの方は、その日の当番が閉めに行く。当番の日がまわってきた。前から、この日を待っていたのだ。

暗くなり始めた。

——ほんなら行こ。

ぼくのほかに四人。本堂の後ろ側から、離れの方に、廊下を通って行く。離れの入り口に座って、ぼくが班長なので、大きな声で言う。

——佐倉慎介ほか四名、雨戸を閉めに参りました。

——よーし。

障子を閉めたまま、先生の声がした。外はもう暗い。

奥の廊下から、閉め始める。ぼくが、戸袋から一枚、雨戸を出して、横に送ると、千田が次に送り、藤井がその次、という具合に閉めて行く。その間に、長谷川と飯田が、そっと蜜柑とお米の箱のところに行って、お米を、持ってきた靴下一本に一杯と、蜜柑を、大急ぎでポケットにつっこむ。藤井のポケットにも入れる。その間じゅう、ぼくたちは、全部雨戸を閉めきらないように、ぼくがガラガラッと送ったのを、千田がガラガラッと送り返し、千田が送ったのを、藤井がガラガラッと送り返す、という具合にしていいた。うまく行ったことがわかると、今度は、もう一つの方の廊下の雨戸も、大急ぎで閉めた。

——雨戸、閉めました。

——よし、ごくろう。

途中で蜜柑を山分けして、みんなで便所に行って、大急ぎで食べる。どきどきして、みんなこわい顔をしていた。お米は、長谷川が持っていることにした。

十七、逃亡、濡れ布団、予科練

——また辻井がおれへんぞ。

朝起きたとき、誰かがそう言った。

昼に学校から帰ると、寮母さんに聞いてきた長谷川が言った。

——鉄橋のとこで、捕まったんやて。

――あいつ、もうこれで三回くらい、脱走しよってん。いつも鉄橋のとこで、捕まんねん。

やっぱり、トンボを食べるの、嫌やったんやろな。ほかにも理由があるのかどうか、わからなかった。鉄橋を渡っても、やっぱり駄目やろな、どこまで逃げるつもりやったんやろ。ドングリ目をして、洟を垂らして、鉄橋のとこで、途方に暮れた気持が、わかる気もした。

廊下で遊んでいると、布団積み場にいた寮母さんに、「佐倉くん、ちょっと」と呼ばれた。

――なんですか？

行ってみると、ぼくの布団が、引っ張り出されている。ぼくは、真っ赤になってしまった。

――あのね、佐倉くん。おねしょ失敗したら、お姉さんたちに言いにきてね。だまって、ぬれたまま畳んで仕舞ったらあかんよ。布団、腐ってしまうでしょ？　誰も怒らないよ、いい？　これからそうしてね。

失敗するたびに言うのは、恥ずかしいから、三べんに一回くらいしか言わないで、だまって、ぬれた寝間着もいっしょに、布団を畳んで、仕舞うことにしていた。ぬれた寝間着をそのまま着るのは、気持悪くて嫌だが、恥をかくよりましだ。毎日恥をかくのは、つらい。でも、脱走する気にはなれない。寝小便のことは、昼間は忘れてるし、みんなとわいわい言って遊んでいたら、面白いから、脱走みたいなしんどいことは、したら損だ。どうせ捕まるのに、どうしても脱走したくなる気持って、どんな気持なんだろうか。

辻井は、離れにでもいるのか、姿が見えない。境内に出て遊んでいると、このごろよく遊びに来る三井さんが来た。三井さんがどんな人なのか、誰もあまり知らない。この辺の高等小学校を出た人、と聞いた気がするが、よくわからない。ひょっとしたら、大阪西成区の玉出国民学校近くの人かも知れない……。近いうちに、予科練に行くことになっているようだった。ぼくが聞いたのでなく、そういう噂だ。三井さんは、ぼくたちが境内で遊んでいるときに、なんとなくやって来て、そのうちにぼくたちの遊びの指揮官みたいなことを、ときどきするようになった。いっしょに遊ぶのじゃなく、ぼくらが喧嘩しはじめると、止めさせるとか、規則を守らせるとかいう具合。べつに嫌ではなかったけれど、でもなんとなく、三井さんがぼくたちのところに来るのを、不思議に思っていた。友だちがいないのだろうか。遊んでくれているときは、楽しいからなんにも思わないのに、帰っていくときは、ときどきなぜか、三井さんが淋しそうに見える。三井さんは、ぼくなんかと少ししゃべりながら、夕日が沈むのをじっと見ていて、暗くなりだすころに、帰って行く。どこに住んでいるのか、だれも知らない。

十八、ご飯炊き、沢庵

ぎゅうぎゅう、お腹がすいて仕方がない。長谷川が隠している米のことを思い出した。

——あれ炊こ。

——炊こ、て、どうやって?

——空缶とマッチ探してきて、お墓の横の防空壕で、炊いたらエエやん。

空缶とマッチは、何とか手に入れることができた。空缶はあんまり大きくないけれど、仕方がない。拾ってきたのは、幅が十センチくらいで、高さが二十センチくらいの、丸い缶詰の空缶だ。もっと大きいのが欲しかったけれど、見つからなかった。マッチは、十本くらい入った箱を、飯田が見つけてきた。壕のなかに、缶を乗せる台を石で作るのは、大変だった。なかなか缶がちゃんと乗らない。水がひっくり返ったら、台無しだ。

——何やってんねん。

五人で失敗ばかりしていると、竹本が上から覗きこんだ。

——めし炊くねん。

仕方ないから言うと、

——えっ、米どないしたん。どこにあったん。

——内緒や。黙っててや。食べさせたるさかい。

それで、六人で食べないといけなくなった。なんとか缶が、真っ直ぐに乗るようになったので、缶にお米を三分の一くらい入れて、水を汲んでくる。でも、どれだけ水を入れたらいいのか、誰も知らない。仕方がないから、いい加減に入れて、火を焚きつけることにした。飯田が新聞紙をちぎって、その上に松葉をたくさん置いて、マッチをすった。風が吹いてきて、うまくつかない。何本かすって、ようやく火はついたが、煙ばっかりが出て、うまく燃え上がらない。缶の下が狭くて、うまく燃えないようだ。それでもう一度、缶をおろして、石の間を棒で掘ろうとしたが、すぐ棒が折れてしまい、ちょっとしか掘れなかった。

——しょうない、これでもう一ぺんやろ。

そっと缶を乗せて、こんどはぼくがマッチをすった。二本失敗して、三本目についたけれど、やっぱり煙ばかりが出て、火が燃え上がらない。ふうふう吹いている間に、消えてしまった。

——おれがやるわ。

竹本が言ったので、マッチ箱を渡したが、残りは二本しかない。

——二本しかないで。うまいことやってや。

でもうまくは行かなかった。二本目につきはしたが、煙が出ただけで、ふうふう吹いている間に、やっぱり消えてしまった。

がっかりだった。ご飯を炊くのは、楽じゃない。

——このお米どないしょ。もったいないなぁ。

そう長谷川が言うので、水を捨てて、米をみんなで分けて、食べてみたが、水でぐちゃぐちゃになった生米は、腹がすいていても、おいしくなかった。みんな、しょんぼりしてしまった。

その晩は、だから、いつもよりずっとお腹がすいた。

夜中に、小便に行きたくなって、目が覚めた。玄関の小便たんごに、小便をしているうちに、やっぱり行こ、と覚悟を決めた。

音をなるべく立てないよう、裸足になって、玄関の横の戸をそっと開け、境内の左手の幼稚園の方に行く。運動場の横が、セメントの通路になっていて、水飲み場があり、その横に、沢庵の大きな樽が、二つ置いてある。蓋をそっと開けて、太い沢庵を、一本引きずり出した。手で、ぬかをざっと取り除いて、水で洗ってから、そのままかぶりついた。音がするので、あんまり噛まないようにして、うつむいて、大急ぎで、どんどん呑み込んで行った。がぶがぶ、がぶがぶ、大急ぎなので、目から涙が出そうになって、ようやく、一本、すっかり食べてしまうと、樽に蓋をし直して、水飲み場で、そっと手と口のまわりを洗った。腹は一杯になったが、へんな臭いのゲップが出て、苦しかった。それから、そっと玄関に戻り、本堂に上がって、布団にもぐりこんだ。なんだか、しんどくなってきた。

十九、猫化け

――小泉せんせ、早よ、また来てくれへんかなぁ。

前からいる子たちは、みんなそう言う。

小泉先生は、教頭先生だ。長い顔をして、山羊みたいな髭をはやし、黒い眼鏡をかけた年寄り先生で、いつもニコニコして、ぼくたちに話しかけてくれる。

小泉先生には担任はなく、全部の学年の宿舎を、順番に見回って、ぼくたちの気持を聞いてくれたりする。普段は、大阪の本校の方にいて、ときどき、湯浅までいらっしゃるのだそうだ。

――小泉せんせ、猫化けの話、ものすごう上手やねん。こわいぞー。

――冬の晩な、小泉せんせ来はるやろ、ほんならみんな、火鉢のまわりに集まって、

「お話ししてくださーい、猫化けの話、お願いしまーす」、て叫ぶねん。

——ほんまにこわいぞォ。女の人が行燈の油、べろべろなめて、髪、前にばらっと垂らして、猫化けじゃー、て、その途端に、せんせが、耳の形に両手の指立てはって、ベローて、舌出しはんねん。そらそこにいる、て、せんせがみんなの後を指さしはんねんけど、もう、ぞーっとして、後の障子なんか見られへん。廊下は真っ暗やし、障子は風でがたがたいうて寒いし、ぎゅーって身体固うなって、もうどうしよかて思うよ。

——ほんまやで、雨戸の外に、お墓もあるやんか、猫化けの話聞くのに、こんなこわいとこあらへんで。

——あんまり、こおうて、男の子も女の子も、夜中に寝られへんようになったり、便所に行けんようになったりしたから、春からは猫化け、止めになってしもてん。俺は、そやけど、猫化けが、いっちゃん、おもろかったから、残念や。

——俺かて。

——俺もや。この頃してくれはる、賤ヶ岳七本槍の福島正則や、加藤清正の話かて、ものすご、おもろいし、好きやけど、やっぱし、猫化けみたいに怖ないもんな。猫化けの話、今夜しに来てくれはる、思てたら、空襲警報になって、天皇山の防空壕に避難せんなんの、嫌やったなぁ。

――あれ、大阪大空襲のころやった。

――ええっ、君らかて、空襲されたん？　防空壕に入ってたん？

――そらそうやん。この辺は、B29の通り道やないか。ぜんぶ紀伊水道を通って、大阪や神戸に行くんやで。今年の冬は、毎晩、空襲警報鳴って、夜中に寮母さんに起こされて、先生も寮母さんもみんないっしょに、天皇山の防空壕まで行かなあかんねん。眠いし、寒いし、悲惨やったで。

――三月十三日の大阪大空襲のときも、十七日の神戸大空襲のときも、そっちの方の空が、真っ赤になって、おそろしかったよ。

――天皇山て、どこにあんの？

――駅の裏にあるやん、ちっちゃな山、あれや。

――へーっ、えらい遠いとこやな。

――そうや、かなんで。寒い晩に、眠ったとたんに、起こされるやろ。早う、早う、て寮母さんに言われて、眠うて、ふらふらしながら、真っ暗な道、歩いて行くねん。

――ほんまに嫌やなぁ。このごろ、あんまりなくなったから、助かるわ。

「あんな」と、竹本があとでぼくだけに言った。

――大阪大空襲のちょっと後でな、清原が、先生に呼ばれてん。しばらくして俺、何か用で、本堂の後に行ったらな、清原が暗いとこで、必死で声出さんように、口に袖おしあてて、しゃくり上げながら、泣いてんねん。どないしたん、て聞いたけど、泣いてばっかりや。そんならな、あいつのお母さんと弟、空襲で死にはったんやて。逃げてるとき、焼夷弾に直撃されたんや。即死。二人とも。後で寮母さんに聞いてわかってん。

二十、面会

みんなが、面会を待っている。面会があると、寮母さんがその子に、そっと耳打ちする。するとその子は、奥の荒川先生の部屋に行く。部屋には、先生と親など面会に来た人が待っている。しばらく部屋で話した後、親は自分の子を墓場に連れて行く。人目につかないところで、子供に作ってきた、おはぎや、お寿司や、果物などを、食べさせるのだ。

でも、なかなか面会に来てくれない。

——あんな、親がお土産持ってきてくれてな、みんな食べるの、もったいないから、蜜柑箱の奥に隠しといたら、盗まれてん。ほんま、泣けてきたで。

同じような話を、智恵ちゃんからも聞いた。智恵ちゃんの方は、盗んだ子もわかってる、と言っていた。

——なんで、先生に言えへんの？

——あかんの。その子、なんべん言われても、人のもの盗るのん、火鉢に、ウンコもしたんよ。

——えーっ、それほんま？　なんで？

——なんでか、わかれへん。みんながいじめるからかな。いけないことばっかりするでしょ、そやから誰も、あんまり一緒に遊ばないの。

——ふーん。

もっと訊こうと思ったが、誰かが来たので、あわてて智恵ちゃんのそばから離れていった。女の子と一緒にいるところを見られたら嫌だ。

とうとう、母が面会に来てくれた。

寮母さんに、「お母さんが面会にいらっしゃってるから、先生のお部屋に行きなさい」、と言われ、奥の部屋の前まで行って、廊下にひざまずいて、「佐倉慎介、参りました」と声をかけると、「お入り」と、先生が優しい声で答えた。

部屋に入ると、先生と、机を挟んだこちら側に、母が座っている。

――佐倉は、もうあんまり寝小便しないよな。

と先生が言った。

――はあ。

ぼくは嘘をついた。

――みんなと、ずいぶん仲良くやってますよ。

――そうでございますか。家では初めてのことでございますので、心配ばかりしておりました。

話がすむと、お墓に行った。母が、手提げ袋から、おはぎと、ふかし芋と、蒸しパンを取り出してくれた。

――お腹、空いてるんやろ？

――うん、ものすごう。

――慌てて食べなさんなや。誰も盗れへんよ。

あとは、いつもお腹が空いてたまらないこと、虱だらけであること、寝小便はやっぱりしていること、みんなと一緒にいるのは、おもしろいけれど、でも家には帰りたいことなんかを話した。

それから半月もしないうちに、また寮母さんから、先生の部屋に行くよう言われた。部屋に入ると、母と中の姉がいた。

――佐倉はみんなと一緒にいるのがいいよな。お母さんが、君の妹さんやお祖母さんたちと、高松に縁故疎開なさるので、君も連れて行きたいっておっしゃてるんだけどね。

ぼくは飛びついて「行きます、行きます」と叫びたかったが、先生の顔をつぶすのもまずいと思って、もじもじしていた。

――友だちと一緒にいるのは愉しいだろ、うん？

困ってしまったが、しかし、この機会を逃がしたら、家に帰れないかも知れない、と思い、

――やっぱり、高松に行かせて下さい。

と言った。

――そうか、残念だが、君がそうしたいなら、仕方がない。じゃ、お母さんたちと、帰る支度をしてきなさい。

そのとき、みんなはどこにいたのだろう。みんなの見ている中で、荷物をまとめたという気はしない。それと、みんなに、別れの挨拶をした記憶もない。ぼくは、先生に家に帰る、と言ったときから、敵前逃亡するような、疚しい気分だった。友だちには、もっとすまない気持で、悪く思っていた。

家に戻ると、母が裏庭で、どこで手に入れてきたのか、ドラム缶のような大きな缶で煮立たせた、お湯の中に、ぼくの持ち帰った、すべての衣類を放り込んで、虱の煮沸消毒をした。

たぶん、そのときはもう、六月になっていた。

そして同じ週のうちに、母と中の姉、二つ年下の妹と、同じ隣組に住んでいた、祖母、二つ年上の従兄の泰夫も一緒に、六人で高松に疎開した。家には、父と、勤労動員に行っていた上の姉と下の姉が、残った。

二十一、高松

高松は、母の故郷だ。でも母は、女学生だったころに、一家で大阪に出ているので、高松には、もう知合いは、ほとんど残っていなかったのを、やっと、部屋を貸してくれるところを、探してもらえたのだった。

借りることができたのは、港に近い乾産婦人科医院の三階だった。家のご主人は、軍医として召集されていて、まだ幼稚園にも行かないような、男の子と女の子を抱えた、若い奥さんが、銃後で留守を守っている。

テラスを挟んで、片側の二間続きの部屋に、ぼくたちが入り、反対側の一間だけの方に、祖母と従兄が住むことになった。

互いの行き来に利用する広い屋上テラスは、物干場にも使われていて、最初の日には、寝小便で濡れた布団が干してあった。子供たちが上ってきていたので、母が何かを言うと、上の坊やが、「ションベンいうんはこらえてくれ」と答え、みんな大笑いした。でも、もちろん、ぼくは作り笑いしかできない。そのうちに、あんな大きな兄ちゃんでも、毎日しくじっている、とばれるに決まっている。

転校は、はじめてだった。朗読をあてられても、算盤をはじいても、大阪から来た子と高松の子、という比較の材料にされるので、困った。算盤では、五つ玉を初めて持たされ、まごついた。父が五つ玉を使っているので、あれは商売に使うものだ、と思っていた。

宇高連絡船は、それまで、二回往復したことがある。岡山までの夜行列車は、いつも超満員で、床に新聞紙を敷いて、座り込んで過ごしたが、ひどい暑さで、便所に行くのも、大変だった。岡山で乗り換えて、宇野で降りると、今度は、みんなが、連絡船を目指して、駆け出す。重い荷物を持って、必死の形相で走る。

たしか、大東亜戦争の始まる年、上の姉が肺浸潤と分かったとき、隣の石井さんに、えらいお灸の先生がいるから、と紹介されて、はるばる、高松の少し西の、たぶん国分寺の近くまで、出かけて行った。ついでに、ぼくも、連れて行ってもらえた。初めて、栗林公園を見た。とんでもなく大きな錦鯉が、群れ泳いでいた。でも、いちばん驚いたのは、食用蛙の、十センチもある、大きなオタマジャクシが、群れていたことだ。エーッ、庭が大きいと、オタマジャクシまで、大きなるんか。庭に作った、富士山の形をした築山は、ぜんぜん面白くなかった。

翌年、姉の療養に、丸亀と多度津を通り越した先の、観音寺に、一軒家を借り、父を除く、家族全員で一夏過ごした。このときも、観音寺出身の、お隣の石井さんが、紹介してくれたのだ。橋のたもとの角にある二階家で、途中から、祖母と従兄が、合流した。早朝と夕方に、泳ぎに行く。あとは昼寝。海岸へは、橋を渡って二十分ほど、歩いて行った。砂で浮彫りした、大きな寛永通宝近くの、山裾を歩いていると、山の上の監視所で、双眼鏡で監視をしている兵隊さんが見える。下の姉が大声で叫ぶと、手を振ってくれる。松林の先の、有明浜に出ると、白い砂浜に、ほとんど人気はなく、海は澄み切っていた。朝夕二度泳ぎに、といっても、姉たちも、みんな、まだほとんど泳げないから、浸かりに、と言う方がいい。母だけが泳ぐことができてときどき海に入って、横泳ぎをしていた。

いつか、世話してくれた石井さんの、親戚の人が、潮干狩りに、連れて行ってくれた。大きな金属の熊手と、バケツをもって、遠くの浜まで、どんどん歩いて行く小父さんに付いて行った。さあ、ここですよ、と言うと、小父さんは、潮の引いた砂浜に、担いでいた熊手を下ろし、後に引きずるように、波打ち際から三メートルばかり離れたところを、海と平行に歩き出した。するとたちまち、ガチガチと音を立てて、熊手の掻いたあとに、ぎっしり並んで、無数の貝が現れた。そのほとんどが、蛤だった。ぼくたちは、それを拾って、バケツに入れるだけ。すぐ、バケツは一杯になった。殿様みたいな、潮干狩りだった。

海辺の生活は、楽しかった。これが、わが家の、唯一の避暑経験だった。

二十二、空襲

高松の生活は、ほとんど覚えていない。

六月二十九日の夜、岡山が空襲にあった。川の土手から、瀬戸内海上空の、真っ赤に染まった夜空を見ながら、高松が空襲になったら、どこに逃げようか、とみんなで、相談していた。山の方に逃げよう、ということになった。

七月三日、夕刻遅く、ぼくは近所の家の前で、知り合ったばかりの友だちと、これも覚えたばかりの、竹べら遊びをして、立ち去りがたい気持でいた。

幅一・五センチ、長さ十五センチくらいの、きれいに削って作った竹べらに、漢字で数字が彫り込まれ、朱がさしてあったように思う。遊び方は、将棋の駒でする、山崩しのやり方と似ていた。

十本ばかりの竹べらを、片手で握りしめ、ぱっと放り上げて、それを地面で、同じ手の甲の上に受け止める。裏表のある竹べらを、番号順に、そっと、表向けに、地面に落として行った。面白くて、いつまでも遊んでいたかったが、暗くなってきて、諦めて家に帰った。

その日の夕食に、母が祖母や中の姉と一緒に、どこか海べりの町に、買出しに行って、手に入れてきた、ジャコ天が出た。小魚を、骨ごとすりつぶして、揚げただけのもので、四国の名物なのだそうだ。おいしいと言ったらなかった。

もう一枚ちょうだい、と言ったのに、あとはあした、と、母はさっさと、残りの何枚かを片づけた。

その夜中に、大空襲がはじまった。それぞれが、自分の夏布団を持ち、防空頭巾をかぶって、そろって家を出、先夜の土手に出た。そのとき、ぼくが、山でなく塩田に逃げよう、と言ったのだそうだ。従兄の泰夫が、覚えていた。きっと、塩田の方が、ずっと近かったからだ。家並みの間を走りながら、軒先においてある防火用水に、夏布団を浸してかぶった。シューッ、ザー、と、焼夷弾の落ちてくる音がすると、近くの家に飛び込む。気がつくと、従兄と祖母しか、近くにいなかった。落ちる音が止むと、外に飛び出す。家並みから、火の手が上がりだした。「おばあちゃん、はやく、はやく！」、従兄と二人で、祖母の手を、引きずるようにして、夢中で、煙の立ちこめる中を、走り抜け、何度か、途中の家に逃げ込み、やっと、塩田に下り立った。すでに、大勢の人が、逃げ込んでいる。

広い塩田には、大きな碁盤目に、水路が刻まれている。その溝の水に、また布団を浸してかぶり、三人で身を寄せ合って、かがんだ。シューッ、ザーッ、と、焼夷弾の落ちてくる音がするたびに、身を縮めた。すると、まわりで、ブスブス、と、砂に無数のものが突き刺さる音がする。静かになったので、おそるおそる布団から覗いてみると、広い広い塩田の半分くらいを埋め、五十メートルと離れていないところで、一面に、絨毯を敷き詰めたみたいに、炎をたて焼夷弾が燃えていた。

——わーっ、すごい、おばあちゃん、見て！

三人で見た、すごい数のお灯明。ぼくたちの頭の上に落ちてきていたら、と、ぞっとするより、美しさに、口もきけない感じだった。

夜が明けると、近くで、母たちが見つかった。全員、無事だった。すすで黒くなった雨がふってきた。よく見ると、ぼくは、ズボンをはくのを忘れていて、下は、パジャマのパンツのままという姿だった。寒いので、従兄や妹と、塩田の横で燃えている人家の方に近づいて行き、遠くから手をかざし、火鉢に当たるようにして、暖を取った。ときどき梁が崩れ、一軒が燃え落ちた。水路と、間に塩田があるので、こわくない。

朝になったので、水路で顔を洗おうと、じゃぶんと手ですくって、顔にかけると、

——あッ、カラッ!

とんでもない、塩辛さだった。なるほど、塩田だったんだ。顔がしばらく、ヒリヒリした。

昼頃まで塩田にいて、そのあと、家を見に帰ったけれど、産婦人科医院は、まわりを含め、すっかり焼け落ちていた。兵庫町の住民は、どこそこの国民学校に避難するように、という立て札が立っていたので、母が、全員無事で、避難所に避難する旨の、書き置きをしてから、立ち去った。

——そやから、言うたやろ。ジャコ天、ゆうべ、食べといたらよかったやろ。ぼくが言うたとおりやろ。

——そうね、ほんま。

母は、元気なく答える。

避難所になっている学校は、どの教室も満員だった。その学校で、罹災証明書をもらった。炊出しの握り飯ももらって、教室の片隅に、場所を確保した。塩昆布とお握りで夕食をすますと、従兄と妹の三人で遊んだ。教室を産婦人科医院に、教壇をテラスに見立てて、面白くて、キャッキャと、大声を立てて、走り回った。すると、教卓の影から、「ちょっと、静かにしてくれないか」と、か細い声が聞こえた。ハッとして見ると、教卓の真下に、全身大やけどの人が、横たわっていた。

——ごめんなさい……

申し訳なさに、ぼくたちは、シュンとして、縮こまってしまった。いくら、子供は、遊びが仕事だとはいえ、どんなときでも遊んでしまうのが、子供だとはいえ、いくらなんでも、ひどすぎた。ごめんなさい、ごめんなさい、と心の中であやまり続けて、そのまま寝た。翌日、その人がどうなったかを、確かめる勇気は、なかった。

その日は、まず、栗林公園に行った。公園はいつものまま、池では、大きな鯉が、悠々と泳いでいた。

——泰夫ちゃん、黒いの一匹、釣れへんやろか。釣り竿あったら、ええのになあ。うまそうやなあ。

——竿あったって、餌なににすんねん。なんにもあらへんやんか。

——ミミズおるやないか。そやけど、釣り針がないなあ。惜しいなあ。あんなん一匹とれたら、みんなで食べても、食べきれへんで。

——とれても、どうやって料理すんねん。

——塩焼きにしたらええやん。イワシみたいに。

——網どないすんねん。あんな大きいの、どこに乗せんね？

——あかんかな、やっぱし。そんでも、食べたいなあ。

母が、知っているお百姓さんの家に行こう、と言うので、公園を出て、焼け跡の中を歩いて行く。ところどころの街角で、炊出しをしていて、お握りをくれる。それを母が、風呂敷包みに入れて運ぶ。何カ所もで、もらって持ち運んでいるうちに、お握りが混ざって、風呂敷の中で大きな塊になった。それを、手で割って分け、焼け跡などに腰をかけて、食べた。焼けおちた家の、横の畑で、茄子が、木に生ったまま、焼き茄子になっていた。

——おかあちゃん、焼き茄子やで、食べよ。とってくるわ。

取って皮をむいてみたら、煙の臭いがひどくて、とても口に入れられなかった。

母は、ひとに会って、焼け出されたことを話すたびに、泣きだすので、困った。お百姓の家でも、話しているうちに、泣きだした。そのせいでか、その家では、笊に入れたままの、冷やご飯を出して、食べさせてくれた。沢庵もくれたが、笊のご飯に、蝿が一杯たかっていて、気持が悪かった。台所の上がり框に、腰を下ろして、食べているると、ちょっとみじめな気持で、母が泣いたのも、無理ないか、と思えた。夕方には、また、昨日の避難所にもどって、寝た。

二十三、帰阪、夏休み

三日か四日後に、宇高連絡船が動き始めたので、大阪に帰ることにした。罹災証明書があるので、只で優先的に、船に乗せてもらえた。荷物もないので、宇野と岡山までは、のんきな旅だった。塩水でぬらした夏布団は、どこで捨てたのだろうか。

岡山からの山陽線は、何カ所も寸断されていて、その都度、一時間も二時間も歩いて、連絡しなければならなかった。加古川の鉄橋は、長かった。若い陸軍の大尉さんと、一緒に渡る。腰に吊った日本刀が、歩くときに邪魔で、歩きにくそうだ。渡り終わると、ほっとして、一緒に、土手に腰を下ろして、休んだ。将校さんが、下げた鞄から、乾パンを取り出して、ぼくたちにくれた。

日暮れ前に、神戸を通る。一面焼け野原になっている。すぐ近くに見える海まで、焼け残っているものはほとんどない。

わが家は、ちゃんと残っていた。なんのことない、大事なものを、わざわざ持っていって、焼かれたのだ。でも、逆の場合より、ずっとありがたいから、不平は言えない。

二、三日して、武叔父さんが帰ってきた。高松まで、ぼくたちを探しに、行ってくれていたのだ。

どこもかしこも、焼け野原だし、産婦人科医院は、跡形もないし、焼死体が、ゴロゴロ転がっているし（ところが、どうしたことだろう、ぼくたちは、死体を見た記憶がないのだ。見ても、見なかったふりを、していたんだろうか）、何日も、焼け跡や、避難所を歩き回って探したけれど、見つからないので、てっきり、みんな死んでしまったのだろう、と思って、帰ってきたのだそうだ。叔父さんが、いちばんクタクタになって、帰ってきたみたいだったのに、ぼくたちが無事だったので、喜んでくれた。

学校は、たぶんもう、夏休みということだったのだ。長い長い夏休みが、はじまった。隣の順ちゃんは、集団疎開に行ったままで、いないし、どこにも、友だちは残っていなかった。

朝起きて、ちゃぶ台の前に座ると、一人一人の前には、箸などなくて、小さな湯飲み茶碗がおいてある。大豆の炒ったのが、二十粒か三十粒、入っていたり、大豆を搾って油を取った後の、油かすが盛ってある。油かすをそのまま食べると、生臭い。こっちも、少し炒って食べる。それだけで、朝ご飯は、おしまい。このころ、ぼくと妹は、足や手の、蚊に刺されて、掻きむしったところが、膿んで、いつまでも治らなくなってきた。包帯をしているけれど、我ながら、やぎろしくていやだ。お昼や晩ご飯には、カボチャやサツマイモが出る。どちらも、大きいのが、家の畑でとれるけれど、水くさくて、とてもまずい。カボチャなんか、お腹もふくれないし、顔を見るのもいやだ。おいしいのは、サツマイモの蔓を、醤油で煮たやつ。葉っぱの茎の皮をむいて、煮るだけだけれど、たくさんあるから、嬉しい。ご飯にも、その茎の刻んだのや、大豆が入っていて、ご飯粒を探すのが、たいへんなくらいだ。ちょっと前までは、ときどき楠公飯《めし》というのが出た。楠木正成が発明した食べ方で、お米を炒ってから炊く。すると、普通のご飯の何倍もの量に、ふくらんだご飯ができる。「わーい」とよろんで食べると、これが少しも歯ごたえのない、ふわふわのご飯で、お腹がぜんぜん、ふくらまない。こんなものにだまされるのは、二度とごめんだ。まだすいとんや、水ばっかりの雑炊の方が、だまそうとしていないだけ、ずっとましだ。

蝉取りも、友だちがいないから、妹だけとでは、あんまり面白くない。このごろは、お向かいの富島さんの市三さんに、遊んでもらっている。富島さんは、わが家の家主で、市三さんは、大学生だ。一番下の邦夫さんは、中学生で、工場に動員されているのか、今はいない。市三さんは、なんだか暇そうで、ぼくの相手になってくれる。母屋の二階の、市三さんの書斎に、連れて行ってもらう。母屋に上がるのは、はじめてで、二階まで行かせてもらえるなんて、思っても見なかった。大きなお家だ。ぴかぴかの滑りそうな廊下を曲がって行くと、広い階段があって、上がったところが、広い市三さんの書斎だった。大きな机に、どっしりとした回転する肘掛け椅子、そこに市三さんが座り、ぼくに、何か読むか、見るものを渡してくれる。市三さんは、本を読んだりしているけれど、ぼくが何かを訊くと、面倒がらずに教えてくれる。この間は、大屋根の上にできた、監視台みたいなところに連れて行ってくれた。大屋根と言っても、うちの大屋根とは大違い。高さが倍もある。それに、上町台地のいちばん端だから、藤永田造船所なんかより、ずっと向こうの遠くまで見晴らせた。空襲の最中にここに登ったら、どんなにこわいことだろう。

八月十五日、たいへん大事な放送がある、というので、隣組の人が集まって、ラジオを持ち出し、玉音放送を待った。声が聞こえはじめたが、天皇陛下の声が、あんまり不思議だったのと、ガァガァ雑音が入って、聞き取りにくくて、ほとんど何のことかわからず、「耐えがたきを耐え、忍びがたきを忍び」というところで、ひょっとしたら、何か悪いことが起こったのかも知れない、とは思ったけれど、日本が負けたのか、どうか、さっぱりわからなかった。でも、お隣の石井さんの小父さんが泣き出したので、びっくりしてしまった。どうなったのか、さっぱりわからないので、市三さんに尋ねることにした。市三さんは書斎にいた。

――市三さん、放送聞いた？　日本、負けたの？

――ああ、負けたよ。

――石井さんの小父さんね、泣いてはったよ。

――それは誰でも泣くさ。

――ふーん。

それでぼくはまた家に帰って、縁側に寝ころんだ。「そうか、負けたんか」すると何だか悲しくなってきて、泣き出した。

しばらくして、母が気づき、「ああ、泣いたらいいよ、泣きなさい、泣きなさい」と言った。

そのうちにぼくは寝込んでしまって、気がつくと日が暮れていた。

二十四、プラネタリウム、天体観測

昭和二十年も、もう秋になって、やっと長かった夏休みが終わり、残留組の授業が再開された。担当は同じ土橋先生だ。

土橋先生が、プラネタリウムに連れて行ってくれた。プラネタリウムは、二度目だけれど、空襲で焼け残っているなんて、思っても見なかった。その日は昼から、十人ほどで、先生に連れられて、南海線で難波まで行き、そこから市電の道を、湊町を通って、四ツ橋まで歩いた。真四角の木煉瓦で敷き詰めてある車道は、波のようにボコボコにうねって、ところどころが、焼けて穴があいている。歩きにくかった。まわりはほとんど焼け野原で、はじめは、うれしくてはしゃいでいたけれど、途中で、すっかり焼けて、鉄の骸骨みたいになった市電が、道路の横に置いてあったりして、だんだん、みんな、シュンとなってきた。

プラネタリウムは、四ツ橋の、電気館という建物の、五階か六階にある。まわりがなにもかもなくなっているのに、電気館だけが焼け残っているのは、ほんとに不思議だった。プラネタリウムの丸天井の部屋に入ると、まん中のくぼんだところに、鉄でできた蟻の化け物みたいな大きな機械が置いてあって、そのまわりを椅子席が取り囲んでいる。椅子は、散髪屋さんの椅子みたいに、仰向けに倒れる。説明の人の声が聞こえて、だんだん暗くなってきた丸天井に、星がいっぱい映りはじめた。ぼくの知っている星座は、北斗七星くらいだったけれど、こんどで、カシオペアや、オリオンや、白鳥座なんかを覚えた。南十字星が、日本で見えない、とわかったのは、残念だった。新聞や雑誌の小説には、いつも、兵隊さんなんかが、南十字星を見ているところが、出てくるからだし、それに、武叔父さんの話では、トシちゃんの弟の敏夫叔父さんは、ニューギニアに、行ったのだそうだ。トシちゃんは、約束した通り、到着した最初の葉書で、五七五のところに「に、ゆ、ぎ、に、あ」と書いて、知らせてきたのだ、と、ターちゃんは言っている。だから、南十字星を、トシオ叔父さんは見ているに違いない。

プラネタリウムが終わってから、電気館のほかのところを、見て回った。電気や磁石の、いろんな実験が、できるようになっていて、そこも面白い。仕掛けが壊れていて、実験のできない機械が、たくさんあったけれど、それは、仕方のないことだった。

建物が残っていて、プラネタリウムを、こんな時に、見ることができたなんて、すごく得をした気持だった。

それから何日かして、土橋先生が、ぼくたちに、今晩は当直だから、晩ご飯を食べてから、学校に遊びにおいで、いいものを見せて上げる、と言った。

暗くなってから、学校に行くと、先生が、学校にあった天体望遠鏡を持ち出して、校庭で覗いていた。

——ほら、のぞいてごらん。これが、この間プラネタリウムで言ってた、アンドロメダ星雲だよ。

のぞくと、もやもやした光の塊が、見えた。

この頃は、停電ばかりなので、学校は真っ暗。先生の声が、暗闇から聞こえ、ぼくたちだけが、そんな校庭にいて、星を望遠鏡で見ていることが、ぼんやり見える星より、わくわくする嬉しさだった。

明くる日は、太陽の黒点を、望遠鏡で見た。煤で真っ黒にした、磨りガラスを通して見ないと、目が潰れる、と言われて、こわかった。星より大きいので、面白かった。

それからは、毎晩、校庭に集まって、星を見てから、夜回りをした。停電ばかりなので、拍子木を打ちながら、「火の用心、カチカチ」、と叫んでまわるのだ。真っ暗な街をまわるから、これも面白かった。

二十五、お城、便所

秋もだいぶん遅くなって、集団疎開組が帰ってきた。

仲間が増えたけれど、まだ校舎はがらがらだった。

木造校舎の二階の教室には、机が山積みされていて、空襲のひどかったときに、消火がしやすいようにか、天井板をはがされたままだった。誰が言い出したのか、そこで面白い遊びがはじまった。机を積み替えて、お城を造るのだ。

以前に、『冒険ダン吉』ではなかった、と思うけれど、似たような雑誌のお話で、子供たちが、氷の塊でお城を造り、雪合戦をする話を、読んだことがある。羨ましくてたまらなかった。

その後、あるとき、学校に行く前に集合する、勝間《こつま》電停（今の東玉出）横の広場に、蜜柑箱が山積みされたことがあって、それでお城を造って、城壁の上から石合戦をしたが、やっぱり面白いといったらなかった。でも、二日くらい遊んだら、つぶされて、箱は持ち去られてしまった。

今度は、野外でなく部屋の中なので、石合戦なんかはできないけれど、そのかわり、トンネルを迷路のように造って、秘密の部屋まで、途中腹這いになって、たどり着くのが、面白くてたまらなかった。休み時間になると、仲間だけで、こっそり部屋に集まる。すると、便所に行く時間が、惜しくなってきた。

――そんなら、便所をつくったらええやん。

ぼくがそう言うと、みんな賛成して、その応接間の横の、すこし離れたところに、うまい形の便所をつくった。

何日も、みんな機嫌よく、楽しい日々を過ごしていたが、とうとう、先生に見つかってしまった。先生は、疎開から帰ってきた荒川先生だ。土橋先生は、学校を辞めることになったようだ。予想もしなかったけれど、ぼくたちのオシッコがたまって、下のぼくたちの教室の、それもよりによって、まずいことに、先生の机の上に、ポタポタ落ち始めたのだ。先生が、上の教室を見に上がって、陰謀が発覚した。

ぼくたち仲間六人は、こっぴどく、お目玉を食った。

――先生は、みんなが、もっと賢いと思っていたから、がっかりしたよ。佐倉は、副級長だろう。組のみんなの模範にならないといけないのに、誰よりもひどいことをして、恥ずかしくないのか。いったい、便所を作ることを考えたのは、この中の誰なのだ。

困った。

――藤井です。

――なに言うてるんや。お前やないか。せんせ、ぼくと違います、佐倉です。こいつが言いだしたんです。そやなあ、みんな。

――そや、そや。こいつです。佐倉です。先生。

――ぼくと違います、藤井です。

必死だった。ここは、嘘をつき通すしかない。

その後はどうなったのだったか、後味の悪さだけが残った。自分が、信じられなくなった。自分は、今まで考えていたような自分ではないんだ。いつでも、人を裏切れる人間なんだ。嫌な嫌なところがあるらしい。自分を信じては駄目だ。藤井の顔を見られない。あいつは、ぼくを卑怯者と、いつまでも考えるだろう。仕方ない。弁解はできない。

二十六、エノケン、代用食

あのエノケンの映画、いつ見たのだったんだろう。夜、父と一緒に、玉出東宝に見に行った。そんなに面白くなかったけれど、それでも、久しぶりに、エノケンを見たので、ぼくは満足だった。

——ああ、おもしろかった。

家に帰って、そう母たちに言って寝た。

ふと目を覚ますと、父の憤慨して母に言っている声が聞こえた。

——ほんまに殺生や。お腹を空かした子供が見に来てるというのに、大きな握り飯にかぶりつくとこを、画面一杯に映すんや。エノケンは、ほんまにけしからん。

その場面は、面白かったので、覚えている。坂の途中だったかで、エノケンが、大きなお握りにかぶりつくのだ。大きいので、顔中がご飯粒だらけになった。

そうか、子供は平気だけど、親にはつらかったかもしれん。映画に連れて行かせて、父に悪かった気がした。

敗戦の年の年末は、お正月のご馳走の準備に、みんなで、上町線の阿倍野近くの、闇市に出かけた。いろんな物を売っていたけれど、お金がないから、サツマイモと、食紅と、砂糖を少し買った。姉が、女専のお友だちに教えてもらった、芋きんとんを作るのだそうだ。帰ってからがたいへんだった。食紅できれいな色が付いたけれど、味がとびきりよくなるものでもなさそうだった。

学校から宿題が出て、隣の順ちゃんたちと、焼け跡に、ヒメムカシヨモギの葉っぱを、集めに出かけた。それで代用食を作るんだそうだ。三人とも、大きな袋に葉っぱを一杯つめて帰ってきて、庭で干した。

二十七、野球

戦争に負けて、二年目の今年の四月から、国民学校はなくなって、また、元の小学校になった。ぼくは六年生だ。去年から、ぼくらは、野球に夢中になっている。学校から帰ると、日が暮れるまで、家の前の道や近所で、三角野球をする。ボールは、コルクか何かを芯にして、糸をぐるぐる巻いて、外側に布を縫いつけて作る。グローブも、布で作ったけれど、難しくて、なんだか変な格好をしている。春休みに、毎日、学校に行って、学校のボールを貸してもらって、野球をしていたら、大野先生が、「きみは、四月から、学校のチームに入りなさい」と言ってくれた。大野先生が、監督なのだ。ぼくは運動神経が悪いし、鈍足なのに、先生がいるときには、うまく格好をつけてやっていたら、先生がだまされてしまった。うれしい。

でも、グローブがない。母にねだったら、学校のチームに入ったのだったら、と無理して、グローブを買ってくれた。白い革のグローブ、なんて見たこともなかったけれど、仕方がない。ないよりずっとましだ。毎晩、ドロースを塗って、柔らかくなるようにしている。でも、これは、ぼくはギッチョなのに、ギッチョのグローブなんか、この辺では売ってないから、右利きのグローブなのだ。それを、右手にはめて、というのは、グローブの親指に、人差し指から小指までの四本をはめ、四本の方に親指をはめて、ハサミみたいに使うのだ。最初はファーストを守るように言われていたが、やっているうちに、下手なのがばれてきて、ライトに回され、八番バッターになった。でも、ポジションはどこでも、チームにいられたらいい。

この前の日曜、よその学校と対抗試合があった。守備についていて、ツーアウトになったので、ライトなんかにボールなんか来ない、と思っていたら、飛んできたので、びっくりした。前だろうと思って、前進したら、ぐんぐん伸びてきたので、あわててバックして、やっと追いついて、手を伸ばしたら、ぎりぎりに間に合って、うまい具合にボールがつかめた。ファインプレーみたいに見えたので、女の子たちが、ワーイと歓声を上げて、拍手してくれた。ニコニコして、得意そうに帰ってきたら、

——ファインプレーやないぞ。あんな凡フライの目測を誤って、もうちょっとで、大エラーするとこやないか。佐倉は、もっと、ちゃんと練習せんとあかん。

と先生に言われて、シュンとなった。

終わった後、他の試合をネットの近くで見ようとしたら、土橋先生がいた。集団疎開組が帰ってきて、知らない間に、先生がいなくなってから、はじめて会えたので、うれしかった。そばに寄っていって、「こんにちわ」と挨拶した。

——やあ、元気そうだね。

——土橋先生がいらっしゃらなくなって、淋しいです。また先生に習いたいなあ、っ

て、みんなで言ってます。

――先生も、あれからいろいろ勉強したから、今度教えたら、もっと上手にやれる、と思っているけどね。

――でも、ぼくは、今までの授業で、先生のが、いちばん好きでした。戦争中に、アラジンを読んで下さったのが、いちばんよかったです。

――ありがとう。そう言ってくれると、うれしいよ。

先生はそう言って帰って行った。なんだか淋しそうで、気の毒だった。代用教員、て、なんて言い方なんだろう。

二十八、エープリルフール

その日、四月一日、ぼくは、中学生になりたてだった。

しばらく前に覚えた、エープリルフールを、なんとか実行しようと考えながら、両側に畑が広がる道を、ぼんやり歩いていた。

すると、阪堺線の塚西の方から登ってくる畑の中の細い道を、お祖母ちゃんの歩い

てくる姿が、目に入った。急坂ではないけれど、坂道を登ってきたので、ときどき、
立ち止まり、腰を伸ばして、息を入れている。「そや、お祖母ちゃんをだまそ」
ぼくは、お祖母ちゃんの方に駆けつけ、息をはずませて言った。
――お祖母ちゃん、トシちゃんが帰ってきたよ。
――え、ほんまな？
――ああ、お家にいるよ。
するとそれまでは、しんどそうにしていたお祖母ちゃんが、走り出した。両手を
腰の辺りで横に振って、肩からつんのめるみたいに、走って行く。ぼくはあわてた。
後を追いかけながら、叫んだ。
――うそや、お祖母ちゃん、うそや、だましてん。
――えっ？
立ち止まって、こちらをまぶしそうな目で見た。
――今日はエープリルフールやろ、四月一日やんか。今日は嘘ついてええねやん。
――殺生な悪サする。ほんまに、ひどい子や。
――ごめん、ごめん。かんにんして。嘘つく人、見つからんかってん。

敏雄叔父さんは、昭和十九年の十二月に、ニューギニア北海岸、ブーツ沖のバリフ島で、戦死したそうだ。

後日談

年をとると、いろいろと醜くなる。テレビドラマなどを見ると、誰とは言わないけれど、かつては魅力的だったとしても、もういい加減に、出るのを止めて欲しい俳優などが、いっぱいいいる。

ひるがえって、わが身を省みると、わたしは、老眼も早かったが、老化もずいぶん早かった。わたしの老化現象で、もっとも厄介なのは、涙腺がぐだぐだに緩んでしまったことだ。こんなに困った、傍迷惑なことはない。五十代の半ばで、大学卒業以来、会うことのなかった、友人が死んだ。彼には、機会があれば詫びたい、と思っていたことがあった。翌年のクラス会で、そのことを話しているうちに、わたしは、よよと泣き崩れてしまった。危ない、と思ったときには、もう止めようがなく、われながら、呆れかえって、あんな恥ずかしい醜態はなかった。五十代後半から始まった、この老化現象には、困り果てる。みっともないこと、この上ないからだ。晩婚だった妹の結婚披露宴でも、挨拶の途中で泣き出した。

いちばん困ったのは、笑い話を披露しようとして、泣き崩れたときだ。わたしは、勤め先では、ほとんど役職に就くことなく、窓際的に過ごせた。それでも一度は、役職とはとてもいえないが、受験生の数が、いちばん多かったころ、入試の名古屋地区の委員を務めさせられた。たしか六十歳は越えていた。

運営の実際は、事務側代表の図書館事務長がやってくれるので、教員側代表のわたしは、お飾りである。それでも朝、試験監督である大学院生に、訓示をしなければならないので、居心地は悪かった。

一週間が無事過ぎて、五人ばかりの事務の人たちと、今池の中華料理屋で、打上げ慰労パーティーをした折、サービスのつもりで、うっかり飢えの経験を話し始めた。

わたしは、飢えの経験は、伝達不可能と思っている。敗戦記念日に、水団《すいとん》を子供たちに食べさせるなどは、大人の滑稽な、自己満足に過ぎない。そんなことで、飢えが偲べるのなら、飢えなど、なんのこともない経験にすぎない。飢えのつらさは、子供を三日ばかり絶食でもさせないかぎり、伝達できないだろう。それなのに、集団疎開などの話をはじめたのは、笑いの種を提供するつもりだったのだ。

笑いながら、お寺で、先生の部屋の横から、お米を盗む話をし、防空壕で、その米を、空き缶に入れて炊きはじめて、何回もマッチを擦って、失敗するところまできたとき、ふと魔が差したように、それまで、自分の体験として、語っていたのに、視点がすっと遠のき、防空壕でご飯を炊こうとしている子供たちの姿が、鳥瞰図のように、目に浮かんだ。そのとたんに、わたしはわっと泣き出した。それは、何とも格好の付かない、恥ずかしい無様さだった。会食中のみんなは、鼻白んで、黙り込んでしまった。年取って涙腺が緩んで、こんなことになるんです、すみません、すみません、と謝り続けたが、会は白けたまま解散した。

それまで、わたしは、自分の飢えの体験を、辛くはあったけれど、悲惨と思ったことはなかったし、今でも、思っていない。言い訳がましいが、泣き出したときの心理を、後知恵として反省してみると、あのときわたしは、世界中の飢えている子供たちと、初めて自分の体験を、重ねて思い浮かべたのだ、という気がする。飢えている子供たちは、可哀想だ。

ドストエフスキーは、虐待されている可哀想な子供を、何度も繰り返し描いている。子供の虐待のニュースくらい、つらいものはない。虐待された子供が、親になったら、虐待を繰り返すというが、それは、まったく辛い話だ。

（『ＶＩＫＩＮＧ』６９５〜６９９号　２００８・１１〜２００９・３）

巡査といたころ

あっという間に、大きなお屋敷のまわり四隅に、警備ボックスが建ってしまった。

「窪川さんとこに、なんや進駐軍の偉い人が来はるんやて。富島さんとこの爺やさんのお部屋が、巡査さんの詰め所になるんやそうよ」

その偉い人も、まだ来ないのに、早早と、巡査が、二十四時間ぶっ続けの、立ち番を始めた。交代の巡査が、富島家のもとの爺やさんの六畳の部屋で、休憩したり、仮眠を取ったりしている。窪川邸の正面に二人、あとの三隅のボックスは一人ずつ、合わせて五人。交代の巡査が五人。非番の警官がやはり五人。その全員が、当番非番の三交代制で、代わってゆく。

——あれなに。不良みたいに、襟元のボタンはずして、帽子あみだにかぶってる、あの巡査。

——ああ、あの巡査でしょ。わたし、こないだ、帽子かぶって歩いていたら、からかうんよ。あれ、予科練上がりちゃう？

——予科練上がりやったら、あんながいに股なんかで歩かへん思うわ。チンピラみたいな格好やんか。あれ、やっぱり不良やよ。

姉たちが、ぼろくそに言っている巡査の名前が、須藤巡査だということは、間もなくわかった。

近所中の子供が、気に入りの巡査のいるボックスに、遊びに行く。正門の警備ボックスは、巡査が二人なので、賑やかだ。須藤巡査が入っているときなんかは、拳銃にも触らせてもらえる。拳銃は、コルトか、レヴォルヴァー。コルトは、自動拳銃で、六発ほどの実弾の入った弾倉を、下から押し込む。手で遊底を手前に引くと、バネ仕掛けで弾が一つ上にあがってきて、カシャリと銃身におさまる。装填されたわけだから、安全装置を入れておかないと、引き金を引けば、弾は発射されてしまう。拳銃を逆さにして、遊底を何回も引き、弾を下に敷いたハンカチの上に、みんな落としてから、拳銃を持たせてくれる。本当に発射すれば、爆発の勢いで、遊底が、瞬間に後ろに下がりながら、空になった薬莢を、上の穴からはじき出し、前に戻るついでに、バネで上がってきた次の弾を、自動的に装填する仕組みである。スミスアンドウェッソンのレヴォルヴァーは、コルトよりずっと大きくて、ずっしりと重い。レヴォルヴァー独特の、蓮根のような回転弾倉から、弾を抜く方法も教わった。弾倉を、指で送るようにこすると、するすると滑らかに回る。引き金を引くと、撃鉄が起きて、弾倉が、今度はぎくりと、穴一つ分だけ回る。そのまま最後まで引くと、カチッと、撃鉄が銃身のお尻を打つ。弾の入っていないことがわかっていても、ドキリとした。

ぼくの小さい頃、巡査は、サーベルを吊り、髭を生やし、いかめしい顔をしていて、近づけたものではなかった。それに戦争中だったせいかもしれないけれど、若いお巡りさんなど、あまり見かけたことはなかった。警官のサーベル廃止が公布されるのは、年表を見ると、昭和二十一年七月三十日のことらしいが、それが実際廃止された日付だとすると、どうもぼくの記憶と合わない。なぜなら、進駐軍の偉い人を、初めて窪川邸の庭で、身近に見たのは、二十一年の春、ツツジやサツキが咲き乱れていたころで、それより少なくとも二、三カ月前から、予科練帰りのような若い警官たちが、腰にピストルと警棒を吊って、窪川邸を整備していたように思えるからだ。巡査さんたち自身が、初めてピストルを持てた面白さに、夢中になっている感じだった。

＊一九四六年七月三十日　警察官・消防官服制改正公布（勅）（警官は開襟背広服、警棒・拳銃を携帯）。『近代日本総合年表（第四版）』（岩波書店）二〇〇一年。

ピストルで遊ばせてくれる巡査は、ほかにもいたが、「ええもん見せたろ」と、正門のボックスの床に座って、何枚も変な絵を並べてみせてくれたのは、須藤巡査だけだった。「これ何や？　でっかいなあ。気色悪るぅ」と、裏通りの健一が言った。

――いざという時には大きなるんや。まあ、ちょっと大げさに描いたあるけどな。

他の仲間は、見たことがあったらしく、平気そうな顔をしていたが、初めてのぼくは、巨大な一物に度肝を抜かれて、口もきけなかった。ほんとは、つくづくと、しっかり見たいのに、ドキドキして、ちょっとしか見る勇気が出なかった。須藤巡査と相棒の金子巡査が、ニヤニヤと、みんなの顔を見ている。十枚くらい、立て続けに見せられると、頭がくらくらした。こんな絵を、誰が持っているんだろうか。どこで、須藤巡査は、手に入れたのだろうか。それにしても、真っ黒けで、太くて、ぐねぐねして、なんて、変てこりんな、ものなのだろうか。女の人のも、母に連れられて入る、銭湯の女湯でも、見たことがないくらい、大きく、のさばって見えた。

――これは、枕絵ちゅうねん。お前らの母ちゃんかて、ちゃんと嫁入りの時から持ってて、どこかに隠したあんねんで。


大阪に、アメリカ軍が、本格的に、進駐しはじめたのは、昭和二十年九月二十七日である。

最初に、大阪に、進駐してきたのは、第六軍第一軍団の、第九八師団なのだそうだ。はじめ、第六軍の司令部は、京都に置かれ、大阪には、第一軍団の司令部が置かれた。ところが、二十年十二月に、第六軍司令部は、朝鮮に移動することになる。それに伴って、これまで、東日本が管轄だった、第八軍の司令部が、在日米軍全軍を、指揮下に置くこととなり、第一軍団が、西日本を占領することに決まった。そのため、第一軍団司令部は、京都に移動、翌二十一年春までに、それまで名古屋にあった、第二五師団司令部が、大阪の淀屋橋と肥後橋の間の住友本社ビルに入ったのだそうだ。*


*三輪泰史『占領下の大阪』松籟社、一九九六年。

大阪市学校園教職員組合城北支部作成ネットサイト「おおさか市内で戦争と平和を考える」、などによる。

同じ資料で、占領軍の接収物件は、二十年十月に、一斉に指定されていることがわかる。窪川鉄工所の創始者、窪川巌四郎さんの、何千坪もある広大な邸宅の半分が、接収されたのは、時期的に考えて、実質上は、第二五師団の司令官、ムリンズ少将の官邸としてであったことになる。少将は、ぼくが、ずっと信じてきたような、関西方面全軍の司令官ではなかったわけだ。

富島家のお屋敷も、考えられないほど大きいが、窪川家のは、それよりさらに、二倍以上も大きかった。洋館の部分と日本家屋の部分があって、洋館の方が接収されたのだ。少将がまだ来ないうちから、ジープでアメリカ兵がやって来て、用事を済ませて行く。キタムラという二世のGIが、現場監督のような役で、たびたび仕事の見回りにやって来た。チューインガムを噛み、ジープの座席から、膝を立てた足を、外にはみ出させているのを見ると、名前も顔も、日本人みたいなのに、服装も仕草も、アメリカ人で、変な感じだった。日本語は田舎の人みたいで、そこに英語のなまりが混じった。

ジープはGIを乗せて、「窪川の坂」を平気であがってくる。

阪堺線の勝間《こつま》（現東玉出）の電停と一つ南の塚西の電停の間にある窪川の坂は、帝塚山に向うもので、上町台地に上る坂としては、この辺りでは有名な急坂だ。戦争中の木炭自動車時代には、三分の二以上が上れず、上れる車も、せいぜいバックでしか、それも、ゼイゼイ、今にもつぶれそうな悲鳴を立てながらしか、上ってこられなかった。そこを、ジープは、いっきに軽々と上ってくる。それを見るたびに、負けたはずだ、とため息が出た。重い荷物を積んだ、馬力を引く麦わら帽子を被った馬は、汗みずくになり、ピンコロ石の舗石にぶつかる度に、蹄鉄から火花を飛ばした。馬がたたらを踏むと、こちらは、耳穴を空けていない麦わら帽子を被った馬方が、車が後戻りしないように、前輪についているブレーキのハンドルをあわてて回し、大声で叫びながら、馬を手綱で打つ。坂を上りきって、五分ほどまっすぐ帝塚山の方に行くと、夾竹桃の生け垣に囲まれた洋館の石田邸があって、その生け垣の角に、馬用の水飲み場がしつらえられていた。ようやくのことで、坂を上りきった馬が、おいしそうに、ごくごく水を飲んだ。

窪川の坂は、両側を、高いコンクリート壁に挟まれている。右手には、広大な窪川邸に巡らされた、十メートル以上もありそうな塀が、城壁のように聳え、左側は、これも広大な富島邸の、やはり高い塀だが、こちらは、三段に、高さを低めてあるので、それほど威圧感はない。塀で両側から挟まれて、坂は、切り通しのようになっている。

坂を登り切ると、右側の少し奥まったところに、窪川邸の正門がある。

ぼくの家は、坂を上がって、左側の富島邸の角を曲がった、行き詰まりの路地にある。富島邸の向かいに、七軒並んだ富島家の家作の一つが、ぼくの家なのである。家作には、それぞれ二、三本ずつ桜の木が、大屋根にとどくほどの高さに、立ち並んでいる。毛虫とその真っ赤な糞には悩まされるが、しかし、家に大きな木のあることは、ありがたい慰めといえた。ぼくたち子供の明け暮れは、夏の間はだから、蟬捕りにつきた。富島家、その家作、それに窪川家の合わせて九軒が、なんとも珍妙なまでにちぐはぐな、第十五組という隣組を形成している。

昭和二十年三月十三日の大阪大空襲のあと、爆撃が、焼夷弾だけでなく、爆弾も混じるようになって、危険性が増大してからは、窪川家洋館地下の、大きなボイラー室を、十五組の隣組は、防空壕代わりに、使わせてもらっていた。富島家の人々は、さすがに、利用しなかったが、大人子供合わせて、二十人ばかりの人間が、燃料油と機械油の臭いの充満した空間に、そんなに、ぎゅうぎゅう詰めにならずに、収まった。

八月十五日が近づいた頃には、世の中に、境目がなくなった感じで、縁故疎開先で焼け出されて戻ってきた、ぼくたちのような、近くに残っている、ほんの四、五人の子供にとっては、富島家も窪川家も、出入り自由の、楽天地みたいになっていた。朝から、お屋敷の庭に入り込んで、遊び回る。

富島さんの勝手口を入って、長屋門風の、爺やさんの住む部屋の前から、表門の前の庭を横切って、茶室のついた、離れの方の区画に行き、茶室の横から、坂側の端まで、岩組や苔の間の小道を、蟬や虫を探しながら、塀沿いに坂下へと、さらに奥に進むと、庭のはずれから、小さな門を出た斜面には、幅数メートルの、階段状にしつらえられた、五、六段の果樹園が続く。あまり手入れが行き届かなくなって、雑草の茂る果樹園を、坂の下まで、走り降りていると、なんだか、冒険心が沸く気分になる。端まで回り込んで、駆け上り、邸の裏を通って、裏庭に出る。裏庭の真ん中には、孤立した、広いサンルームのようなものがあって、それは、富島家の子供部屋なのである。富島さんのところには、もう子供はいないが、今も、たくさんの玩具と、絵本や世界名作全集などが、壁一面を埋めて見え、床の上いっぱいに敷き詰められた、模型列車のレールが、置きっぱなしにされて、忘れられたようになっている。さらに進むと、菜園が広がっている。そこをぐるりと回ってくると、最初に入り込んだ勝手口に出て、一周してきたことになる。もう、一時間以上、遊んでいるが、まだ、外に出る気分になれない。台所の横の、井戸や、漬け物の重しの石をつり上げる、滑車のぶら下がっている、お勝手周りを見て回る。ここは、年末に、隣組の餅つきをさせてもらうところだ。

お勝手の玄関横の潜り戸から、お茶の間の前の庭に出る。お茶の間では、富島さんの奥さんが、女中さんと縫い物をしている。こんにちは、とお辞儀をすると、「こんにちは、暑いわねぇ」と言ってくれる。この奥さんは、ぼくが知る中で、いちばん上品で、お年は取っているが、いちばんきれいな奥さんなのだ。八月十五日の一週間程前だったか、庭先からお話をしていると、奥さんが、ぷっと、おならをした。「まあ、ごめんなさい、お行儀の悪いお尻ねえ」と、奥さんが言った。上品というのは、こういうことなのだな、と、そのときぼくは思った。誰も彼もが、形だけは大きいけれど、水くさくまずい、カボチャやサツマイモ、ばっかり食べて、おならばかりしていた。しばらくお話をして「さようなら」と、また奥の潜り戸から、正門前の庭の方へ遊びに行く。いつまでも飽きない。

敗戦までは、富島家と窪川家の、どちらのお屋敷にも、爺やさんがいた。窪川家の爺やさんは、主に、屋敷にめぐらせた塀の裏手にひろがる、畑や田圃の面倒を見ていて、その部分は、木の門で閉ざされていたので、ぼくたちとの接触は、あまりなかった。

それにひきかえ、富島家の爺やさんは、いつも、子供たちが遊んでいる路地の横で、藍色の印半纏を羽織って、芝を刈ったり、竹垣のシュロ縄を換えたり、芝生の雑草を抜いたり、生け垣を刈り込んだりしていた。そして、疲れると、腰から鉈豆煙管を抜き出して、一服する。するとぼくたちは、遊ぶのをやめて、飛んで行き、爺やさんの、一挙手一投足を、見つめる。煙管入れの鞘を、引き抜くときの、スポン、という軽やかな音、煙草入れに入った刻み煙草を、煙管に詰める手つき、火をつけて、煙を吸い込む音、じゅっ、と音を立てて、燃え詰まる、髪の毛のような煙草、とりわけ、吸い終わった後、煙を、鼻の穴から、ゆっくり吐き出しながら、ぽん、と手のひらに、火の玉を叩き出し、短い指の、分厚い手のひらの上で、それを転がしながら、もう一方の片手だけで、次の刻み煙草を、煙管に詰めて、燃え残った火の玉から、火を吸い付ける。その手際の鮮やかさは、何度見ても、見飽きることがなかった。

——ほんとに熱つないのん？　爺やさん。

——ああ、熱つうないよ。

煙草が、いかにもおいしそうで、刻み煙草の匂いを嗅ぐのが、好きだった。短く平べったい爪のついた、寸詰まりの太い指と、分厚い、神経なんか通っていそうもない、ごつごつした手で、どうして、あんな器用なことができるのか、つくづく不思議に思えた。

富島家の爺やさんは、空襲が激しくなった頃に、国に帰ったきりいなくなり、戦後になっても、戻ってこなかった。

窪川家の爺やさんが面倒を見ている畑は、広い田圃もある、本格的なものだった。主人の厳四郎さんも、ときに、尻はしょげに頬被りといった格好で、畑に現れるが、ぼくたちは、離れたところからしか、見たことがない。厳四郎さんは、きっと農家の出なのだろうと、小柄な頬被り姿を見ながら、思っていたが、つい昨年、因島出身の大学同級生の友人が、厳四郎さんも、同じ島の出であることを、教えてくれた。

隣組のわれわれと接触するのは、窪川家の執事役の、淵江さんという、中年の子供のいない夫婦だった。ボイラー室を、防空壕に使う許可も、淵江さんが、窪川さんに承諾を得て、与えてくれたものだ。通用門を入って、左手の日本家屋側にある、お勝手に、淵江さんや、女中さんたちがいた。二度か三度、普段は、一升瓶で搗いていた、玄米を持って行って、お勝手口の近くの納屋に、しつらえてある、唐臼を使わせてもらったことがある。木の手すりにつかまって、足で唐臼を踏んだことなど、後にも先にも、そのときにしか経験したことがない。

女中さんは四、五人いたのでないかと思うけれど、外でときどき見かけるのは、女学校に通っていた、若くてきれいな女中さんだけだった。小雨のふるある日、前の鼻緒が切れたので、仕方なく下駄を逆に向けて、鼻緒で作った輪に、親指をはめ込み、引きずり、引きずり、しながら、窪川の坂の下まで来ると、坂の上から、セーラー服の上着に、もんぺ姿の、その女中さんが、傘をさして下りてきた。こんにちは、と挨拶すると、「あら、鼻緒切れちゃったのね。直してあげましょう」と言った。

——もう少しだから、いいです。

ぼくは、真っ赤になって断った。

——でも、坂を上るのは大変だから、この傘もって、待ってて頂戴。すぐ直してあげるから。

ぼくに傘を持たせると、彼女はしゃがんで、もんぺに挟んだ、日本手拭いを、引き抜き、びりびりと裂いた。いかにも汚い下駄を、手に持って、鼻緒をすげ替えてくれるので、こちらは、すっかり恐縮し、どきどきしながら、片足で、傘をさしかけていた。

手際よくすませると、「さあ、できました。履いてごらんなさい」、と言う。履いてみせると、「大丈夫ね。じゃあね、さようなら」、と坂を下っていった。お辞儀をして、見送りながら、ぼくは、このことは、誰にも言わずに、ぼくだけの、大切な秘密にしようと思った。

今にして思うと、あの女中さんは、因島の、あまり裕福でない家の、娘さんで、成績がよかったので、厳四郎さんが、女中奉公させながら、女学校に通わせていたのではなかろうか。

敗戦以前は、ぼくたちも、窪川邸には、富島さんのお屋敷ほど、自由に、遊びに、入り込めていたわけではない。事情に変化が生じたのは、窪川さんのお妾さんの孫、だという、朱実と杏助が、このお屋敷に、住むようになってからだ。それはたぶん、敗戦の少し後のことだった。朱実は、ぼくより一つ年下だったが、おませで、おしゃまな女の子だった。色白で、佐々木邦の小説などの挿絵を描いていた河目悌二の絵に、でてくる女の子そっくりで、目と目の間隔が広く、それが、小生意気な彼女の顔を、愛嬌のあるものにしていた。富島家の茶室側にある、茅葺き屋根の門の、石段に腰を下ろして、みんなでおしゃべりをしていたとき、隣の通りのガキ大将の健一が、「朱実ちゃん、お医者さんごっこしたことあるか？」と訊いた。

——あるよ。

——どこで？

——前に住んでいた、芦屋のお家の辺で。

——誰と？

——近くの男の子らと。

——ちぇっ、何したん？

——しーりません！

——まら＊＊て知ってる？

——知ってるよ、白くて臭いでしょ。女の子にもあるよ。

聞いてるうちにぼくは、なんだか、カッと頭の中が、熱くなってきた。朱実ちゃんと、どこか暗いところで、二人きりになりたかった。おしっこを、その辺りに、撒き散らしたくなった。

朱実や杏助といっしょに、初めて、窪川家の庭に入った日、白い花崗岩の石組みの間の流れで、遊んでいる鯉を見ていると、渡り廊下のガラス戸が開いて、年取った女の人が、「鯉をいじめては、駄目ですよ」と言った。それが、窪川さんのお妾さんの、お初さんのようだった。お初さんを見かけたのは、その時きりだった。しかしぼくには、お初さんより、蟬の方が大事件だった。

富島さんの庭にも、たくさん蟬がいたが、窪川さんの庭の蟬には、度肝を抜かれた。それまで、ほとんど子供の入ることがなかったからに違いないが、大きな立木、一本一本の、子供の背丈くらいの高さのところに、油蟬やニイニイ蟬はおろか、熊蟬までが、平気で鳴いていて、素手で捕まえることさえ、簡単にできたので、それからは、夢中になって、毎日のように、窪川邸の庭に入り込んでいた。敗戦の年の七月四日に、疎開先の高松で焼け出されて、大阪に逃げ戻ってから、ぼくたちは、学校もなく、永遠に続く夏休みみたいな、暮らしをしていたのだ。

そんな癖が、習い性になってしまって、進駐軍や、ムリンズ少将が、やって来てからも、平気で、窪川邸の庭に入り込んでいた。天気のいい日曜など、少将が、若くきれいな婦人将校に、腕を貸し、芝生の中の小道を、何事か語らいながら、散策するのを、呆然と、見つめていたりした。オリーヴグリーンの、制服の上着を手に、はじけんばかりの、胸を締め付けた、ブラウス姿になって、ぴったりとしたスカートの、驚くほど高いところにあるお尻が、ハイヒールの上に、すらりと伸びた、まっすぐな脚の上で、ヨットが波を切るように、花盛りの、ツツジや、サツキの植え込みの上を、進んで行った。風で乱れる金髪を、振って直す顔のなかで、これまで見たこともない、鮮やかなピンクにぬられた唇が、見つめていられないほど、まぶしく光って見えた。小川のようにしつらえた、流れの上にかかる石橋を、渡るときなど、少将が、彼女の腰を、支えてやったりするので、見ている方が、どきどきしてしまった。

しかし、少将に会う機会は、そう何度もなかった。もうその頃には、周りのボックスの方が、庭より、わくわくする世界になっていたからかもしれない。

敗戦までは、窪川家の爺やさんが、面倒を見ている、屋敷の裏手にひろがる畑や、田圃は、柵と木の門で、閉ざされていたので、ぼくたちは、一度も入り込んだことがなかったが、警備ボックスができてからは、逆に、木戸が開けっ放しの、無防備状態になって、農園のはずれにある、邸裏の、四番ボックスにも、いつでも自由に、行くことができるようになった。

四番ボックスは、上町台地の崖の上にあって、下町の民家が見下ろせる。夏も終わるころ、非番あけの須藤巡査のいる正門ボックスで、裏の隣組の連中と一緒になると、びっくりさせられることを、健一が言った。須藤巡査が、四番ボックスの当番に当たっていた前々夜、遅くまで、遊びにいっていたらしい。

——おとといの夜は、すごかったぞ。須藤巡査がいつも見てる、言うて、こっそり見せてくれてん。電気つけて、蚊帳の中で、オ＊＊してんの、丸見えやねん！

——えーっ？　須藤さん、それ何屋さんなん？

——何屋さんて、ふつうの家の夫婦やんけ。

——えーっ、それ毎晩？　そんなん見てええの？

——見てええことないけど、見えるから、しゃあない。でもまあ、みんなはもう、あんまり来んとき。

それでぼくは、見損ねてしまった。しかし、見損ねた理由は、それもあるけれど、そのころぼくが、たいてい、久保巡査のいるボックスに、行っていた所為でもあるのだった。

久保巡査は、色白で、丸顔の、口数の少ない、おとなしい人だった。須藤巡査たちより、半年ほど遅れて、窪川邸の警備に配属されてきたが、愛想を振りまくわけでなく、むっつりしているので、みんなは、あまり寄りつかなかった。ぼくはしかし、その寡黙な久保巡査が、何となく好きで、当番のときは、たいてい、ずっと一緒にボックスにいた。

その日、久保巡査の当番は、上町台地のはずれの高みから、藤永田造船所の方に、夕日の落ちるのが眺められる、三番ボックスに、当たっていた。ぼくは、何となく、こう尋ねた。

——久保巡査は、戦争中、どこで何してはったん？

——ぼくは、フィリッピンで、蛸壺の中にいたんだ。

——蛸壺の中で、何してたの？

——アメリカの戦車が、来るのを、待ってた。

——戦車が来たら、どうすんの？

——地雷抱えて、戦車の下に、飛び込むんだよ。ぼくらは、兵隊になってから、蛸壺の掘り方と、地雷を抱えて、戦車の前に、飛び込む訓練ばかりしてたよ。こうやって、模擬地雷を、抱えて、突っ走って、倒れ込む練習ばかりだった。

——ほんまに、飛び込んだん？

——いや、ぼくは、その前に、流れ弾で、膝の上を撃ち抜かれたから、動けなくなって、蛸壺の中で、じっとしていた。

——戦車、来たの？

——さあ、どうかな。傷はすぐ膿んできた。包帯を解くと、傷口から、蛆がボロボロ、こぼれてね。

——蛆て、ウジ虫のこと？

——うん、白い気持ち悪いのが、ボロボロ、ボロボロ、こぼれ落ちるんだ。小枝でほじったけど、次から次に、わき出してきて、切りがなかった。

——それで、どうしはったの？

——気を失ってるうちに、捕まって、捕虜になったのさ。

——傷、見せてくれる？

——ああ、ちょっと待って……。

久保さんは、ズボンをまくり上げて、見せてくれた。膝のすぐ上の、真っ白い腿の内側が、子供の握りこぶしほどの大きさに、窪んでおり、外側の、少し下にも、内側よりは小さな窪みができていた。傷口は赤黒かった。

——ここを、弾がこういう風に、貫通したから、助かったんだよ。

——ちょっとだけ、触らせてくれる？

——ああ、いいよ。

えぐられた傷口は、かなり深く、窪んでいた。


それから、何カ月も、経ってからのことだったのだろうが、久保巡査が、次の日曜日に、ピクニックに連れて行ってやりたい、と、母親に、言ってくれたらしい。そのとき、ぼくは学校に行っていて、家にいなかった。

日曜の朝、ピケ帽をかぶり、リュックを担いだ久保巡査が、家まで迎えに来てくれた。久保さんについて、南海電車、地下鉄、阪急電車、と乗り継ぐ。改札を通る度に、久保巡査は、警察手帳を見せて、敬礼し、この子もお願いします、と言う。すると、駅員は、二人とも只で通してくれた。

電車を降りて歩き出してから、久保巡査は、首をかしげてばかりいた。アスファルトの広い道から、脇道に入り、川の横の道を、長い間、歩いたが、思ったところに、出ないようだった。そのうち、細くなった道は、川を離れて、椿などの生い茂る薄暗い林の中を、どんどん上りだした。川に出ないと、飯盒炊爨《すいさん》ができんね、と久保さんが言った。もっと面白い道の筈だったんだがなあ。ずいぶん上ったところで、谷に下りる道との分岐点に出た。これを下りてみるか。川は、大きな石だらけだった。時間ばかりが、経って行く。お腹が空いてきた。谷が行き詰まりのように曲がり込んだあたりで、見上げると、思いがけず、コンクリートの廃墟みたいなものが、行く手に、ぽっかり口を開けていた。脇の堰堤をよじ登ると、「仕方ないな。ここで食べようか」、と久保巡査が言った。ごろごろと、コンクリートの塊が、そこかしこに散らばっていた。ロープウェイの駅か、なにかだったらしいが、ワイヤーのような鉄製品は、何も残っていなかった。戦時中に、供出させられたに違いない。

——薪になる枯れ枝を集めてきて。

そう言いつけられて、枝を拾い集めて、戻ってくると、久保さんは、コンクリートの基礎の上に、炉を作っていた。それから、二人で水をくみに行き、飯盒でご飯を炊いて、カレーライスをつくった。

さあ、食べよう、と久保さんが言ったとき、ふいに、小さな谷を隔てた階段を降りてきた、エプロン姿の女の人が、立ち止まってこちらを見た。それから、慌てたように、階段を引き返し、二度三度と振り返って、いぶかしげにこちらを見た。こんなところに、住んでいる人がいると見える。誰かに言いつけられそうだった。久保さんといると、なんだか、ぼくたちが、爆撃の跡の瓦礫の中を、逃げ回っている、敗残兵みたいに思えた。カレーライスを食べながら、飯盒炊爨を楽しんでいる気分でなかった。駅の上の方に、まだ高い山が見えた。

食事のあと上には出たが、結局、その廃墟のあたりから、どこにも行けず、日暮れに、もとの駅に戻って、帰った。

久保巡査は、そのあと、しばらく、警備小屋の勤務からはずれて、別のどこかの部署に、配備されていた。

秋も深まって、もう年の暮れも迫っていたころ、学校から帰ると、母が言った。

「久保巡査が、帰ってきてはるよ。八時から当番やて、三番ボックスやそうよ」

夕食を終えて、とび出そうとすると、呼び止める。

――柿を持って行ってあげなさい。

朝鮮独楽みたいに、頭のとがった柿を、むきはじめている。皮が切れないようにして、素早くむき終わると、四等分に切れ目を入れ、むいた皮を、また元通りに巻きつける。もう一個、同じように仕上げ、二つを新聞紙にくるんで渡した。

――へえ、お母ちゃんにも、こんな芸当、あったんか。

窪川さんの邸に沿って、塀の端の二番ボックスまで行き、帝塚山の方に向かう通りから、右にそれ、畑の中の小道を、阪堺線の塚西の方向に進む。まわりの畑は、戦争中に、笹藪を、みんなで、掘り返して作った菜園だ。二百メートルばかり続く塀のはずれに、春にはいつもオタマジャクシを取りに来る、小さな池がある。ぼくは、ここで深みにはまって、ずぶ濡れになり、泣き泣き、家に帰ったことがある。三番ボックスは、その池の横にあった。

――こんばんは。

――やあ、いらっしゃい。久しぶりだね。

いつもの丸顔をほころばせて、久保さんが迎えてくれた。

二人で柿を食べ、あの後、何をぼくたちは、二時間も、話していたのだろう。口数の少ない人だった。近寄る子供は、ぼくのほかには、一人もいなかった。巡査仲間にも、あまりとけ込むこともなく、独り離れている様子だった。ひっそりとした、どこか孤独な印象に、ぼくはひかれたのだ。ぼくは、問われるままに、学校や、友だちの話をしたのだと思う。久保さんの出身地がどこか、両親がどういう人で、兄弟があるのかどうか、おそらく、ぼくは、尋ねたことがあるはずだが、何一つ覚えていない。

それからは、久保さんと、時を過ごした記憶がない。

ぼくは、昭和二十三年に、中学生になった。それ以後は、テニスに熱中して、いつも日が暮れてからしか、家に帰らなかった。久保さんも、配置転換で、窪川邸の警備から、外れてしまったのだと思う。

ある日、中学の二年くらいのときでないかと思うが、学校から帰ると、母が、今日、阿倍野区役所に行ったら、ぱったりと久保巡査さんに会ったよ、と言った。区役所は、わが家から、ずいぶん遠いところにあるのだ。

——そしたらね、久保さん、ぼく結婚しました、て、嬉しそうに言ってはったよ。よかったね。

それからまた、どのくらいの年月が経ったのだろうか。たぶん、それは区役所のときから、せいぜい一、二年後のことでないかと思う。やはり学校から帰ると、母がこう言った。

——あのね、久保巡査さんね、ピストル自殺しはったんやて。どうしはったんやろ。結婚がうまく行かんかったんかしらん。気の毒やねえ……。

ぼくは「へえー、そう」と言った。

ぼくはあの時、どうして、せめて、新聞記事でも、調べようとしなかったのだろう。泣き虫のぼくが、あのとき泣いた記憶がないのは、どうしてだろうか。母にあのとき、ぼくは、感想を述べなかったはずだ。なぜか、「やはり」と思ったのだ。久保さんというのは、仮名ではない。しかし、ぼくは、姓しか知らず、悲しいことに、久保さんの名さえ知らないのだ。何度となく、図書館のマイクロフィルムで、大阪版の新聞を調べてみたが、大阪府警阿倍野署勤務久保巡査のピストル自殺の記事は、見つけられないでいる。久保さんは、ぼくの中では、いまでも、白いピケ帽をかぶって、傷口から湧き出る蛆を、淋しそうに見つめている。

その後、一度だけ、新聞で、ムリンズ少将の名前を、見たことがある。

それは、朝鮮戦争で、アメリカ軍が、中共軍に、釜山近くまで追い詰められたときのことで、起死回生の反撃のために、少将の作戦が、採用されたというものだった。

しかし、その作戦は、どうやら、失敗に終わったようであった。


（『ＶＩＫＩＮＧ』６７０号２００６・１０）

物の行方

一

一体にわたしは、物に対して、執着のうすい方だと思うが、それでも、ときどき思い出したように、あれは、その後、どうなったのだろうと、何となく考えるものが、二つはある。

敗戦は、国民学校四年で迎えた。ご多分にもれず、当時は、熱烈な皇国少年だった。厚木に、コーンパイプをくわえて、マッカーサーが降り立ったとき、それを伝える新聞論調の、前日までのものとの、あまりに露骨な変りように、はらわたの煮え返る思いを、味わされた。秋口に、米軍が進駐してくるまで、わたしは、それ故、隣家の同級生と、彼の兄の化学教科書を借りて、その中学生から、存在を教えてもらった、黒色火薬の作り方を、研究していた。なんとか、手投げ弾めいたものをこしらえて、米軍が来たら、投げつけてやろう、という魂胆なのであった。ところが、黒色火薬を作るには、硝石、硫黄、木炭などがいる。硫黄は、七輪に火をつけるときに使う、付け木についているものを、削り取って、集めればいいとして、硝石の方は、薬局からでも、手に入れるほかはなさそうで、そんなものを、店に買いに行く勇気も、金の手持ちも、わたしたちにはないのであった。途方にくれて日々を過すうち、はやばやと、米軍は、和歌山に上陸し、今の二十六号線を——当時はたしか十六号線と言った国道を、北上しはじめた。

敗戦の年、一九四五年は、今から考えても、めりはりのきいた、鮮烈な気象の年だった。冬には、五十センチも積った雪を踏んで、毎晩、防空壕に駆け込み、夏は、入道雲のとりまくなかで、空はつき抜けるように青く、B29の、銀色の編隊が、美しく映えた。進駐軍がやって来た日も、素晴らしい好天で、近所の仲間は、朝から、国道に出かけて行った。昼近くになると、三々五々、運のいい者は、チューインガムや、中にはチョコレートを貰ったものまであったりして、にこにこしながら、連中が戻ってきた。わたしは、腹立たしいやら、羨しいやら、むかむかする気持で、彼らの報告をきいていたが、結局、たまらなくなって、午後から、坂を下りて行くことにした。

玉出本通りを通って、十六号線に着くと、昼間からヘッドライトをつけ、兵隊を満載したトラックやジープの列が、あとから、あとから、引きもきらず、大阪に向って行く。車道の両側には、主に子供がいて、大人は少し遠まきにし、こわごわ、眺めている様子だった。子供たちは、手を振りながら、声をかぎりに叫んでいた。

——ハロー、チューインガム！　ハロー、チューインガム！

アメリカ兵は、トラックの上から手を、振り返し、ときどき、チューインガムを投げたりした。同じ仲間の非国民ぶりに、腹は立ったものの、そんなことより、何よりも、驚いたのは、米軍に、たくさんの黒人兵がいて、笑いながら振る、その手のひらが、何とも鮮やかな、ピンクであったことだった。口の中も、同じ色だった。歯と目の白さも、ショックだった。ときどき、車の列が止って、小憩をとる。すると、どっと、ジープやトラックのまわりに、みんなで押し寄せる。第二の衝撃は、ジープや、アメリカ兵の躰から、流れてくる暖い空気の、臭いだった。日本の軍隊が放つ、どこか、馬の臭いの混った、汗と、皮革と、砂ぼこりの、乾いた臭いと、それはまったく違って、ねっとりと、甘く、濃い液体のような、チョコレートを思わせる、臭いなのであった。結局、わたしは、何も貰わず、というか、何も貰えず、屈辱感にまみれた重い足どりで、帰ってきた。

それから旬日を経ず、わが家から、国道とは逆方向に歩いて、十五分ばかりの、帝塚山女学院に、一個中隊ほどの、米軍が入り、校舎を、キャンプ代りに、しばらく、滞在することになった。その頃、わたしたちは、ずっと学校がなく、いつ果てるとも知れない、夏休みの続きを過していた。母親が、裏庭で、仕事をはじめたある日、わたしは、覚悟を決めて、二階の違い棚のガラス・ケースから、手ごろな人形を、一つ取り出すと、風呂敷に包み、帝塚山の方に向った。踏切りを越えて、学校まで来てみると、いつもは、女学生しか出入りしていない、正門の前に、幾人も、アメリカ兵が、のんびり日向ぼっこをするような具合に、腰を下ろし、その一人一人のまわりに、小さな人垣ができている。夜店を冷かす要領で、一通り見てまわってから、いちばん優しそうに思える、アメリカ兵を、選んで、人垣をすり抜けると、彼の目の前に立ち、持ってきた人形を、さっと突き出した。聡明そうな顔立ちの若い兵隊は、驚いてわたしを見、これをくれるのか、というような身振りをした。わたしは、頷いてみせた。

――まあまあ、ええ人形やのに、もったいねェ……。

後で、小さな孫娘を連れた、お婆さんが呟いた。

それは、汐汲み人形だったような気もするが、桶をかついでいたりする、複雑な構造のものを、持ち歩いた記憶はないから、おそらく、違うだろう。二十センチくらいの背丈の、かなりできのいい、日本人形だったように思う。一呼吸すると、飛込み台から目をつむって飛込む気持で、わたしは、手を差し出しながら、言ってのけた。

――シガレット!

……プリーズ、と、あとを続ける知恵が、あったとは思えない。アメリカ兵の顔は、急速に翳り、オー、ノー、と、かぶりを振った。かっと、血が頭に上ったが、もう一度、手を差出し、さっきよりもはっきり、言ってみせた。

――シガレット!

しかし、彼は、首を振り続けるばかりで、とりつく島もなく、今さら、それでは、人形を返せとも言えず、わたしは、あきらめて学校をあとにした。

家路の途中の松林にかかると、道からそれて、林に入り込み、台地の突端の松の根方に、腰を下ろした。上町台地が、深い笹原に覆われて、阪堺線の方に落ち込んで行く、そのあたりは、空が、広々と、海の方角に見渡され、笹藪の中に消える、小道のあたりを眺めていると、いつものように、安らぎが取り戻される心地はするものの、頭の中では、学校を背にしてから、ずっと呟き返していたことを、あい変らず、考え続けている。

〈……ぼくが吸うんや、ないのに……。あーあ、人形、とられてしもた。ほんまは、父のために、ほしいなんて、難しいて、言われへんもん。どないしょ……〉

そこらに、散り敷かれた松の落葉は、父が、煙草がわりに吸うために、ついこのあいだも、一緒に採りに来たのだった。父は、煙になって、形が煙草に似たものは、何でも吹かしてみた。笹藪を、戦争が始ってから開墾して、菜園にしたそこらの畑の、玉蜀黍の毛も、もちろん、吸っていた。傍から見ていても、それらは、煙草とは、似ても似つかぬ、不味そうなものだった。酒飲みと、煙草のみは、まったく、呆れるほどいやしい。いろいろ、情報を集めては、何かと試して、咳き込みながらも、諦めなかった。それで、本物の煙草を、何とか、父にのませてやりたくなって、したことだったが、見事しくじって、人形まで、ふいにしてしまった、というわけであった。

しかし、どう考えてみても、あのアメリカ兵が、善意で、わたしという子供に、煙草をくれなかったのだ、ということは、疑うわけには、いかなかった。ではあるが、誰も恨むわけにも行かないにしても、それでも、そういう善意が、恨めしかった。

家に帰ってから、風呂敷を、どうして元の場所に戻したかは、憶えていない。不思議なことに、人形が失くなったことに、その後、誰も気づかなかった。あるいは、気づいても、誰も口に出さなかった。それは、次の話と、関係のあることが、理由だったのかも知れない、と、今になって思わないでもない。

あの人形は、あれから、どうなったのだろう。あのアメリカ兵は、人形を、故郷に持ち帰っただろうか。おそらく、もう、とっくに、薄汚れて、捨てられてしまっていることだろうが、ときどき、あの人形の、その後の身の上を、思ってみることがある。

二

わたしは、総じて、賭け事が苦手であるが、麻雀も、例外でない。高校を出て、浪人しているころから、メンバーが足りなくなると、友だちから誘いがかかって、よく徹夜麻雀もしたが、あまりの弱さに、自分でも呆れて、勤めはじめてからは、ほとんど牌を握ったことがない。もっとも、この間、何年も、イレブンＰＭで、大橋巨泉の、麻雀実践教室なるものを見つづけたので、だいぶ腕は、上っているはずである。三色が、いちばん手っとり早く、有効な手であることを、覚えただけでも、強くなったと思う。そんな手を、自覚的に作ることなど、考えたこともなかったのだから。もっとも、それからも、牌は握ったことがないので、試してはいないのだけれども。

下手は下手でも、麻雀歴は古い。なにしろ、戦前からやっている。わたしは、京城の生れで、一九四〇年に、一家で大阪に帰ってくるまで、あちらで育った。父は、京城の前にも、営口、大連といった大陸各地の、支店勤務が長かった。植民地では、近所づきあいが盛んで、とりわけ、厳しい冬の夜は、近所の家を、代りばんこに渡り歩き、かるた取りや、トランプ遊びに興じて、すごすのだった。正月の昼間は、家族で、麻雀をして楽しんだ。この習慣は、内地に帰ってからも、変らなかった。

わが家の麻雀牌は、おそらく、営口か大連で、買ったものだったのだろうが、象牙の象嵌をほどこした、寄木細工の、きれいな箱に入っていた。上には、金属の取手がついていて、鞄のように、持ち運ぶことができた。前面の上げ板を、上に引き抜くと、強い匂いが、あたりに立ちこめた。それを今の今まで、わたしは、象牙の匂いだと信じてきた。しかし、文字にしてみると、どうも抵抗がある。

——さあ……でも、臭いが強かったら、箸になどしないのじゃない？

意見を尋ねに、階下に下りて行ったら、妻が、小首をかしげて答えた。それも、一理がある。だが、とすると、あれは、一体、何の匂いだったのだろう。箱の木が、香木だったのだろうか。それとも、香を焚き染めてあったのだろうか。いずれにしても、それはわたしにとって、中国そのものの匂いであった。紫禁城に入ったら、当然嗅げたはずの匂い、という気が、今でもする。ちょうど、大学一年の秋に、清水の舞台から飛び下りる思いで買った、マンション編ハラップス社の大判の仏英辞典を引くたびに、立ちのぼってきた、独特の印刷インクの香りが、かぎりなく、イギリスを、なつかしい国に感じさせたのと、同じように。

中にしつらえられた数段の小抽出しの、下から二段目を引き出すと、どうやって使うのか、今でも知らない、不思議な紋様の役牌が入っていた。象牙の牌は、持ち重りがして、混ぜると、澄んだいい音がした。

正月の麻雀は、たいてい、午後から始めた。そして、三人いるうちの一番下の姉の負けが込みだすのをきっかけに、お開きになるまで、続けられた。負けん気の強い彼女は、負け出すと、不機嫌になり、そのうちに、ふくれて止めてしまうからだった。

麻雀牌の紋様の不思議さと、彫り込み細工の見事さは、いつ見ても飽きなかった。手にするときの、何とも言えない重さ、牌同士が触れるたびに聞える、澄んだ音色、そして何よりも、その、深々とした、異国の不思議な香りが、大好きだった。わが家には、麻雀台はなかったから、毛布をかぶせたテーブルを、家族で囲む楽しさが、もちろんあって、ずしりと重く、気品のあるその小箱は、だから、わたしたちの宝物なのであった。

わたしと八つ違いの、一番上の姉が結婚したのは、一九五一年のことである。見合いの相手は、商船学校を出たものの、敗戦で船乗りになるのを諦めて、電力会社のボイラー技師になっている青年だった。彼の、船乗りとしての、最後の仕事は、敗戦直後に、没収された日本の商船を、アメリカの西海岸まで、送り届ける航海だったのだそうだ。

家へ食事に招いた晩、姉が、婚約者を送って、出て行ったあとで、忘れ物に気づいた母が、わたしに、走って届けるように言った。家の近くの急な坂道を、姉を呼びながら駆け下りて行くと、暗闇のなかで、手をとり合って、歩いていた二人が、パッと、手を離すのがわかった。手をとり合っているなど、想像もしていなかったから、驚きはしたが、坂道を登り直しながら、何となく、こちらも嬉しくなってくるのが、妙な気分だった。

結婚式の日は、テニスの練習に行き、家族で、わたしだけが、式に出なかった。そんなところに顔を出すのは、恥ずかしくて嫌だったし、それに、あまり関心もなかった。姉の結婚が、家族に大きな影響のある、重要なでき事であることには、理解が及ばなかった。

結婚式が何月にあったのかは、憶えていない。それから、どのくらい月日が経っていたのだろうか。ある日、ふと、今までよくそうしていたように、麻雀箱の匂いを嗅ぎたくなって、二階の床の間の横にある、違い棚の下の、袋戸棚を開けて見ると、いつもの場所から、懐しい箱がなくなっている。

〈おかしいなァ、誰が、いま時分に、あんな箱を持ち出したりするのだろう……〉

いぶかりながら、わたしは階下に下りて、台所で、俎板に向って包丁を動していた母に、麻雀牌の箱を知らないか、と尋ねた。

――袋棚にないの？　おかしいね。

母は後向きのまま、包丁の手を止めないで答えた。

何となく、気のない返事の仕方が、不思議だったが、次の瞬間、はっ、とわたしは気づいた。そうか、母は、箱のなくなっていることを、知っているのだ。そして、箱を持ち出したのは、父に違いない。

――変やなァ、どこに、行ったんかなァ……。

わたしは、独り言のように、繰り返しながら、なるべく、わざとらしくないように、母から離れて、二階に戻った。

父が、麻雀牌を売ったのだ。姉の結婚資金のやりくりが、つかなかったのだ。うちにあるものでは、あの麻雀牌が、いちばん金目のものだったのだ。そうに違いない。窓の欄干にもたれて、外の樹々を眺めながら、わたしは確信した。それは、かなりこたえる、発見だった。父は、わたしたちに知られないように、どういう風に、あの箱をくるみ、家から出て行ったのだろう。売るものは、他になかった。それが、鋭い痛さで理解できた。

わが家では、だから、それからは、麻雀をすることはなくなった。

高校を出てから、再び牌を握るようになって、どこの家で、麻雀をすることがあっても、かつて、わが家にあったような、美しい麻雀牌にも、それを入れる入念な細工の箱にも、出合うことはなかった。触れ合うとき、あんなに澄んだ音を立てる牌にも、出合わなかった。どこの家のケースからも、あの懐しい匂いは、立上ってこなかった。人形と違って、あの箱は、今でも、きっと、どこかの家に、置かれているに違いない。あの箱は、今でも、あのときのように、深い不思議な匂いを、放っているであろうか。

（『VIKING』482号1991・2）

寝袋

寝袋で初めて寝たのは、いつのことだったのだろう。この間から、高校山岳部の生き残りの仲間に、訊いてまわっているが、はかばかしくは、わからない。しかし、寝袋にもぐりこんで、チャックを口元まで締め、ああ、しあわせだ、と思った感覚は、忘れていない。

一九五六年の夏山は、白馬から後立山全縦走をするはずだったが、猿倉までのバスで、ガソリンの臭いに酔ってしまい、キャンプサイトについたときは、バテバテだった。今から考えると、軽い高山病の症状、だったのだと思う。まだ石油コンロなど、持っていないころで、みんなで、這松の枯枝などを、集めに行って火をおこし、飯盒で飯を炊いて、ようやく真っ暗になってからありついた、カレーライスを、食欲がなく、ほとんどわたしは、食べられなかった。

　ウィンパー型のテントに、四人で寝たとき、寝具は、薄い旧軍隊用の毛布一枚で、寒くて、がたがた震えていた。わたしは、次の日も体調が戻らず、唐松岳で、縦走を諦め、翌朝パーティーと別れ、一人で八方尾根を降りた。

　翌年の早春に、まだボーゲンはおろか、直滑降も頼りなく、かろうじて、斜滑降とキックターンだけができるくらいで、氷ノ山に、スキー合宿に行き、はじめてスキーにシールをつけ、重荷を担いでの登高十時間の悪戦苦闘の末、抜けるような、紺碧の青空が、黒々と広がる下に、モンスターの散在する、夢のような、真っ白な、ドーム状の最後の登りを登りつめ、ようやく辿り着いた頂上小屋は、ピラミッド型に、四本柱の木組みを組み、その下半分を、小屋にしたような、不思議な形の無人小屋だった。なんでも、もとは軍隊の測候所だったらしい。

　小屋に入ると、入り口の土間に、薪ストーブがおいてあり、中は十畳ばかりの、板敷きの部屋になっていた。三方の小窓の隙間から吹き込んだ雪が、壁際に積っているのを搔きだし、三日ほど、独占して、泊まりこんだが、このとき、寒さを感じた記憶がないので、わたしは、シラフを使ったのでないか、という気がするけれど、仲間の一人は、そうではないだろう、と言っている。一晩中、薪ストーブは、燃やし続けたし、密閉度もいい小屋だったから、毛布で大丈夫だったのだ、と。この小屋は、何年か後に、火災で消失したそうだ。

たぶん、その年の梅雨前に、はじめて、近江八幡から、永源寺を通って、愛知川《えち》を遡行し、御在所山を越え、湯ノ山温泉に出るコースを歩いた。紅葉尾《ゆずりはお》の集落を越えて、たぶん支流の神崎川沿いに、花崗岩の真っ白な河床を、ところどころ、胸の深さまで、透き通った水に浸かって、渡渉を繰り返し、時には、滝を遠巻きして歩くこのルートは、楽しくて、何度か辿ったことがある。そのうち二度ばかり、週五日制の金曜の授業が、終わる早々に、飛び出して、ようやくたどり着いたら、雨に振り込まれ、暗闇の河原にテントを張るのが、ためらわれて、永源寺の門を叩いて、泊めてもらった。お風呂に入れてもらって、一汁一菜のおいしい朝食までごちそうになって、ありがとうございました、と頭だけ下げて、お礼にお布施も差し出さずに、早朝お寺を後にした。寝具は、自分たちのを、使ったという気がするから、寝袋だったのではないだろうか。

沢登りの途中で、もう一泊しなければならず、その何回かは、炭焼き窯をつかわせてもらった。当時、この谷筋には、いたるところに、炭焼き窯があって、秋までは使っていないので、入り込んだのである。壁や、天井に、触れないよう気をつけ、寝具も、そっと伸べて、できるだけ、一面に敷き詰まった、白灰を舞い上がらせないよう用心して、横たわった。灰を吸い込まないよう、チャックを、一番上まで、引き上げた記憶があるから、きっと、寝袋を使ったのだ。炭焼き窯は、乾燥していて、びしょぬれになって、歩いてきたので、暖かくいい気持で、幸せだった。

それから、半世紀も経って、今は、廃部になった、高校山岳部仲間の寄り合いでの談笑のおり、誰かが「あの進駐軍払い下げのシラフは、羽毛がいっぱい詰まっていて、上等だったなあ」と言い、みんなが「そうだ、そうだ、あんないいシラフは、この頃ないよ」などと言っていたら、創部のはじめから、指導してくれていた先輩が、「うん、あれは、出物だったから、思い切って、部費をはたいて、たくさん買ったんだ。あれは、朝鮮戦争で、戦死者の遺体を入れて運んだ、シラフなんだ」と言った。

これは、ほんとに、半世紀ぶりに、初めて聞く話で、居合わせた全員が、愕然とした。

あの頃、そのことを知っていたら、わたしたちは、あんなに幸せに、口元までチャックを閉めて、眠れていただろうか。

（『ＶＩＫＩＮＧ』雑記特集「私の眠り」７８８号２０１６・８）

十二竹、ジャコ天

一九四五年七月三日の夕刻遅く、わたしは、高松のどこかの家の前で、知り合ったばかりの友だちと、竹べら遊びをして、立ち去りがたい気持でいた。

幅一・五センチ、長さ十五センチくらいの、きれいに削って作った竹べらに、たしか漢数字が彫り込まれ、朱がさしてあった。遊び方は、将棋の駒でする、山崩しのやり方と似ていた。しかし、美しい竹べらの感触が、何日か前に、初めて覚えたその遊びに、どこかゆかしい、古い昔につながる、謎めかしく、不思議な、気持を感じさせた。

その晩、高松は、空襲で焼失した。何日か前の夜は、岡山の町の燃え上がる真っ赤な空を見ていたから、ほぼ立て続けの空襲だったわけだ。

以来、その遊びを、したことがない。これまでの人生で、わたしの質問に、その遊びを知っている、と答えた友だちは、ほんの二、三人しかいなかった。

もう亡くなった、金子豊という中学高校を通じての友人は、その数少ない一人だったが、阪妻か、誰かの古い映画でも、見た記憶がある、と言っていた。何でも、お尋ね者の主人公が、長屋の屋根の上に、追いつめられて、斬り殺され、落下して行くとき、子供のために持っていた竹べらが、着物の袂からこぼれ、瓦の上を、からからと、滑り落ちて行ったのだそうだ。

十本ばかりの竹べらを、片手で握りしめ、ぱっ、と放り上げて、それを、地面で、同じ手の甲の上に、受け止める。裏表のある竹べらを、番号順に、そっと、表向けに、地面に落として行ったのではなかろうか。

その遊びが「十二本竹」というものであることは、須藤功編『写真で見る日本生活図引き⑤——つどう』(弘文堂、一九九四)で知った。出雲では、「じゅにくさ」と言うとある。とすると、栗原君*なら、遊んだことがあるかも知れない。他の本には、「十二竹」と書いてある。どうやら、竹べらは、十二本らしいとわかる。

同じ日の夕食には、母が、祖母や中の姉と一緒に、どこか海べりの町に、買出しに行って、手に入れてきた、ジャコ天が出た。小魚を骨ごとすりつぶして、混ぜものなしに、揚げただけのものだ。四国の名物だ、ということは、そのとき、初めて知った。それは、何年ぶりかで味合う、本物の味で、この世のものとは思えないうまさだった。もう一枚、というわたしの懇望を知らぬ顔に、あとはあした、と母は、さっさと残りの何枚かを、片づけた。もちろん、ジャコ天は、家と共に焼失した。いまだに、あのジャコ天は、惜しかったと思う。

何十年も経った数年前、たまたま見た、昼のテレビで、伊予のジャコ天屋さんが、取り上げられていた。昔ながらの、混ぜものなしの、ジャコ天を売っているとか。番組終了後、あわてて、宇和島市の観光課で番号を訊いて、その店に電話し、思いついて、姉の分も一緒に注文した。

さぞかし、懐かしがるだろうと、電話すると、姉は、キョトンとしている。「高松の空襲で、前の晩に食べなかったジャコ天が、燃えたやろう?」、と言っても、まったく、覚えていない。

わたしは、心底呆れてしまった。何十年も、悔しがってきた、わたしの人生は、どうしてくれるのだ。

＊栗原辰郎＝出雲出身の夭折したＶＩＫＩＮＧ同人。例会で彼に質問したら「知らない」という返事だった。

（『ＶＩＫＩＮＧ』６７２号２００６・１２）

*

あとがき

今年四月、わたしは米寿を迎えた。今頃になって、古証文めいた昔の文章をまとめて、本にするのは、自分でも時宜を失した、烏滸の沙汰に思える。第一、読んで欲しかった友は、あらかた先立ってしまっている。せめて、もう十年早ければ、とは思うが、いまさら詮無いことである。

長年わたしが出版をためらってきたのは、あきらかに退行現象とわかる、自分の幼少期体験への固着と、めそめそしい泣き面の恥ずかしさがあったからだ。わたしは中学まで寝小便をしていたことを、友だちの誰にも、言えずにいた。古証文を世に出す行為は、どことなく、夜尿症に似ている。

この本で、伝えられるものなら伝えたいのは、親しかった人たち追慕の思いと、わたしにとっては、飢えと、シラミまみれの、惨めな流浪でしかなかった、戦争体験である。ふたたび、襁褓をつけないといけない時期も、迫っている。もういいかと、今生の名残に、恥はかき捨て、本を出すことにした。

　高校で山岳部に入って、はじめてテントで寝た夜のことは、忘れられない。六甲の地獄谷で、明日、ロッククライミングのトレーニングをすると言われて、川原に張った、はじめて寝るテントに横たわり、川の大きな音を聞きながら、寝小便をしなくなっていて、ほんとによかった、と、こみ上げる喜びをひそかに噛み締めた。この出版は、ああいう喜びを、あたえてくれるだろうか。

　國學院系の私立中学、浪速中学一、二年のときに、国語を教わった北郁正元先生が、作文の面白いのがあるから同人誌を作ろう、と言ってガリ版の『F』を作って下さり、B6横長で、真っ赤な表紙に、白枠で教会のデッサンをかこんだ左肩に、「F1」と書かれた第一号を手にしたときの喜びは、忘れられない。先生は、すぐに退職され、大阪西区の茨住吉神社で神職に就かれたが、その後5号まで出した『F』の仲間の、塩崎健士などが、早く亡くなった後も、遅くまで付き合ってくださった。

　大学院に進んだ、60年安保の年の、秋ごろに、仏文同期の西川長夫が、京大人文科学研究所文学理論研究班の討論記録係に、アルバイトで採用され、研究班メンバーの多田道太郎・山田稔のお二人が主宰する、「日本小説を読む会」にも入ることになった。しばらくして、「おもしろいよ、読んでごらん。山田さんのユーモアのセンスが抜群」と、会報をいくつか貸してくれた。読んでみると、とりわけ「のんしゃらん」というふざけた欄が、思わず吹き出すほど、おもしろかった。

なんとか自分も、その会に入りたい、という夢がかなったのは、博士コースに進んだころで、会報にときどき文章も載せてもらった。

その会報には、しばしば、富士正晴さんが寄稿していて、会のメンバーである、山田さんや大槻鉄男さんたちが、富士さんの主宰する同人雑誌、VIKINGの同人であることを知り、わたしも維持会員になった。はじめて、V誌に、文章を載せてもらったのは、大槻さん追悼の文章だった。

愛知大学で知り合った、中村喜夫、山口啓三、浜本正文などの友人や、小谷年司、西川祐子、横田恒、松本勤、天羽均、宇佐美斉などの京大仏文科の仲間に励まされて、文章を書いてきたが、北郁先生は、最後にお見せした、「勝ち抜く少国民」の、いつまでも成長しない幼児性に、あきれていた。よむ会の荒井とみよさんをはじめとする会員たち、VIKINGの島京子さんなどの同人諸氏、白井成雄などの留学生仲間、立命館大の奥村功をはじめとする同僚など、亡くなった大事な友人たちを含め、これまで、わたしの文章に関心を寄せてきてくださった方々への感謝を込めて、あとがきとがきとしたい。

最後になったが、表紙に、長年憧れてきた彫刻家・青木野枝さんの版画作品「玉曇1」を使わせていただけた。こんなにうれしく、ありがたいことはない。心から御礼申し上げます。仲介の面倒をみてくださった、ギャラリー21 yo-j の黒田悠子さん、版元エディション・ワークスの加山智章さん、それに編集工房ノアの涸沢純平さんにも心から感謝申し上げます。涸沢さんと知り合ったのは大槻さんの遺文集『樹木幻想』を編集工房ノアから出版することになっての編集作業を通じてだった。同じ編集メンバーに大槻さんのパリ留学仲間で絵描きの阿部慎蔵さんがいて、当時同じ画家グループ立軌会にいた黒田悠子さんとも、そういう繋がりで知りあった。もう四十年以上昔のことになる。

二〇二三年十月末日

著　者

佐々木康之（ささき・やすゆき）
一九三五年京城生まれ。京都大学文学部卒。愛知大学教養部を経て立命館大学文学部でフランス語を担当。
主な編訳書
『クラウン仏和辞典』（三省堂）、ダランベール『百科全書序論』（中央公論社『世界の名著　35』所収）、ルソー『孤独な散歩者の夢想』（白水社『ルソー全集』第2巻所収）、ジャン・シャルダン『ペルシア紀行』（岩波書店）、シュロモー・サンド『ユダヤ人の起源』（高橋武智と共訳、ちくま学芸文庫）。

沼沢《しょうたく》地《ち》
二〇二三年十二月八日発行
著　者　佐々木康之
発行者　涸沢純平
発行所　株式会社編集工房ノア
〒五三一―〇〇七一
大阪市北区中津三―一七―五
電話〇六（六三七三）三六四一
FAX〇六（六三七三）三六四二
振替〇〇九四〇―七―三〇六四五七
組版　株式会社四国写研
印刷製本　亜細亜印刷株式会社

ISBN978-4-89271-382-8

山田　稔自選集　Ⅰ

『ああ　そうかね』『あ・ぷろぽ』から精選された短篇に、戯文をふくむ数篇を加えて編まれた多彩な散文集。「散文芸術」の味わい。全Ⅲ集。　二三〇〇円

山田　稔自選集　Ⅱ

「山田稔が固有名であると同時に、ひとつの文学ジャンルであることは、もはや疑いようがない」（堀江敏幸氏）。忘れ難い人の回顧…追想。　二三〇〇円

山田　稔自選集　Ⅲ

全Ⅲ集完結　初めてのパリ生活の記録、その後フランスで知り合った人々の回想に、スコットランド紀行を加えた海外もの。詳細な自筆年譜付。　二三〇〇円

某月某日シネマのある日常　山田　稔

極私的シネマ日誌。甦るあの日、この日のたたずまい、を彩るスクリーンの夢、忘れえぬ名画の数々―「北京好日」、「友だちのうちはどこ？」…二三〇〇円

コーマルタン界隈　山田　稔

パリ街裏のたたずまい、さまざまな住人たち。孤独を影のようにひきながら暮らす異邦の人々、異邦の私。街と人が息づく時のささやき。　二〇〇〇円

富士さんとわたし　山田　稔

手紙を読む　約三十三年間にわたる書簡を元に、富士正晴の文学と人の魅力、わたしの歳月を往復し、VIKING他周辺の人々に及ぶ長編散文。三五〇〇円

火用心　杉本秀太郎

〈ノア叢書15〉近くは佐藤春夫の『退屈読本』遠くは兼好法師の『徒然草』、ここに夜まわり『火用心』、文芸と日常の情理を尽くす随筆集。　二〇〇〇円

駝鳥の卵　杉本秀太郎

ことばの上　ことばの下　ことばのなかを　吹きとおる風。東西の古典や近代文学の暗号、繊細な美意識で織り上げた言葉の芸術。初の詩集。　二〇〇〇円

天野忠随筆選　山田　稔選

〈ノアコレクション・8〉「なんでもないこと」にひそむ人生の滋味を平明な言葉で表現し、読む者に感銘をあたえる、文の芸。六〇編。　二二〇〇円

春の帽子　天野　忠

車椅子生活がもう四年越しになる。穏やかな眼で、老いの静かな時の流れを見る。想い、ことば、神経が一体となった生前最後の随筆集。　二〇〇〇円

くぐってもいいですか　舟生　芳美

第11回神戸ナビール文学賞　あたしのうち壊れそうなんです。少女の祈りと二十歳の倦怠。天賦の感性と観察で描き出す作品世界。　一九〇〇円

僕のコリアン・グラフィティ　黒田　徹

韓国1972年春　ノンシャランとしていながらも彼の繊細な感受性の触角は、行きずりに街の日常をすばやくとらえる。眼の位置（山田稔）　一三〇〇円